W0215442

ullstein

## Das Buch

»Nicht auf Männer einlassen, die ich instinktiv als ›Junge‹ bezeichne.« So lautet einer der guten Vorsätze, die Heloise, genannt Heli, am Ende einer durchgefeierten Silvesternacht fürs neue Jahr fasst. Heli ist Anfang zwanzig, studiert ohne großen Ehrgeiz Kulturwissenschaft und schreibt nebenher für ein Berliner Szenemagazin. Nachts macht sie mit ihren beiden Freundinnen Luise und Mia die Clubs unsicher. Doch wenn sie ehrlich ist, dienen die vielen langen Nächte und die One-Night-Stands in erster Linie dazu, ihren Exfreund zu vergessen und eine neue Liebe zu finden. Aber das ist gar nicht so einfach, denn die Jungs in Helis Umfeld sind weitestgehend unbrauchbar: Kokser mit reichen Eltern, verklemmte Stadtplanungsstudenten, Angeber oder schon vergeben. Gut, dass wenigstens auf ihre Mädchen immer Verlass ist, die dafür sorgen, dass Heli ihre guten Vorsätze im Laufe des Jahres nicht vergisst …

## Die Autorin

Sophie Senoner wurde 1987 in Berlin geboren. 2009 übernahm sie neben ihrem Studium die Chefredaktion des Lifestyle-Magazins *proud magazine* Berlin. *Nachtaktiv* ist ihr erster Roman.

SOPHIE SENONER

# NACHTAKTIV

ROMAN

Ullstein

Besuchen Sie uns im Internet:
www.ullstein-taschenbuch.de

MIX
Papier aus verantwortungsvollen Quellen
FSC® C006701

Originalausgabe im Ullstein Taschenbuch
1. Auflage Februar 2013
© Ullstein Buchverlage GmbH, Berlin 2013
Umschlaggestaltung: Zero Werbeagentur, München
Titelabbildung: © FinePic®, München
Satz: LVD GmbH, Berlin
Gesetzt aus der Leawood Book
Papier: Holmen Book Cream von Holmen Paper
Central Europe, Hamburg GmbH
Druck und Bindearbeiten: GGP Media GmbH, Pößneck
Printed in Germany
ISBN 978-3-548-28472-9

Für Michèle Senoner

# JANUAR

## DONNERSTAG, 1. JANUAR

### 01:03

Punkt ein Uhr nachts, ungefähr. Mit Luise und Mia auf der Dachterrasse eines alten Plattenbauhochhauses, so in typischer Ostoptik. Grau, alles grau, und ich denke nur: Asbest. Und finde, das bringt ja auch nichts, dass sie da noch zwei Grundfarben reingeknallt haben. So blaue Linien an den Wänden, die sich mit roten treffen.

Plötzlich sagt der Typ neben mir: »Genereller Geschmack von urbanem Umbruchquartier liegt in der Luft.«

Ich nicke, bemühe mich aber in echt, das Ganze zu ignorieren, einfach weil ich weiß: Wenn der erste Mann im neuen Jahr, mit dem ich spreche, ein Stadt- und Regionalplanungsstudent ist, dann kann ich alles vergessen. Probiere Zustand in einen anderen zu zwingen und schaue deswegen auf den Alexanderplatz links von mir. Davor viele andere Plattenbauten. Allee, Allee, das Regierungsviertel, überall Licht. Dahinter der Himmel, dunkel. Versuche, mich angestrengt zu erinnern, wie wir hierhergekommen sind. Gar nicht von wegen Metaebene »Was hat uns hierhergebracht?«, sondern so in echt, ich meine, in welchem Auto sind wir eigentlich gekommen? Ich weiß nichts mehr. Und zwischen Verwirrung über die eigene Vergesslichkeit und den zwischenmenschlichen Verirrungen um mich herum schaue ich mich um und sehe dann Tier über Grill, sich langsam um sich selbst drehend. Erkenne darin Spanferkel und gucke mit Faszination Spanferkel zu. Bemerke, es ist irgendwie gar kein Spanferkel mehr, sondern eher ein Spanschwein, so groß wie es da hängt, zwischen den Ständern des Spießes, die sich unter dem Gewicht gefährlich nach innen neigen. Der Spieß ragt nur noch ein Stück aus dem Mund heraus, und da, am anderen Ende, von dem man gar nicht wissen will, wo es wieder rauskommt, da ist nur noch Schwein und eigentlich gar kein Spieß mehr. Denke dann, Spanschwein hab ich noch nie gehört, und plötzlich klingt das Wort ganz falsch, denn Sparschwein kennt man ja, aber nun macht dieses »Span« im Wort gar keinen Sinn mehr, und dann denke ich, ich muss ganz schön betrunken sein, so wie ich jetzt denke. Aber so ist das ja öfter, dass man sich an einem Wort aufhängt und es immer und immer wieder ausspricht, und je öfter man es wiederholt, desto weniger Sinn macht es. Bis es zum Schluss nur noch eine einzige Ansammlung von Lauten ist.

Das Goldgelb des Feuers spiegelt sich in den Gesichtern der Menschen wider, die im Kreis drum herumstehen, und Mia ist überdrauf, hüpft hoch bei jedem Satz, den sie hinausschreit: »Krass Mann, was sich für wunderschöne, goldbraune Nu-an-cen bilden, wenn das Schwei-ne-fett mit dem Feu-er in Ver-bi-nd-u-ng tritt!«

Der Typ neben mir mit dem kleinen Schnauzer erklärt: »Ditt Schwein als Statussymbol, vasteehste? Ditt soll keener essen, ditt steht hier nur rum. So wie mein ukrainischer Hausmeister 'nen fetten BMW vorm Haus stehen hat, obwohl jeder in der Straße weeß, ditt der nur jeleast ist.«

Und ich sage: »Hmm«, weil ich ihn ja auch fast verstehe, aber da grölt Mia schon wieder von hinten: »Versteht ihr? Wir sind ja auch alle viiiel zu drauf, um vom Schweiiin zu ess-ssen!«

Und ich denke, ey, ich bin nicht drauf, sondern nur ziemlich betrunken, das ist nämlich das Nicht-Faire, dass diese ganzen Junkies immer denken, alle anderen seien auch überdrauf. Und dann sagen sie so was am nächsten Morgen wie: Heloise, du kamst ja gestern gar nicht mehr klar, was hattest du denn genommen? Und man denkt, das muss ich mir jetzt echt nicht antun, ich war nämlich im Gegensatz zu dir einfach nur betrunken.

Das Spanschwein dreht sich immer noch zweckentfremdet, zum puren Symbol missbraucht um sich selbst herum. Mia fährt sich mit den Händen hektisch durchs Haar, reibt sich die Nase. Kommt mit weit aufgerissenen Augen auf mich zu. »Schatz, ich liebe dich, ja? Silvester, Mann, Scheißjahr vorbei. Alles neu!«

Fahren morgens nach der Hochhaus-Asbest-Party noch irgendwann ins Crocket. Stehen in der Schlange. Luise versucht, am Telefon herauszubekommen, ob Easyjet trotz des Eissturms, der seit ein paar Tagen wütet, am Montag nach London fliegt, sie muss zurück zu ihrem Praktikum. Ich bemerke nur, dass sie völlig hinüber ist. Sie spricht die Worte auf fast bewundernswerte Weise falsch aus, zieht sie wie wild zusammen, betont mal das Ende, mal den Anfang, und ich muss laut lachen, weil ich weiß, dass die arme Telefonistin am anderen Ende sie zu keinem Prozent verstehen kann. Dann fängt Mia vor mir in der Reihe plötzlich an, uns alle nervös zu machen, indem sie behauptet, die Bowle von der Party gerade eben sei in echt voller MDMA gewesen, und ich denke, verdammt, sei ruhig jetzt. Ich meine, sie weiß doch, dass ich wirklich gegen Drogen bin, so aus Prinzip, meine ich, weil man ja weiß, dass alles Schlechte davon kommt und keiner dagegen gewinnen kann. Denke dann aber, na ja, von wegen Tendenz zu allgemein positiver Grundstimmung, dass MDMA vielleicht das Einzige ist, was Sinn macht. Ich meine, ich bin jetzt zwei Stunden ziemlich glücklich und dann am nächsten Tag vier Stunden nicht, und das ist irgendwie okay und kalkulierbar. Spüre nun wirklich einen ekligen, bitteren Geschmack im Mund und glaube auch zu bemerken, wie irgendwas zu wirken anfängt. Meine Mundwinkel ziehen sich wie von alleine hoch. Versuche, mir das Ganze nicht anmerken zu lassen, bekomme aber schon erste hysterische Lachschübe und probiere stattdessen meinen zweiten Lederhandschuh zu finden. Drehe mich um und beobachte dabei, wie der Typ hinter mir auf den Flyer in seiner Hand guckt und zum Jungen neben sich sagt: »Alter, ich sag dem Honk noch, dass man Silvester im Deutschen mit i schreibt und nicht mit y.«

Und muss laut lachen, weil ich nicht wusste, dass irgendjemand noch das Wort »Honk« benutzt, ich meine, ich beleidige meine Freunde ja auch nicht mehr mit »Behindi«, »Keck« oder »Fisch«. Und dann auch über den Satz, denn den habe ich vor ein paar Stunden selbst zu

Luise gesagt, als ich noch klar war. Und sie darauf: Ja, richtig so, und alle Leute müssen wissen, dass der Imperativ von »geben« »gib« ist und von »werfen« »wirf«, so mit aufgesetzter, nervender Stimme, wie man so was halt sagt, wenn man versucht, sich selbst als Professorentochter zu parodieren. Dann sehe ich, wie der Typ den Flyer hinten in seine linke Hosentasche steckt, ihm dadurch aber sein Handschuh hinunterfällt. Ich bücke mich also, um ihn aufzuheben, komme hoch, blicke dabei in sein Gesicht und registriere, dass er ziemlich süß ist. So genau mein Typ, mit braunen Locken und Gesichtszügen, die ich unwillkürlich als charmant bezeichnen würde. Als ich ihm seinen Handschuh zurückgeben will, stelle ich fest, dass er meinen Handschuh in der Hand hält. »He, das ist meiner!«, sage ich.

Und er: »Da du einen handfesten Beweis hast«, und gibt ihn mir wieder.

Ich lächle, denke, ein ganz Smarter, »eine Hand wäscht die andere«, und halte ihm seinen hin.

»Da gebe ich dir die Hand drauf! Ist ja immerhin ein echter Lammlederhandschuh«, und ich staune, dass einem Jungen so was so schnell auffällt, also aus welcher Haut welchen toten Tieres mein Handschuh ist, das ist ja fast pervers, und schaffe es gerade noch »Dafür lege ich meine Hand ins Feuer!« zu witzeln.

Aber da kommt Mia schon angestürmt und sagt: »Ja, ja, los, Heli, ich kenn den Türsteher am Seiteneingang«, und zieht mich fort.

Der Typ lächelt mich an. Ich finde, er hat das wunderschönste Lächeln der ganzen Welt, so strahlend und offenherzig, und diese Lippen und der Dreitagebart!

»Ich heiße Heloise, ja? Schreibe fürs *Weltmeister Magazin*. Google das!«, rufe ich ihm hinterher. Er winkt mir mit seinem Handschuh zu, ich ihm mit meinem zurück und lache, und er lacht, und dann sind wir schon im Dunkel des Clubs angelangt.

»Mia, Mia, ich habe mich gerade verliebt!«, schreie ich ihr nach.

Und sie: »Nein, Schatz, ich sagte dir doch, da war MDMA in der Bowle.«

Und ich: »Nein! Wie wir gerade unsere Handschuhe ausgetauscht haben. Das war wie die Ringzeremonie bei einer Hochzeit!«

»Du bist so scheiße spirituell«, ärgert sie mich.

»Und du bist so scheiße aggressiv vom Koks!«, schreie ich.

UND PLÖTZLICH: ALLES LICHT! FREUDE! MUSIK!

**16:04**

Finde Handy mein laut Scooters' *How Much Is The Fish* kreischend neben offener Crémantflasche. Freue mich über alle drei. Entscheide mich für generell positive Grundstimmung im neuen Jahr, was natürlich ein total blöder Vorsatz ist, und deswegen auch gleich noch für: Alles ist möglich. Bemerke, wie ich überlangsam in jeder meiner Bewegungen bin und nicht richtig hören kann, weil so ein gedämpftes Rauschen mich von der Außenwelt trennt. *Missed Call: Luise Handy.* Frage mich, ob heute schon der zweite Januar ist oder immer noch der erste. Und warum ich nur noch einen Schuh anhabe.

»Luise«, krächze ich und will sie gerade daran erinnern, wie lustig wir es damals fanden, so total betrunken dieses geniale Lied der späten Neunziger als Klingelton einzustellen. Obwohl nun alle bei einem Anruf immer denken, ich sei eines dieser ravenden Ost-Spacken-Mädchen oder ganz hart auf irgendwas hängengeblieben. Doch dann werde ich unterbrochen und höre Stimmenwirrwarr und Techno, und sie brüllt: »Weißt du, Heli, wenn ich was an Berlin liebe, dann ist es, dass diese Stadt Platz für meine ganze Vergangenheit hat, verstehst du? Ich meine, ich war gerade auf einer Party in einer WG, da wohnt dieser dumme Penner, der mich in der Siebten für das blonde Mädchen mit den rosa Pullis aus der 7b verlassen hat, und gleich nebenan ist das Haus, wo ich zum Geigenunterricht musste! Aber Mann, fuck it. Berlin ist so groß. Weißt du, wir können immer wieder von vorne beginnen!« Sie hält kurz inne. Brüllt dann wieder: »Ich liebe dich, ja?« –

»Ich liebe dich auch«, murmle ich, und sie fragt: »Kommst du her? Wir sind immer noch im Crocket.«

Und ich so, überschwerfällig: »Ich kann nicht, hab einfach keine Energie mehr.« Worüber ich lachen muss, weil ich zum Satzende hin tatsächlich immer langsamer geworden bin, als hätte ich wirklich 'ne leere Batterie. Und Luise lacht auch, aber ich weiß nicht, ob über das Gleiche oder einfach auch nur aus allgemein positiver Grundstimmung, und sage dann: »Ich muss jetzt schlafen, denke ich.« Will sie noch fragen, welches Datum wir heute haben. Und ob sie weiß, wo mein Schuh ist. Aber da hat sie schon aufgelegt.

Mühe mich zurück ins Bett und bemerke, jeder Muskel schmerzt. Denke, Silvester in Berlin, das ist eigentlich immer schrecklich. Das weiß jeder, das kriegt man von klein auf per Erziehung mitgegeben. Allein der ganzen kleinen, immer draufen Spanier wegen, die in ihren komischen Rastahaar-Batikkleider-Gruppenansammlungen hier herumstehen, als wäre es wieder 1996 oder so. Oder, ganz übel, wegen dieser 3-Tage-in-Berlin-Bustouristen, die sich innerhalb einer Stunde alles reinhauen, was sie kriegen können, und bei denen man immer denkt: Jetzt seid ihr so zu, ich meine, da hättet ihr auch in eurem Idiotendorf bleiben können. Eigentlich total unsinnig, sich genau an diesem Tag den Stress zu machen, auf möglichst viele Partys zu gehen. Wo es doch draußen mit Sicherheit überkalt ist, jeder Eintritt viermal teurer ist als sonst, alle Clubs überfüllt sind und die bescheuerte BVG nur im Feiertagsmodus fährt. Oder dass man ständig versucht, sämtliche Leute beieinanderzuhalten, sogar solche, mit denen man sonst aus rationalen Gründen nicht feiern geht. Zum Beispiel, weil sie einfach wirklich sehr, sehr langweilige Menschen sind.

**17:12**

Jetzt, in diesem schrecklichen Zustand, in dem man sich vor lauter Zeit an alles erinnert, fällt mir auch wieder der Handschuh-Mann ein, und ich finde, alleine die Tatsache, dass er wusste, aus welchem Leder mein Handschuh war, das muss man sich mal vorstellen, ist ein Beweis, dass er eine Freundin hat. Ein handfester Beweis, meine ich. Muss das auf jeden Fall mit Mia besprechen.

Ich hoffe, er macht nichts mit Mode und weiß es deswegen!

Lieber Gott, ich weiß auch, eine alte Berliner Weisheit ist, je schlechter das Jahr anfängt, desto besser wird es. Aber kannst du bitte Veränderungen in all meinen Lebensbereichen herbeiführen? Dafür sorgen, dass ich nächstes Jahr um diese Zeit mit meinen Mädchen völlig betrunken am Kamin in einem Landhaus sitze, das nicht in Brandenburg liegt, und aufgespießtes Brot in geschmolzenen Käse tunke? Kannst du mir auch einen Mann dazugeben, dem das Landhaus gehört und der mich per Heirat in Steuerklasse V versetzt?

## 19:30

Habe gerade mutig meinen Fellparka angezogen. Bin raus auf die Straße, um zu gucken, ob Videothek offen hat, muss jetzt aber feststellen, dass die noch bis Montag in den Betriebsferien sind. Das können die doch nicht machen! Wissen die denn nicht, dass gerade jeder von irgendwas runterkommt und alle, sogar die emotional Gefestigten unter uns, die Pärchen, am Neujahrstag einen Film brauchen? Wie um meine gerade aufgestellte Theorie zu bekräftigen, ruft Luise an und sagt, ihr gehe es ganz schlecht, sie komme runter. Sie läge bei Mia im Bett, die sei aber immer noch nicht zu Hause. Außerdem fliege Easyjet doch, was heißt, dass sie ab Montag wieder in London sein werde. Ich sage, sie solle sich keine Sorgen machen. Rede mit Leuten, die Drogen genommen haben, ähnlich wie mit Behinderten, alten Leuten oder frisch Getrennten. Ich würde gleich zu ihr kommen. Belehre sie neunmalklug: Das Einzige, was jetzt hilft, ist die erste Staffel von *The Nanny*, die ich von zu Hause holen werde und eine Packung Erdbeerjoghurtschokolade.

Treffe Flughafen-/Ecke Hermannstraße meinen Chef vom *Weltmeister Magazin*, Bornerd. Neben ihm an seiner Hand läuft das Mädchen aus der Redaktion, von deren Name ich immer nur eine Ahnung habe. Cayenne, Sharon, Charleen? Eben das mit dem leicht dümmlichen Gesichtsausdruck. War mir aber sicher, es sei auch nicht weiter wichtig, ihn sich zu merken, weil sie eh nur eine der unbezahlten, auf drei Monate befristeten und mit Sicherheit nie eingestellten Praktikantinnen ist, die bei uns so was machen wie Briefe eintüten oder Leserbriefe beantworten und damit sogar noch weniger Ansehen genießen als die Leute vom Marketing. Sie stehen in der Hierarchie sogar noch unter der kleinen, gollumähnlichen kroatischen Klofrau, die ja immerhin diverse Aufputschmittel vertickt und auf die wir angewiesen sind, weil sie die neuen Kaffeefilter kauft, und ohne die läuft bei uns ja gar nichts. Wenn man bedenkt, dass dieses Mädchen jetzt mit dem Herausgeber zusammen ist, dann hat sich die Investition für es definitiv gelohnt. Ärgere mich ein bisschen, wieso mir bis jetzt entgangen ist, dass sich zwischen den beiden etwas anbahnt. Ich meine, was ist da los mit dem Raucherpausentratsch?

Sie guckt mich an, zickig, fragt: »Ach, Pelz ist jetzt wieder politisch korrekt, oder was?« Ich wundere mich fast, dass sie nicht noch ein »Biatch« hinten ranhängt. Versuche aber weiterhin, ruhig zu ihr hinzublicken.

Ganz schön frech das Mädchen. So sind die Praktikantinnen von heute, kaum schlafen sie mit irgendjemandem in einer höheren Position, glauben sie, die Machtverhältnisse übertragen sich automatisch auf sie selbst! Eugen, der Schwächling, schaut unbeteiligt zur Seite und sagt nichts. Ich kann seine Waldorfschulzeitvergangenheit beinahe körperlich spüren.

»Klar, denn in Berlin regiert die Mode«, gebe ich schnippisch zurück.

Gott sei Dank, bevor sie jetzt die ganze Ghettokiste rauskramt und ich mein letztes bisschen Energie darauf verschwenden muss, ihr andeutungsweise eine runterzuhauen – dabei sind es zu Mias Wohnung noch immer 400 Meter –, fängt dann der Eugen an, in einem Schwall von wirren Wortaneinanderreihungen und heiserem Gekichere von seinen letzten dreißig Stunden im Crocket zu erzählen: »Krasseste Freakshow, überall Monster mit Killerhänden, Sharmaine sah aus wie eine Elfe, weißt du, Glitzer, alle tanzen. Wir haben uns ein Traumuniversum gebaut ...«

Kann so etwas bitte nicht der Chef zu einem sagen? Ich gucke die beiden an, wie sie da vor mir stehen, mit extrem geweiteten Pupillen, verschmiertem Glitzer und dreckigen Federn im Gesicht und sich gerade gegenseitig Stücke eines alten Berliners in den Mund schieben. Ich bleibe erst mal neutral. Mir fällt auf, dass der Bornerd so richtig fiese Falten bekommen hat, dabei ist er auch nur ein paar Jahre älter als ich. Dicke Einschnitte, die wie langgezogene Lachfalten unter seinen Augen sitzen. Ich bemerke mit fast kindlicher Freude, dass sich Glitzer darin verfangen hat, und wenn er spricht, dann glitzert und funkelt sein ganzes Gesicht abwechselnd, je nachdem, welcher Glitzer in welcher Falte gerade ab- oder auftaucht.

Weiß er denn nicht, dass Clubgeschichten so eine Sache sind? Dass die für andere, die nicht dabei gewesen sind, kaum nachfühlbar sind? Man kann da nur nicken und ab und an höflich »Echt?« nachfragen, weil Sätze wie »Wir haben über getanzt« oder »Sind krass abgegangen auf den Beat« es einfach nicht schaffen, die Stimmung zu vermitteln, die sie eigentlich ausdrücken sollen. Das ist auch das Ding mit den Drogen, denke ich nun weiter, während Eugen immer noch von den Lichtinstallationen schwärmt und ihn die Praktikantin dabei verliebt anguckt und vor lauter Hochachtung an seinem Hosenstall rumnestelt, dass sie nämlich nie den eigentlichen Zustand ändern, sondern nur die Wahrnehmung davon. Und da ich keine nehme, finde ich es irgendwie nicht fair, dass alle anderen es tun, denn ich war ja auch auf der Party, und ich weiß, es war ganz anders da. Nämlich ziemlich voll, alles Touris, der eine Lautsprecher durchgeknallt, und für ein Bier, das umgerechnet sieben Mark gekostet hat, stand ich ewig an. Nur um am Ende dann die Pfandmarke zu verlieren. Wann haben eigentlich alle den Respekt vor Drogen verloren?, will ich mich gerade fragen, doch jetzt fängt auch noch das Praktikantinnenmädchen an mitzuquaken, und das geht nun gar nicht, denn ich habe ja diesen ganz fiesen Kater, der da oben links in meiner Schläfe sitzt und es definitiv nicht aushält, dass das dumme Ding in dieser Tonlage mit mir redet.

Verabschiede mich also schnell, indem ich demonstrativ nur Bornerd angucke und dann sage: »Ciao Eugen, wir sehen uns bei der Arbeit«, nur um mal klarzustellen, dass es auch Mädchen gibt, die mit Männern arbeiten, ohne gleich etwas mit ihnen anzufangen. Und auch, das gebe ich zu, damit Eugen nicht bemerkt, wie es mich ärgert, dass er etwas mit der dummen Shaya hat. Nicht, dass ich auf ihn stehe, so verbraucht wie er ist, und dann dieser Name, aber wenn die beiden sich nun offiziell als Pärchen outen, bin ich der letzte Single beim Weltmeister. Und: Yes, it matters. Marketing-Marvin jetzt mal ausgeschlossen, aber der ist ja auch ein Idiot.

**21:06**

Jetzt liege ich hier mit Luise in Mias großem romantischen IKEA-Bett, das wirklich jedes Mädchen hat – auch wer nichts an Möbeln von IKEA hat, jede hat dieses Bett mit den verschnörkelten weißen Stäben und dann noch irgendwie ein, zwei Bettwäschesets, zum Beispiel das mit den Rosen, und sofort heißt es, die hat ja alles von IKEA. Versuche mich selbst so zu langweilen, bis ich genau wie Luise neben mir friedlich mit einem Speichelfaden im Mundwinkel einschlafe. Aber nun dringt leise ein jazzige Version von *Can't Take My Eyes of You* durchs Hoffenster zu mir rein, und ich fange an, meinen Exfreund zu vermissen. Gestehe mir ein, dass ich gehofft hatte, Philipp würde vielleicht gegen zwölf anrufen, weil ich irgendwie finde, Silvester ist so ein offizieller Anlass, wo sich einfach jeder bei jedem meldet und eh die Hälfte aller Anrufer wegen Netzüberlastung nicht durchkommt, da kann man schon mal sagen: »Gutes Neues!«, ohne dass es irgendwas bedeutet, und außerdem, weiß der nicht, dass das alles mit unserer belastenden Vergangenheit, blabla, nicht mehr zählt, sobald die Temperaturgrenze von minus zwanzig Grad unterschritten ist?

Wir haben immer erzählt, dass wir uns Silvester kennengelernt haben. Was genau genommen, wenn ich jetzt darüber nachdenke, gar nicht stimmt, denn eigentlich haben wir schon zwei Wochen davor miteinander geschlafen. Dann bin ich aber über Weihnachten nach Hamburg zu meinem Vater gefahren, und deswegen sahen wir uns Silvester vor drei Jahren zum ersten Mal nach unserem ersten Mal wieder. Ab dem Punkt waren wir nicht mehr zu trennen und lebten ewig glücklich. Bis wir eines heiteren Tages dachten, dass man, wenn man jung ist, in Berlin als Single viel mehr Spaß hat, uns trennten, bitterlich miteinander kämpften, nur um nun beide bis in alle Ewigkeiten dazu verdammt zu sein, frustriert uns auf Singlewohnungen mit zwei Kochfeldern im integrierten Schlaf-/Wohn-/Arbeitszimmer zu bewerben, und das alles auf siebenundzwanzig Quadratmetern. An Fisch-sucht-Fahrrad-Partys teilzunehmen und die extra für eine Person verpackten Gemüsetüten im Supermarkt zu kaufen, die genauso viel kosten wie das Family Pack daneben. Das man aber nicht kaufen kann, weil auf dem Cover das Bild einer glücklichen Familie zu sehen ist und man deshalb bei jeder Kilopackung Blattspinat sofort das Bedürfnis verspürt, sich direkt auf die Hermannstraße zu stürzen. Oh Gott, das Lebensgefühl Ü30 ist plötzlich fühlbar nahe gekommen.

Muss morgen Mia anrufen und fragen, ob sie glaubt, dass dieser Handschuh-Mann mit den braunen Locken wirklich so hübsch ist, oder ob echt einfach nur MDMA in der Bowle war. Ich glaube, ich rufe jetzt gleich mal Mia an und frage sie, ob sie einen Mann mit Landhaus kennt. Denn Mia kennt alle und jeden und definitiv 'ne Menge Männer, auch solche mit Landhaus. Aber dann geht sie nicht ran, was verwunderlich ist, weil draußen minus zwanzig Grad, und sie kann unmöglich immer noch im Crocket sein. Aber vielleicht ist auch die neue Folge von *Gossip Girl* schon online und sie voll drauf hängengeblieben. Ich stehe am Fenster und überlege, wie ich es in der Silvesternacht nur geschafft habe, einen Schuh zu verlieren.

## SAMSTAG, 3. JANUAR

### 17:12

Habe gerade etwas Blödes getan! Beim Baden entdeckt, dass eine Personenwaage seitlich zwischen Regal und Waschbeckenhalterung klemmt. Dann gedacht, die muss wohl Kati gehören, denn die ist essgestört und hat dieses ganze Zeug von wegen Kalorienzählbuch, Joggingschuhe, Ernährungsplan etc. und anscheinend halt auch diese Waage. Die so eine von diesen ganz modernen, mit LED-Anzeige, Körperfettanteilmessung und blauem Blinklicht ist, weswegen ich dachte, das muss ich ausprobieren! Sprang fidel für einen Samstagnachmittag aus der Wanne, stellte mich drauf und erwartete einiges an Unterhaltung. Da kam aber nicht viel. Nur eine Zahl. Ich dachte, na, das kann aber nicht sein. Weswegen ich mich noch mal raufstellte. Aber da war wieder diese Zahl. Und sie blieb, und ich musste damit umgehen.

Konnte ich natürlich nicht und suchte deswegen panisch mein Handy, um Luise anzurufen. Dachte dabei, natürlich habe ich von Weihnachten bis Silvester zugenommen! Es ist doch echt ein Wahnsinn, was man für einen Marathon an Massen von Essen da durchlaufen muss. Kein Berliner Mädchen kann mit Gratisessen umgehen!

**17:19**

»Luuuiiise«, heule ich laut als Begrüßung ins Handy. »Ich habe in acht Tagen vier Kilo zugenommen, das ist doch echt Blödsinn!«

Und sie so: »Vier Kilo in 'ner Woche? Das ist echt 'ne Menge«, wie es halt ihre gottverdammt pragmatische Art ist.

»Danke, Luise«, antworte ich geknickt. Kann sie mich bitte einfach mal anlügen?

Doch sie bleibt hart. »Heli, bitte komm mir jetzt nicht mit so einem Mädchenschwachsinn.«

»Du hast gut reden«, werfe ich beleidigt dazwischen. »Du bist ja auch überdünn.«

»Ja, weil ich zu hundert Prozent die Hormone meines Vaters habe. Deswegen bin ich auch so karrieregeil, und meine Brüste sind nicht mehr gewachsen, seit ich elf war.«

»Aber Mia ist auch voll dünn!«, piepse ich.

»Weil sie alles wegschnieft, was man ihr hinhält. Außerdem weißt du, dass sie ihre Oberschenkel zu dick findet«, wendet Luise ein, und mir geht es schon viel besser. »Sie ist also gedopt«, schließe ich, und sie lacht und sagt: »Wenn du es so sehen willst. Heli, glaub mir, den echten Männern ist Gewicht so pillepalle. Es gibt nichts Sexyeres für die als eine entspannte Frau, die ihren Körper liebt und damit umzugehen weiß.«

»Ja, aber ich fühle mich nicht wohl bei der Zahl«, quengle ich dazwischen.

Sie hält inne, überlegt. »Weißt du, das Bild, das andere von einem haben, hängt immer ein bisschen nach. Alle Männer, die dich jetzt treffen, haben immer noch die wunderschöne Heloise vom letzten Sommer im Kopf. Mit den herrlich grünen Augen und der nussbraunen Haut. Und dabei belassen sie es auch erst einmal. Eh die bereit sind, das generalzuüberholen, scheint schon wieder die Sonne, und du bist schlank.«

»Das heißt, wenn ich schlank bin, dann sehen sie mich stattdessen so, wie ich jetzt aussehe?«, frage ich erschrocken.

Schweigen.

»Ja, ich meine, nein! Denn jetzt kommt ja wieder ins Spiel, dass du dich dann wegen den paar Kilos weniger besser fühlst, weswegen deine Ausstrahlung super ist, du dich beim Sex entspannst und die Jungs folglich auf dich stehen«, schließt sie triumphierend ihre Argumentation. Ich bin gleichermaßen beeindruckt und begeistert. Genau weil Luise so was kann, studiert sie nämlich Politikwissenschaft. Wir quatschten noch kurz, bis wir beide draufkommen, dass Mia bei keiner von uns ist, wo wir doch die ganze Zeit gedacht haben, dass sie bei der jeweils anderen ist. Weswegen wir beschließen, schnell aufzulegen, damit wir nun beide versuchen können, Mia zu erreichen.

**19:21**

Suche Ladegerät für Handy, kann es nicht finden und werde ganz wütend, weil ich denke, dass es Kati sich bestimmt wieder ausgeborgt hat.

Gott, ich bin so jung! Früher konnte ich alles essen und tagelang durchmachen, und nun denke ich immer wieder, wow, ich kann ja alles essen, alles, was ich will – und nichts passiert! Das geht dann eine Woche so. Und danach bin ich dann jedes Mal überrascht, wenn ich merke, dass es doch nicht mehr klappt. Aktion, Reaktion. Erstes Kapitel der Weisheit.

Plötzlich finde ich Ladegerät erstaunlicherweise an seinem üblichen Platz zwischen Bett und Wand und habe nun ein bisschen schlechtes Gewissen, schon wieder die arme Kati beschuldigt zu haben, die sowieso ein schwacher Mensch ist. Aber ich weiß auch, das liegt dran, dass ich sie einfach nicht mag. Rufe Mia an. Sie hebt – ich bin wieder erstaunt, was ist denn da los im neuen Jahr? – beim ersten Klingeln ab.

»Mia Horstkotte, wo warst du eigentlich nach dem Crocket? Luise und ich haben noch 'ne Stunde lang versucht, dich zu finden.« Ich lache bei der Erinnerung daran, wie Luise und ich am Neujahrsmorgen betrunken durch den Club randaliert haben und Luise wüst alle Touristen beschimpft hat, die uns ihrer Meinung nach im Weg standen. »Wir hatten schon Angst, deine Mischung aus MDMA, Koks und der roten E mit dem Totenkopf drauf sei doch falsch gewesen.«

Sie antwortet nicht, sondern druckst rum und nuschelt dann: »Ich war bei Roger Marquardt.«

Ich bin ernsthaft schockiert. »Waaas? Macker-Marquardt? Ich hasse den!« Und bin persönlich beleidigt. »Weißt du nicht mehr, als wir am Eingang zu seinem dummen Club standen und versucht haben reinzukommen? Und du hast zum Türsteher gesagt: ›Ich kenne den Besitzer.‹ Er hat dich ignoriert. Daraufhin hast du schelmisch hinterhergeschoben: ›Ich schlafe mit ihm.‹ Aber da brüllten die zwei Mädchen hinter uns: ›Das haben wir auch! Dann wollen wir auch rein!‹ Und selbst der Türsteher mit all seinen Steroiden intus und voll auf Speed musste lachen, und keine von uns kam rein. Ich meine, Macker-Marquardt, das ist so ein blöder kleiner Kokser!«

»Ja, aber noch hat er keine Koksflaute, falls du verstehst, was ich meine. Und so lange ist er einfach ein guter Liebhaber, der sich über seine Kohle definiert, weswegen er denkt, er müsse mir alles ausgeben. Komm schon, Hass ist ein starkes Wort. Es war Silvester, da sind die Gefühle immer überzogen! Außerdem hatten wir leidenschaftlichen Sex auf dem Kühlschrank, im Taxi, auf dem Klo. Und dann hat er mich nach zwei Tagen rausgeschmissen mit den Worten: ›Bye, Marie.‹«

»Hä? Wieso Marie?«

»Keine Ahnung, er weiß genau, wie ich heiße. Ich glaube, das ist so eine Masche, die er in einem Film gesehen hat. Weißt du, dass er sich von Mädchen mit dem falschen Namen verabschiedet, damit sie denken, dass er sich emotional gar nicht mit ihnen beschäftigt hat.«

»Nein, weiß ich nicht. Gott, der Typ ist so scheiße. Obwohl Sex auf dem Kühlschrank ist echt 'ne gute Sache. Ich finde es einfach nur arm, wenn Jungs denken, dass soziale Anstandsregeln bei einem One-Night-Stand nicht gelten.« Wir schweigen beide. Ich denke an meinen Kühlschrank. »Mia, weißt du, was ich einfach nicht verstehe? Du könntest jeden haben. Die Typen stehen reihenweise auf dich, mit deinen langen Beinen und deinen roten Haaren. Du bist das, was Rubens gemalt hätte, wäre Beyoncé damals seine Muse gewesen.« Sie lacht. »Und trotzdem fällst du immer wieder auf diese Luschen rein!«

»Ich ...«, ihre Stimme klingt härter, dann rattert sie runter: »Du weißt doch, mein Vater starb, als ich sieben war, und seitdem kann ich mich nicht mehr emotional auf andere einlassen.«

Diese Nummer wieder. Das war definitiv das Endargument. »Mia, meine Mutter hat meinen Vater verlassen, als ich vier war, weil er nach elf Jahren Beziehung mit ihr gemerkt hat, dass er doch schwul ist. Ich müsste das Urvertrauen in alle männlichen Wesen verloren haben. Sie ist nach Amerika gegangen, und ich habe sie nie wieder gesehen. Mein erster Freund Felix hat mich nach sechs Wochen Beziehung mit einem Mädchen von der Nachbarschule betrogen. Ich habe die sogar beim ›Eisessen danach‹ oder so was Perversem getroffen, und er hat es geschafft, mir zu verklickern, dass sie seine Cousine ist. Ich kannte das Mädchen schon seit der musikalischen Früherziehung. Sie hatte blonde

Haare, er braune Locken. Ich wusste die Wahrheit und wollte sie nicht wahrhaben, und trotzdem, liebe Mia Horstkotte, vertraue ich Menschen immer wieder. Bin mit Philipp zusammengekommen, halte zu meinem Vater Kontakt und bin mit dir befreundet. Obwohl du mit Abstand der unsicherste Faktor in meinem Leben bist.«

Sie lacht wieder und sagt dann, um Frieden zu schließen, sie habe nächste Woche die komplette Hauptschicht im Schlösschen. Mit einem Schlag werde ich damit an die weit hinter alle Kindheitstraumata verdrängte Tatsache erinnert, dass am Montag wieder die Uni anfängt. Dann übermannt mich der Schrecken, denn mir fällt auf, dass Montag schon übermorgen ist! Sage mit stockender Stimme, dass sie gar nicht wisse, wie wichtig das für mich sei. Ich würde jeden Tag zu ihr kommen, und sie solle mir doch bitte immer die alten Mettbrötchen aufheben, denn das mache den Braten auch nicht mehr fett. Wir verabschiedeten uns, und jetzt sitze ich hier und frage mich, ob es noch zu früh ist, um sich die Zähne zu putzen.

Ach Mia. Beinahe beneide ich sie um die Toleranz bei der Wahl ihres Sexpartners. Sie kann sich mühelos auf irgendeinen Typen einlassen, ganz egal ob er ihr vom Aussehen gefällt oder sie schlecht behandelt. Sie holt sich einfach aus jeder Beziehung, was sie braucht, und wenn sie entscheidet, dass sie es nicht mehr will, löst sie sich problemlos.

Ich freue mich ehrlich gesagt ein bisschen auf den ersten Unitag. Endlich wieder all diese merkwürdigen

Menschen, die Unberührten, wie Mia sie abschätzig getauft hat. Die mit den witzigen Funktionsjacken von Tchibo, die ja auch echt praktisch sind, und die anderen, immer noch in Chucks und mit Rastazöpfen, als würde das jetzt noch Sinn machen. Oder die ganz seltsamen Mädchen, die nie etwas sagen und irgendwie alle gleich blass, gleich blond sind und immer emsig mitschreiben, völlig unreflektiert und ungefiltert, ob der Stoff überhaupt relevant ist für die Abschlussprüfung, und über die ich mich schon in der Grundschule damals so geärgert habe, weil sie im Mündlichen eine Zwei bekamen, obwohl sie echt nie etwas gesagt haben!

Jetzt gerade das Gefühl: Ich erstarre gleich wie das Eis da draußen auf den Straßen. Ist das kalt hier. Altbauwohnungen bei minus siebenundzwanzig Grad sind einfach nicht mehr witzig.

## MONTAG, 5. JANUAR

### 07:03

Bin gerade senkrecht aus dem Bett emporgefahren, als hätte mich jemand hochgezogen, um mir dann von links einen Kinnhaken zu verpassen, weil ich träumte, dass ich verschlafen habe. Ich bin ganz erstaunt darüber, dass ich im Kopf ziemlich fit bin, während ich es körperlich nicht bin und wie ein Idiot gegen alles renne, was in unserer Wohnung ist. Setze Teewasser auf, mache Espressokanne fertig. Freue mich, dass Kati nicht das Bad besetzt und ihre Silhouette betrachtet. Oder was sie auch immer macht, ich möchte das gar nicht wissen. Freue mich noch mehr, dass Espresso in der Zeit nicht übergekocht ist, während ich auf dem Klo war. Ein Lächeln dafür, dass es für sieben Uhr im Januar schon fast hell ist. Pure Freude, als ich hinten im Kühlschrank noch Biomilch finde. Schütte sie zu Tee in Thermoskanne, sehe durchs Eingießloch, dass sie anfängt zu flocken. Realisiere, dass sie wohl schlecht ist. Überlege, ob ich anfangen kann zu weinen, versuche dann aber generell positive Grundstimmung. Komme zu dem Schluss, dass gegorene Milch eigentlich Sauermilch ist und die von wegen Darmbakterien eh viel gesünder. Uäh. Nehme mir vor, morgens nicht mehr Sätze mit »Darm« zu denken.

Versuche, das Schild mit dem Spruch am Yogi-Teebeutel zu ignorieren. Schaffe es nicht und lese: *Der Kopf muss sich vor dem Herzen verneigen.* Aha.

Ich habe sowieso gehört, man solle aufgrund der Laktose in der Milch immer eine Banane dazuessen, wegen dem darin enthaltenen Kalium. Das kam bestimmt von meinem Papa. Aber der ist gerade irgendwo zwischen Saint Tropez und Marseille mit seinem neuen bescheuerten Freund Jacques unterwegs und schon seit einer Ewigkeit nicht mehr in meiner Küche gewesen und hat deswegen gar keine Ahnung, wie es hier aussieht. Sonst würde er wissen, dass hier keine Banane lange überlebt. Denn, Papa, ich lebe nicht nur mit einer essgestörten Stylistin zusammen, die dauernd versucht, ihr komplett verzogenes Selbstbild mit unkontrollierbaren Essanfällen ins Gleichgewicht zu bekommen. Sie wird die Banane also zusammen mit meinen Sojapuddings verschlungen haben, nur um das Ganze eine Stunde später wieder auszukotzen. Aber sie hat ja, Gott sei Dank, wie jede gute Bulimikerin auch einen Sauberkeitsfimmel. Sondern auch noch mit Clemens, dem typisch verplanten, bekifften Physikstudenten, der des Öfteren unangenehm riecht, auf Metal-Rock steht und immer dann seine merkwürdigen Sozialspastikerfreunde zu Splatterfilmen einlädt, wenn ich lernen oder schlafen will oder Besuch habe, mit dem ich schlafen will. Und der jeden Morgen gegen elf, wenn er langsam beginnt aufzustehen, alles auf ein Fladenbrot packt, was sich im Kühlschrank befindet. Vermutlich auch Bananen.

Ich glaube, die beiden sind echt die merkwürdigsten Menschen auf der ganzen Welt. Muss Zustand dringend ändern. Vielleicht habe ich in den kommenden Semesterferien Zeit, eine neue Wohnung zu finden.

Es klingelt. Ich brülle Miriam wie jeden Morgen durch die Gegensprechanlage an, dass ich noch zwei Minuten brauche, sie antwortet mit dem Lärm der Hermannstraße. Miriam ist meine Mitstudentin. Sie ist engagiert, hilfsbereit und ziemlich in die Uniwelt integriert, und ich bin das alles nicht. Die ist eine von denen, die immer die Lerngruppen organisieren und die bei jeder Gruppenarbeit einen guten Ratschlag für mich haben, was mich aber zu totalen Trotzanfällen bringt, so dass ich gar nichts mehr mache, bis man mich dann von der Gruppenarbeit ausschließt. Da sie aber praktisch neben mir wohnt, denkt sie, es sei ganz natürlich, dass wir jeden Morgen zusammen zur Uni fahren, obwohl ich und sie absolut gar nichts miteinander zu tun haben. Ich warte nur auf den Punkt, an dem sie das auch bemerkt.

Ziehe hektisch an, was neben meinem Bett liegt. Finde mein mobiles Musikhörgerät und drücke auf Play. *»Ich will ein böses Mädchen, 'ne echte Schlägerbraut, die von der Schule fliegt, weil sie sich mit Lehrern haut«*, sagen K. I. Z. zu mir. Miriam und ich rennen los.

»Güzel kadın, schönes Mädchen, wohin du gehen?«, ruft mein türkischer Obstmann wie jeden Morgen. Aber heute weiß ich nicht, ob er mich meint oder Miriam. Denn Miriam sieht auch ziemlich gut aus. Ist ja heute nicht mehr so, dass man entweder superschlau sein darf oder nur supergut aussehen muss. »Shopping in Paris!«, schreie ich, wie jeden Morgen.

*»Sie ist ständig im Dispo, fliegt aus jeder Disko. Gesicht wie ein Engel und 'ne Rechte wie Klitschko.«*

Wir kriegen gerade so die letzte U-Bahn, um damit dann am Alex den Anschluss an die Bahn zu unserer Eliteuni zu bekommen. Ich habe Angst, mein Leben wird sich nie ändern.

*»Der Mittelfinger ist ihr Lieblingswort und Gangbang ist ihr Lieblingssport.«*

»Bäh, hier stinkt's nach abgestandenem Rauch!«, sage ich angeekelt. »Ich hasse die U8!«

Jetzt bemerke ich, dass ich es selbst bin. Muss Pulli das letzte Mal in Kneipe angehabt haben.

*»Neukölln, Hartz 4, Problembezirk, wo die Jungfrau nicht älter als 13 wird.«*

### 11:30

Sitze in der Ästhetikvorlesung. Wie glücklich all die lieblichen, kleinen, zarten, blonden Mädchen um mich herum aussehen! Als hätten sie nie totale Hinterfragung ihrer selbst, gemeine Exfreunde oder schwule Väter auf Selbstfindungswegen. Wegen solchen Mädchen denken Jungs, dass Mädchen nicht auf Klo gehen.

Oh Gott, ist das langweilig. Das ist echt immer so: Ich komme in die Uni, setze mich hin, schalte ab. Denke dann auch noch, dass ich damit mein Soll erfüllt habe. Aber das Ganze hat einfach echt komplett nichts mit meinem Leben zu tun. Überlege, ob Professor Moos es merkt, wenn ich schon wieder auf Klo gehe. Aber nein, er sitzt da, ganz Philosophieprofessor, verträumt am Bleistift kauend, und notiert ab und zu seine Gedanken in ein kleines Notizbuch.

**11:41**

Bin draußen. Rauche zufrieden eine auf dem großen Stein neben der Eingangstür, Kunst im öffentlichen Raum, und wache zum ersten Mal an diesem Tag auf. Da blinzelt ganz langsam die Sonne durch dicken Smog und Regenwolken, und ich weiß, eigentlich ist mein Leben ganz gut.

**21:14**

Habe ganz vergessen, warum ich Montage so mag! Kann dann nämlich bei Mia im Schlösschen sitzen und zwei Selbstgebrannte zum Preis von einem trinken. Teufelszeug, das mich gerade weghaut! Gucke mich um und denke so was wie: Das ist echt eine Alt-Berliner Kneipe! Mit schmieriger Holztäfelung an den Wänden, was den Charme einer Jugendherberge hat, und oberhalb davon die nikotingelb verfärbten Wände, übersät mit Bildern von den vergangenen Weihnachts- und Geburtstagsfesten der Stammbesucher. Wo man anhand der Bilder sehen kann, wie die Leute immer älter wurden, bis sie dann eines Tages nicht mehr kamen. Heute waren nur Zuzos, Mias neue Wortkreation für Zugezogene, und Spanier da. Aber, ganz ehrlich, das macht mir gar nichts, also so jetzt gerade, halbbetrunken, denn Spanier haben hübsche Rücken und volles Haar, und ich glaube, ich muss echt mal lernen, Pool zu spielen, um sie näher kennenzulernen.

Beobachte, wie Mia seit Stunden voller Energie Bier austrägt, mit den Leuten witzelt, sich die geifernden Männer mit ihrer typisch Berliner Schnauze vom Leib hält. Mia, meine Mia. Verstehe nur einfach nicht, dass sie innerhalb der letzten vier Jahre nach dem Abitur nichts anderes gemacht hat, als hier zu arbeiten und vielleicht noch die komplette Türsteherszene abzuschleppen. Was durchaus Witzpotential hat, das gebe ich zu, und uns jahrelang dazu verhalf, überall umsonst reinzukommen. Überlege, welche Leistungskurse sie damals eigentlich hatte, kann mich aber nicht erinnern, weil ich alles mit Schule verdrängt habe, und frage mich stattdessen, ob sie einfach nicht weiß, was sie besonders gut kann, oder ob sie sich generell gegen ein Studium entschieden hat. Aber letztendlich bin ich mit meinen Kulturwissenschaften in der gleichen Position. Wo alle immer sagen: Kultur, oh wie schön! Und ich stimme in den Singsang ein und antworte: Oh ja, wunderschön, aber wenn ich noch einmal die Wörter interkulturelle, transmediale Genderscheiße hören muss, dann fange ich an, herrenlose Koffer in Museen abzustellen! Und was genau willst du damit machen? Oh, damit kann man eigentlich alles machen! Nicht? Hilfe, ich steuere auf eine perspektivlose Zukunft zu.

Denke jetzt über Luise nach. Die ist mit ihrem Politikstudium vielleicht die Einzige, die ich kenne, die ihr Studium wirklich ernst nimmt. Das hat nichts mit »Das war das Studium, das ich mit meinem NC machen konnte« zu tun, die war schon in der Schule so engagiert. Während wir mit Fuck-for-peace-Schildern gegen den Bush-Krieg protestierten, nur um endlich die Jungs der Nachbarschule kennenzulernen, oder auch einfach nur, um keine Schule zu haben, war sie diejenige, die mit ihren fünfzehn Jahren, ausgerüstet mit einem Megaphon, auf dem Lastwagen vor uns fuhr und laut ihre selbstverfassten Schriften rausschrie. Jetzt arbeitet sie noch bis zum Sommer bei dieser blöden NGO in London. Ich vermisse sie wirklich. Außerdem ist Mia alleine ein viel zu schlechter Einfluss. Werde nachher noch Luise anrufen und ihr sagen, wenn sie nicht bald wiederkommt, wird Horstkotte mich auf die böse Seite des Berliner Nachtlebens ziehen, und ich werde eine dieser abgefuckten Berliner Barschlampen, die 'ne Haut haben wie Leder, schwarzgefärbte Haare und zwei Bierkästen auf einmal tragen können. Wir sind einfach nur zu dritt Harmonie. Werde ihr noch so 'nen richtig fiesen Spruch hinterherwürgen, so von wegen wenn sie so weitermacht, wird sie nie einen Mann finden, der ihrer würdig ist, weil keiner ihr hinterherkommt. Und dass es nichts bringt, wenn sie allen voraus ist, denn das war sie schon immer.

Ich meine, sie weiß ja, ich meine das nicht ernst.

### 01:23

Wache auf, weil mir einfällt, dass mein Handywecker nicht gestellt ist. Handy in Tasche. Verdammt, kein Akku. Muss Akku finden. Finde ihn nicht. Gebe es auf und versuche, mein schlechtes Gewissen mit Zähneputzen auszugleichen. Sitze betrunken am Badewannenrand, da sehe ich meinen Akku dort in der Steckdose hängen, wie ein halbherziger Selbstmordversuch. Was macht er nur da? Beschimpfe innerlich mal wieder Kati, laufe in mein Zimmer zurück, versuche mit Zahnbürste im Mund Akku in die Scheißsteckdosenleiste hinter meinem Bett zu bekommen. Ziehe dabei die anderen Stecker raus, alle Lampen gehen aus. Ich stehe da, im Dunkeln, schüttle den Kopf und denke nur, irgendetwas läuft gewaltig schief in meinem Leben.

## DIENSTAG, 13. JANUAR

### 11:02

Wenn ich mich bewusst hinsetzen muss, wie jetzt, um die dumme *Heartcore*-Kolumne bis nächste Woche fertigzukriegen, dann ist das, als hätte es mir mein Vater befohlen, und dann kann ich keine zehn Minuten stillsitzen. Ich steh auf, betrachte meine Halbsilhouette im Spiegel, rauche nervös eine nach der anderen, lege mich aufs Bett, streichle halbherzig meine Brüste. Überlege, ob Luise nach Londoner Zeit gerade Mittagspause hat, komme aber auf kein Ergebnis, weil ich vergessen habe, ob die eine Stunde vor oder hinter uns sind. Sehe durch die Scheiben auf das Haus gegenüber und wundere mich, wieso die Mieter es zulassen, dass das Haus tatsächlich in diesem Pissgelb gestrichen wird. Aber unsere Seite ist ja auch diejenige, die die Farbe ertragen muss! Dann denke ich zum wiederholtesten Mal, dass ich die Fenster putzen muss. Aber eigentlich habe ich das noch nie getan, und da ist Neukölln und Taubenkacke von zehn Jahren dran, was ja irgendwie Berlin ausmacht. Oh mein Gott, und dann kommt plötzlich die Frage in meinem Kopf auf: Wenn die neunziger Jahre modisch wirklich wiederkommen, kommen dann auch Doppel-D-Brüste à la Lolo Ferrari? Oder nur so etwas wie Military-Look in Khakifarben und das Gefühl von allgemeiner Frauenpower, versinnbildlicht im Tragen von Anzügen? Ich meine, ich bin für alles, was mit Brüsten zu tun hat und mit grünen Augen harmoniert. Vielleicht kommt sogar dieser Ethnokram wieder, wie bei Madonna in *Frozen*? Ich möchte mal sagen, natürlich finde ich Madonna als Stilikone toll, aber wenn sie jetzt echt den Trend durchsetzt, sich einen 19-Jährigen zum Partner zu nehmen, was bedeutet das dann für mich? 14-Jährige? Oder habe ich einfach bald auch noch Frauen im Alter meiner Mutter als Konkurrentin?

**22:04**

Gerade als ich schon befürchte, ich müsse jetzt versuchen einzuschlafen, schreibt mich Luise über Skype an und erzählt mir, dass sie sich für sieben Euro eines dieser Hochglanzmagazine gekauft hat, die wir ja eigentlich verachten, weil nichts mit unserem Leben weniger zu tun hat als Topmodels und exzentrische Designer. Aber sie wollte unbedingt im Jahreshoroskop erfahren, wann sie den Mann ihres Lebens trifft, um dann endlich die von Papa gesponserte Wohnung zu kaufen, die daran gekoppelt ist, dass sie einen festen Freund hat. Bin immer wieder erstaunt, dass es so was heutzutage noch gibt. Und da steht dann da: Liebe? Übernächstes Jahr ist auch noch ein Jahr. Wahnsinn, wir lachen. Da bezahlt man einen Haufen Geld, um seitenweise Werbung zu sehen, und dann sagen sie einfach einem kompletten Sternzeichen, dass es dieses Jahr keine Liebe gibt.

Wir sind uns einig, dass wir beide ausrasten, wenn wir tatsächlich dieses Jahr keinen Freund kriegen. Gott sei Dank bin ich ja Stier.

Frage also nach: *was steht bei mir?*

Und sie antwortet: *es kommt eine harte zeit auf sie zu, aber am ende werden sie mit etwas schönem belohnt.* Ach ja, einem Unterwäschemodel? Einer Stoffwechselkrankheit, Schilddrüsenüberfunktion? Was sitzen denn da für frustrierte Frauen in der Horoskopabteilung?

*wäre ich drei Jahre älter und im august geboren, ich würde mich sofort von etwas hohem stoßen*, schreibt Luise zum Schluss.

## FREITAG, 16. JANUAR

### 14:24

Sitze seit heute Morgen in der Redaktion und tue so, als würde ich schreiben. Habe beim letzten Frauenarztbesuch im Dezember – nein, keine Chance auf Schwangerschaft, noch nicht einmal eine klitzekleine Geschlechtskrankheit oder Sinn für die Pille – in der *Illu* gelesen, dass Anwesenheit im Betrieb auch in der heutigen Freelancer-Szene das A und O sei. Dann hat Bornerd in der Woche danach das total witzige Wortspiel rausgehauen und mich anstatt Freelancer »Faullancer« genannt. Ich habe also eins und eins zusammengezählt und versucht, keine Panik zu bekommen. Seitdem habe ich mir vorgenommen, zumindest immer mittwochs und freitags in der Redaktion zu sein, weil ich da eh keine Uni habe.

Ich darf die Kolumne auf keinen Fall verlieren. Nicht nur, weil es schon immer mein Traum war. Was gar nicht stimmt, wenn ich jetzt recht überlege, denn ich wollte immer Schauspielerin werden, aber ich denke, es wollen so viele Mädchen Journalistin werden, das kann ich gut adaptieren, es wird nicht weiter auffallen. Außerdem ist mein Traum von der Leinwand hart und schnell geplatzt, weil mir meine Mutter nicht nur vererbt hat, dass ich unfotogen bin, sondern auch, dass ich im bewegten Bild total bescheuert aussehe. So als würden sich meine Konturen auflösen, und dann wabere ich im Bild herum wie ein einziger großer Brei. Das Ganze hat nichts mit verschobener Selbstwahrnehmung zu tun. So sehe ich wirklich nicht aus! Das wurde mir bestätigt von Leuten, die außerhalb meiner kleinen fiktiven Heloise-Welt aus Mia, Luise und meinem Vater leben.

Auf jeden Fall sitze ich hier nun schon seit morgens und tue so, als würde ich schreiben. Was aber eigentlich total unmöglich ist, weil ständig irgendwelche Leute auf einen Kaffee reinschwirren oder man angesprochen wird, ob jemand die Canon PowerShot SX150 IS gesehen hat, oder einem einfällt, wie der Fotograf bei dem großen Teddybär-Bondage-Shooting geheißen hat. Außerdem klingelt das Telefon dauernd. Till, der Musikredakteur, sitzt seit zwei Stunden kiffend mit geschlossenen Augen vor seinem Laptop und hört Techno. Ich glaube auf jeden Fall, dass es Techno ist. Es klingt gleichbleibend stumpf und unkultiviert, und ich denke, ich muss mir jetzt entweder ganz hart 'ne original Ecstasy aus den Neunzigern reinhauen oder ihm mit meinem Mac eins übern Kopf ziehen. Atme dann aber tief in mein Herzchakra ein, weil vielleicht hat er ja auch den Artikel in der *Illu* gelesen und nur einfach Angst um seine Arbeit. Untersuche stattdessen auf der Website der Pariser Prêt-à-porter-Modenschauen, ob die Models größere Busen haben als letzte Saison, was ich als Beweis für ein Neunziger-Jahre-Lolo-Ferrari-Revival genommen hätte. Was aber irgendwie total schwer zu sagen ist, weil sie genau genommen gar keine haben, und zwar alle nicht. Dann kommt mir die Idee, was es doch für ein Skandal wäre, wenn ich herausfinden würde, dass alle Models in echt nur Transvestiten sind, was ich natürlich nicht ernst meine, aber ich habe ja sonst nichts zu tun. Bin also gerade im Traummodus: Ich, live interviewt – bewegtes Bild, aber dank modernster Technik erscheine ich wie eine Mischung aus Sophia Loren und Audrey Tautou –, erzähle, mit welch genialem journalistischen Talent ich all das herausbekommen habe.

Da sagt plötzlich eine Stimme aus der realen Welt zu mir: »Heli-Schätzchen, ich weiß so ziemlich genau, wie du dich gerade fühlst. Ich meine, klar, es ist Winter und irgendwie denkst du, man trägt eh viele warme Klamotten übereinander, da sieht man die zwei, drei Kilo mehr nicht. Klar, du hast auch diese zwei Single-Freundinnen, was sollt ihr an einem Sonntagnachmittag anderes machen als Tiramisu in Partygröße herzustellen?« Lautes Lachen. »Ich meine, gut, da ist man schnell raus aus dem Game. Aber weißt du, ich als Mann sag dir mal, man sieht dich hier als 'ne Aktie, die eigentlich immer stetig und sicher im Kurs war. Du bist also die VW-Aktie, ja? Aber dann …«, *BAMM*, jemand haut laut auf den Tisch, »… Börsencrash. Totaler Absturz.«

Ich mache langsam die Augen auf. Vor mir steht Marvin, unser Marketingassistent, und blickt tief in mein Dekolleté. »Eigentlich müsste man jetzt billig einkaufen«, murmelt er zu meiner linken Brust. Bin völlig baff, hat er das gerade wirklich gesagt? Müsste ich jetzt nicht aufstehen und ihm zumindest meine obligatorische Mädchen-Accessoire-Nagelfeile in die Vorhaut jagen?

»Marvin, überlass das mit der Poesie mal mir«, stoße ich tapfer hervor und drängle mich an ihm vorbei zum rettenden Balkon hinaus. Denken das wirklich alle? Nehmen sie mich und meine Freundinnen als »Single-Mädchen« wahr? Als welche von denen, die immer mit frustriertem Gesichtsausdruck neben der Tanzfläche stehen und sich wundern, dass keiner sie auffordert? Die immer klagen, warum sie keinen abbekommen? Wobei man als erste Reaktion sofort denkt, die einzig wahre Antwort darauf ist, dass du a) hässlich bist, b) total unattraktiv und c) deine Stimme so dermaßen nervt, dass ich noch nicht einmal mit dir befreundet sein wollte, wenn du die Macht über die Gästeliste vom Berghain hättest. Rauche draußen zum hundertsten Mal eine. Das ganze Nichtstun, gepaart mit dem Aber-so-tun-als-ob ist einfach unglaublich anstrengend.

Plötzlich tritt Till auf den Balkon und sagt mit monotoner Stimme: »Manchmal fühlen wir uns alle wie Schildkröten in Turnschuhen.«

Ich blicke in seine stoneden Augen, bemerke, dass ich ihn vorher noch nie hab reden hören. Sowieso: Musik-Till kriegt was von seiner Umwelt mit?

»Danke, Till, wirklich danke«, sage ich und fühle das auch, auch wenn ich die Metapher nicht so recht verstehe. Weil, soll das heißen, dass ich eigentlich loslegen will, aber trotz der Turnschuhe nicht kann, weil ich immer noch eine Schildkröte bin? Und wenn ja, was bedeutet es dann, dass ich eine Schildkröte bin?

»Weißt du, Till, ich habe Silvester jemanden kennengelernt. Wir standen beide vor dem Crocket. Er hat meinen Handschuh gefunden, und ich seinen. Dann habe ich ihn aus den Augen verloren. Aber vielleicht treffe ich ihn wieder, und ...«, ich lasse den Satz genüsslich auf der Zunge zergehen, bevor ich ihn zu Ende spreche, »... und er ist der Mann meines Lebens.«

Ich versuche zu erkennen, ob er begreift, was ich eben gesagt habe. Er blickt mich an, zieht ein-, zweimal an seinem Joint und sagt dann wieder auf diese unglaublich langsame Weise: »Silvester im Crocket? Da waren doch über dreitausend Leute. Davon sind achtzig Prozent Touristen ...«, scheint irgendwas nachzurechnen, »... da hast du keine Chance, ihn wiederzutreffen.«

»Ja, Till, danke«, piepse ich und versuche, mich mit

diesem kleinen Anflug von Ironie vor der eben ausgesprochenen Wahrheit zu schützen. Verdammte Kiffer. Ich meine, die kriegen doch sonst nie was mit!

### 16:40

Habe gerade für ungefähr fünf Milliarden Luise auf dem Handy in London angerufen. Sie musste sehr lachen über die Geschichte und hat mich daran erinnert, wie Marvin bei der Weihnachtsfeier versucht hat, mit einem Witz bei ihr zu landen, der ungefähr so ging: »Der Typ links neben dir, Luise, sieht so aus, als wenn er ..., also wenn er das ›you‹ von ›youtube‹ in der Adressleiste eintippt, dann erscheint darunter, also unter der Adressleiste, ›www.youporn.de‹. Verstehst du? Weil das die häufiger aufgerufene Seite ist ...« Haha, das Ganze erzählte sie mit dieser Spasten-Marvin-Stimme, und jetzt geht es mir viel besser.

## FREITAG, 23. JANUAR

### 17:23

Heute Deadline. Ich kann schon die tödliche, eisige Umarmung des Datums spüren. Ich meine, ich bin wirklich dafür, dass in allen Lebensbereichen, in denen Effizienz großgeschrieben wird, Menschen durch Maschinen ersetzt werden. Da fallen mir zum Beispiel spontan alle Postfilialen, alle dicken Verkäuferinnen beim Nahkauf, die fürs Weglegen der Pfandflaschen in den dafür vorgesehenen Korb eine Minute brauchen, und auch der schlaksige Cousin von meinem Köfte-Mann ein, weil der nämlich einfach nicht in der Lage ist, das Fleisch auf die richtige Weise zu versalzen. Aber ich bin so weit weg von einer Maschine, dass ich immer noch nur 0,0 Sätze für meine Kolumne geschrieben habe.

Ich wünschte fast, ich würde dafür nicht bezahlt. Natürlich nicht ernsthaft, habe mir nämlich gerade die neuen taubenblauen Gummistiefel vom Designer-Outlet bestellt und erst jetzt realisiert, dass ich für über zweihundert Euro Nutzstiefel gekauft habe, und das, obwohl ich auf Eis damit nur ausrutschen werde und auch in Berlin, ja, die nächsten zwei Jahreszeiten Frühling und Sommer heißen. Ich muss an die vielen Diskussionen in meinem Studiengang denken, wenn es wieder einmal darum geht, dass Kunst nicht käuflich sein soll – ich glaube fast, das meinen die. Wobei ich immer denke, ihr Idioten, ihr studiert Kulturmarketing, ihr werdet gerade dazu ausgebildet, Kunst zu vermarkten!

Wäre ich aufs Geld nicht angewiesen, dann würde ich locker in der Redaktion sagen, dass ich diesen Monat keine Beziehungs-Sex-Kolumne schreiben kann, aus dem einfachen Grund, weil ich weder das eine noch das andere habe. Stattdessen quäle ich mich hier rum und denke, das einzig Positive und Kreative, das ich diesen Monat hinbekommen habe, ist das Rezept für die Minzsoße von letzter Woche. Das könnte ich veröffentlichen. Ich finde sowieso, zu 'nem Lifestylemagazin gehört 'ne Essensrubrik. Vielleicht eröffnen wir damit einen ganz neuen Advertising-Markt, und ein Designer-Biomüsli kauft für Zwölftausend die letzte Seite, ich kriege fünfzehn Prozent Vermittlungsgebühr, und damit wäre ich schon wieder beim Thema Kunst verkaufen. Wirklich, ich habe die zwei Jahre Philipp-Beziehung so ausgeschlachtet, dass ich sie emotional komplett noch einmal durchlebt habe, Monat für Monat. Luise stellte letzten Sonntag die Theorie auf, dass ich auch deswegen Single bin, weil mich noch der Geist der Vergangenheit umschwebt.

Ich habe mich ja noch nicht mal entschieden, ob ich mich offiziell als die Verlassene darstellen soll, die emotional die Trennung nicht überwunden hat, weswegen ich mich für keinen anderen interessiere. Was schwer wird, weil streng genommen habe ich ihn verlassen. Oder lieber als die, die genug von den Männern hat und nur den Allerbesten nimmt und sich deswegen auf kaum jemanden einlässt. Das Zweite gefällt mir und meinen Mädchen natürlich besser, und ich glaube, die anderen haben es auch für sich angenommen, so als persönliche Meinungsbehauptung. Da fällt mir wieder dieser Abend kurz nach Weihnachten ein, an dem wir gesoffen haben, als gäbe es kein Morgen. Mit dem Korken der vierten Flasche fielen auch unsere sorgfältig gestalteten emotionalen Schutzmäntel. Wir lehnten unsere Köpfe über der Mitte des Tisches aneinander und schworen uns immerwährende Treue: dass wir die anderen nie verlassen und auch im Alter gemeinsam auf irgendeinem Scheißweingut in Scheiß-Südfrankreich sitzen würden! Es sei denn – hier kam der pikante Part –, jemand von uns fände einen Mann. Jede von uns würde sich dann für die andere freuen. Blabla. Dann verloren wir den Faden und diskutierten darüber, warum es beim Späti keinen anständigen Wein gibt. Ich glaube, insgeheim hoffte jede, dass sie nicht diejenige sein würde, die einsam und alleine mit schrecklich überschminkten Mundwinkeln in einer dieser Hochhauswohnungen sitzen muss, um alleine *Vera am Mittag* zu gucken. Immerhin wird das Fernsehen bis dahin durch etwas Kundenorientiertes ersetzt sein, zum Beispiel mit persönlicher Programmwahl und Stopptaste. Lieber Gott, ich bete inständig, dass wir im nächsten Winter hier zu sechst sitzen, alle an ihren Mann angelehnt und uns dabei anstrahlen, als hätte es diese schreckliche Zeit nie gegeben.

**18:56**

Manche Frauenzeitschriftwebsites sind echt gut. Da gibt es zum Beispiel Tipps, wie man selber Butter machen kann. Oder, was ich wirklich gut finde, Tipps, wie man einen Halbmarathon läuft. Weiß gar nicht, ob ich das eigentlich zu meinen Vorsätzen fürs neue Jahr geschrieben habe? Es hinterher einzutragen wäre ja Schummelei. Allerdings verstehe ich nicht, dass es dann wieder andere Seiten von viel namhafteren Magazinen gibt, die, obwohl Megakonzerne dahinterstecken, so dermaßen verhauen sind in Aufbau, Skalierung und Layout, mit ziemlich schlecht verstecktem Hidden Merchandising überall. Außerdem sind alle Artikel von irgendwelchen Kosmetikfirmen gekauft. Ich meine, ich fühle mich einfach zwischen den Welten, weil weder Highfashionista-Vogue noch Krampfader-Brigitte. Muss unbedingt den Flyer finden, wo ich meine Vorsätze notiert habe. Da, Mia hat ihn als Tip für die Joints benutzt.

1. *Freund finden*
2. *Aussehen*
3. *Sinn*
4. *Nicht auf Männer einlassen, die ich instinktiv als »Junge« bezeichne*

Ah ja, danke, Heloise, für diesen ausdefinierten, politisch korrekten und durchkalkulierten Beitrag. Alle gehen heute weg, aber ich bin so müde. Das Internet saugt Energie. Kolumne fast fertig.

**22:05**

Oh nein. Habe unvorsichtigerweise Skype angelassen, weil ich mir von Miriam die VWL-Unterlagen rübersenden lassen wollte, da übernächste Woche Klausur, jetzt chattet mich Philipp an.

> [21:05] Philipp Kriechenheimer: *heli, mir ist etwas überkrasses passiert*

Kurz überlege ich, ob ich besorgt sein soll. Philipp ist seit fünf Monaten im Auslandssemester seiner Uni, und ich weiß aus den zweieinhalb Jahren Beziehung, dass er einer dieser Menschen ist, die betrunken tatsächlich die Kontrolle verlieren. Was für mich damals unterhaltsame Anrufe um fünf Uhr morgens, jede Menge Live-Erfahrungen mit unnötigen Schlägereien und den daraus resultierenden Platzwunden bedeutete. Aber anstatt mir etwas Witziges in der Art zu erzählen, schreibt er weiter:

[21:06] Philipp Kriechenheimer: *ich habe die frau meines lebens getroffen*
[21:09] Heloise: *echt. wow. erzähl!*
[21:09] Philipp Kriechenheimer: *sie ist inderin, sieht so gut aus. ich wollte eigentlich schon nach hause, da kam sie plötzlich in die bar. und ich wusste sofort, das ist sie. wir haben kurz miteinander gesprochen. dann war sie weg. aber ich hab son gefühl, als ob ich sie wiedertreffe!!!!*

Ich hasse Leute, die mehrere Ausrufezeichen machen. Oder Smileys aus Satzzeichen!!!!

[21:10] Heloise: *ach nein, wirklich. du hellseher. dein dorf hat 1000 einwohner. und du bist der einzige europäer*

Und denke, also komm mir nicht mit der Schicksalsnummer.

[21:10] Philipp Kriechenheimer: *nee, es schien alles einfach richtig. ich hätte nie gedacht, dass ich mal so jemanden treffe*

WAS IST MIT MIR?

[21:12] Philipp Kriechenheimer: *bist du noch da?*
[21:13] Heloise: *ja, habe mich nur gerade vom balkon gestürzt*
[21:14] Philipp Kriechenheimer: *vielleicht hätte ich es dir nicht erzählen sollen?*

JA IDIOT, das hättest du nicht.

[21:14] Heloise: *ach, geht schon*
[21:14] Philipp Kriechenheimer: *aber ich habe einfach nicht viele leute, mit denen ich darüber reden kann*

Ah, die Scheißmitleidsnummer, ich kann es nicht fassen, und dann:

[21:16] Philipp Kriechenheimer: *petite, du hast einen ganz besonderen platz in meinem herzen*

Und ich freue mich gerade, da schreibt er:

[21:16] Philipp Kriechenheimer: *aber das leben geht halt weiter*

Ich hasse das! Der ist so fies. Ich will nicht, dass er glücklich wird und 'ne geile Inderin findet! Der soll erstens entweder für immer unglücklich bleiben, zweitens auf ewig Single oder drittens zu mir zurückkommen und jetzt mit mir schlecht übersetzte amerikanische Soaps gucken, weil draußen sind immer noch gefühlte minus dreißig Grad!

Das Leben geht halt weiter. Wie recht er hat, und trotzdem ist er gerade der einzige Junge, mit dem ich mir eine Beziehung vorstellen kann. Habe ausgerechnet, dass wir jetzt tatsächlich seit einem Jahr getrennt sind, und weiß, dass ich eigentlich gar nicht mehr auf ihn stehe. Wirklich nicht! Ich stehe nur nicht auf jemand anderen! Was die Sache mit der ausgeglichenen Fokussierungsharmonie ein bisschen erschwert. Mias Konzept ist nämlich, dass alles eine Sache von Fokussierung und energiegerichteter Aufmerksamkeit ist. Und sobald sie mit einem ihrer Männer abgeschlossen hat, sucht sie sich einen neuen und bestürmt den mit ihrer Energie. Denke jetzt aber, man sollte sich überlegen, ob man sich Ratschläge, wie man zu einer Beziehung kommt, von seinen Single-Freundinnen holt.

Wir alle drei, Mia, Luise und ich, denken ernsthaft, dass wir einen Typen brauchen, um vollständig zu sein. Ich meine, als Luise noch da war, haben wir uns zweimal die Woche absolut betrunken, um nach nur einer Flasche zu diesem Thema zu gelangen: Warum haben wir keinen Freund? Wir sind doch so toll! Wir sehen gut aus und machen alle ein Studium. »Oder eine leitende Position«, schrie Mia von links. »Nur die Typen, die sind so unreif und faul und uns so was von hinterher. Wir sind denen alle überlegen, aber dann tricksen die uns aus, indem sie einfach dumme Mädchen nehmen, mit denen sie Sex haben!«

»Ja, nieder mit diesen einfachen, unkomplizierten, sich aufmotzenden, dummen, blonden Mädchen!«, brüllte ich.

»Warum blond?« Luise guckte mich böse an, sie ist ja blond.

»Du bist ja eher in Richtung brünett, beinahe«, stotterte ich. »Also von den Nuancen her.«

»Versteht ihr«, mischte Mia sich ein, damit Luise nicht ihre Diskussionsschnute zog und sich auf mich einließ, denn ich war a) überbetrunken und b) hätte auch in anderen Zuständen kaum gegen sie gewonnen. »Warum sollten sich die Jungs auch den Stress mit uns machen? Sie können ja mit uns witzigen, starken und gebildeten Frauen BEFREUNDET sein.«

»Männer sind so gemein!«, schlossen wir verbittert und wussten alle drei, wir waren die Diskriminatorinnen.

Am Ende noch superwitzig: Luise schüttelte noch immer den Kopf, sagte dann zu Mia: »Mach mal das Fenster auf, es stinkt hier so nach Rauch.«

Aber die quengelte: »Ah nö, das erinnert mich immer so an meine Mutter.«

Wir guckten sie ungläubig an.

»Mia Horstkotte, der Zigarettenrauch erinnert dich an deine Mutter?«, fragte Luise. »Darüber solltest du nachdenken.«

Und wir mussten alle lachen.

Manchmal glaube ich, wir haben alle drei keinen Freund, weil wir uns gegenseitig haben. An sich nehmen Luise und ich Mias Kummer allerdings nicht so ernst, denn Mia hat dauernd wechselnde Männer. Aber sie findet, dass sie ein Recht hat, den gleichen Weltschmerz zu empfinden wie wir, denn auch wenn sie im Gegensatz zu uns viel Sex hat, so hat sie noch nie eine Beziehung gehabt. Und ihre Angst, sich nicht emotional auf jemanden einlassen zu können, ist so groß wie unsere, nie wieder einen Partner zu finden.

Wenn wir in einen Club kommen, dann treten wir jedenfalls mit einem solchen Karacho auf, da hat eigentlich keiner eine Chance, uns anzusprechen. Und wenn es doch einer wagt, dann nehmen wir ihn entweder so aus, bis er seinen letzten Cent für unsere Drinks ausgegeben hat, oder wir machen uns alle drei über ihn lustig und lachen über alles, was er sagt.

Na ja, jetzt fällt mir auch noch die Option ein, dass wir tatsächlich einfach wie die drei frustrierten Mädchen wirken, die wir sind. Ich glaube echt, noch nie saßen so viele junge Mädchen jammernd um einen Tisch und fragten sich, ob sie je wieder einen Mann finden würden.

## MITTWOCH, 28. JANUAR

### 11:14

Stehe schon eine Weile vor der Uni, ein bisschen in Gedanken versunken, es ist die Pause zwischen Kunstgeschichte und Kulturmarketing. Denke irgendwas zwischen: Was würde ich machen, wenn ich die einundzwanzig Millionen im Lotto gewinne?/Treffe Handschuhmann leicht bekleidet in Sauna, Schweiß auf meiner Oberlippe. Will mir Zigarette drehen, muss jetzt aber feststellen, dass ich keine Blättchen mehr habe. Wende mich also um und hoffe, jemanden zu erkennen, der mit mir zusammen studiert. Entdecke einen der drei Jungs aus meinem Jahrgang und denke, prima, das ist doch der Kerl, der immer von seiner Hiphop-Band spricht, der dreht sich bestimmt auch welche. Also gehe ich hin, lächle ihn an und bete, dass er mich erkennt, denn ich habe nicht die geringste Ahnung von seinem Namen.

Ich sage: »Hi, wir studieren zusammen. Hast du vielleicht ein Blättchen für mich?«

Und er lächelt, antwortet: »Klar, Heloise-wo-isse.«

Bin erst ein bisschen wie vor den Kopf gestoßen, ich meine, ich kenne den ja kaum. Denke dann aber, okay, der Name ist ganz witzig, so à la »Jede Art von PR ist gute PR«. Das muss man sich mal vorstellen, finde ich, die haben schon einen Spitznamen für mich, und ich weiß allerhöchstens, wie unsere vier Dozenten heißen!

Er holt seinen Tabak raus, stoppt plötzlich. »Du kannst auch gleich ein langes Blättchen haben. Dann musst du nicht zwei kleine nehmen.«

Ich, irritiert: »Häh, was soll ich mit 'nem langen?« Und dann: »Ach so, ich kiffe nicht. Dachtest du, ich wollte mir jetzt 'nen Joint bauen?«

Und er so: »Was? Ach so, mir wurde irgendwie gesagt, du würdest hier immer bekifft rumsitzen.«

Ich habe schwere Mühe, ein locker-flockiges Lachen auszustoßen. Eile dann davon, um auf dem Klo nachzugucken, ob ich mittlerweile so aussehe, als sei ich dauerbekifft.

Da ruft er mir noch nach: »Ey, ich bin voll down mit Gras!«, und alle drehen sich zu uns um. Ich hebe winkend die Hand hoch und fliehe.

»Heloise-wo-isse«, was denkt der, was er ist? Schwarz und in der Scheißbronx? Jetzt, vor dem Spiegel, gucke ich mich an. Sehe Locken, die völlig wirr vom Kopf abstehen. Meine Augen sind ungeschminkt, verquollen, verschlafen. Die Haut ist blass. Ich meine, ich sehe wirklich aus wie eine Kifferin. Die Sache mit einfach aufstehen, sich durch die Haare wuscheln und in den naturbelassenen Komfortsportanzug schlüpfen, funktioniert halt nicht. Liebe Umwelt, ich bin naiv marketingaffin und mal wieder drauf reingefallen. Verdammt, hätte schwören können, dass es mal funktioniert hat. Muss das ändern. Ab morgen stehe ich früh auf und mache die ganzen Sachen: Zöpfe flechten, kommt eh in Mode; Handtasche passend zu Schuhen; Unisachen immer dabei, je nach Fach in anderen farbigen Hefter sortiert; vielleicht duschen, obwohl mir Wasserplätschern morgens immer schlechte Laune macht. Mann, ich wurde von einem Scheißkiffer als Kifferin bezeichnet! Ich meine, das ist so erniedrigend.

**16:47**

Habe gerade von Chef Bornerd Einladung zu einer Party ins Haiden bekommen. Obwohl »Einladung« in diesem Fall ein Euphemismus ist und eigentlich »Vorladung« heißen müsste.

»Lise, Schätzchen, hier Bornerd. Pass auf, hast du Freitag zwischen Mitternacht und sechs Uhr morgens Zeit?«

Schnell, schnell, eine Ausrede, die ihm gefällt. Witzig und doch prägnant. Vielleicht: »Nein, da blase ich meiner homoerotischen Freundin einen, weil sie ein Hermaphrodit ist?« Zu langsam.

Er deutete mein Schweigen als Zustimmung und sagte: »Darling, thanks. Freitag Moulan Mongo Crew Release Label Night. Nimm deine heiße rothaarige Freundin mit, hübsch dich ein bisschen auf. Die neue Interviewreihe heißt *Twenty Seconds after Set*, verstehst du? Du machst das Interview, kann mal jemand an das

Scheißtelefon gehen?? … also direkt nach dem DJ-Set von Nicolas Knight, ja?«

Ich sagte ungefähr: »Äh.«

»Gut.« Er schwieg. »Hast du das verstanden, ja? Gästeliste, Backstagepässe und Freigetränkgutscheine liegen an der Kasse für euch bereit. See you!«

»Äh«, wieder ich.

Mann, ich hätte einfach antworten sollen: »Da schlafe ich! Wie normale Menschen, die nicht dauerbekokst rumlaufen, es manchmal tun, Arschloch?!«

Einatmen, ausatmen, Situation annehmen. Das Beste draus machen. Mia anrufen. Ha, das kann er vergessen mit dem Interview! Erreiche sie, und sie sagt, sie sei so was von dabei, was wiederum heißt, das Ganze wird ein Über-Absturz-Abend, und wenn Nicolas Night – geht es noch einfallsloser für einen DJ? – gespielt hat, werde ich schon dermaßen betrunken sein, dass es nicht mehr lustig ist. Also für Bornerd, meine ich, der mich dafür bezahlt.

## FREITAG, 30. JANUAR

### 23:41

Endlich Wochenende! Obwohl ich so selten in der Uni bin, dass ich in der Woche eigentlich oft das Gefühl von Wochenende habe. Dagegen schreibe ich meistens am Wochenende, sprich arbeite. Habe aber immer noch das Gefühl von viel freier Zeit und null Struktur.

Das Gute am Magazinleben ist echt, man bekommt

all die Werbegeschenke, Gratisproben und die Sachen, die wir verlosen, aber danach vergessen loszuschicken. Außerdem überall Gästelisten mit Backstagepässen, weil die Manager der DJs hoffen, dass man etwas über die Künstler veröffentlicht. Ich habe natürlich gar nicht die Macht, über die Auswahl der Artikel zu entscheiden, geschweige denn, dass ich in das gefürchtete Territorium von Musik-Till dürfte, außer jetzt mal. Aber das wissen ja die Veranstalter nicht.

Erinnerte mich gerade daran, wie ich das letzte Mal bei irgendeiner Energydrink-Promoparty die Visitenkarten von Frederike Haukenschwerg, die mal bei uns im Moderessort gearbeitet hat, bevor sie aus einem der vielen guten Gründe zur Konkurrenz gegangen ist, anstatt meiner eigenen verteilt habe. Wir benahmen uns den ganzen Abend schlecht, weil das ja alles nicht auf unsere Namen ging. Also so richtig schlecht, meine ich: rempelten betrunken andere Gäste an, versuchten die Goody Bags zu klauen, wobei wir natürlich erwischt wurden, und dann schmierte Mia auch noch *Power Girlz 44 ➠ LOVE* an die Klotür.

Habe aber kein schlechtes Gewissen, weil die Frederike erst 'nen Freund, dann den Job und jetzt ein Kind kriegt und mir damit in allem, was im Leben zählt, voraus ist. Außerdem wird sie, aus den vorher aufgezählten Gründen, eh nie wieder feiern gehen oder müssen.

### 23:52

Wow, heute sehe ich aber gut aus! Irgendwie sitzen meine Haare so ganz anders. Wie habe ich nur das Volumen hinbekommen? Aah, Mia klingelt! Wo ist meine verdammte Prada-Clutch?

**06:12**

Bin so betrunken.

Ich erwarte tatsächlich gar nicht mehr, jemanden kennenzulernen. Ab morgen hört das auf mit dem Rasieren, das ist ja reine Energieverschwendung! Eigentlich bin ich schon froh, wenn ich nachher nicht so betrunken bin, dass ich ein Taxi nach Hause bezahlen muss. Außerdem liegt es an den Penner-Jungs, dass ich Single bin.

Ich habe mich nämlich diesmal tatsächlich getraut, einen dieser vielen heißaussehenden und erstaunlich gutgekleideten Jungs anzusprechen – wann hat das eigentlich aufgehört, dass Jungs immer den gleichen Kapuzenpulli trugen und weiße T-Shirts aus guter Baumwollqualität, die sie von ihrer Mutter im Doppelpack zu Weihnachten bekommen hatten? –, konnte mir auf jeden Fall schon fast vorstellen, dass unsere Kinder meine Nase und seine blauen Augen haben würden.

Ich sagte also: »Hi!«, und er antwortete irgendwas Längeres, mit einem grauenhaften Akzent, was ich aber nicht genau verstand, wegen der Musik und weil ich schon so betrunken war. Wusste aber sofort: Das ist ein Technik-/Ingenieurswissenschaftsstudent aus Magdeburg und Umgebung.

Woraufhin ich etwas von »Auslandssemester in Berlin« murmelte, und er dann: »Was?« Und ich so: »Auslandssemester, weißte, weil du nicht aus Berlin bist.«

Und das war ja noch halb witzig und charmant, irgendwie. Aber plötzlich rastete er übelst aus. Ich dachte, er schlägt mich gleich! Die anderen hielten ihn gerade noch zurück, da sah ich sein Gesicht genauer und erkannte, der Typ ist total drauf! Seine Pupillen komplett schwarz, und auf der Stirn pochte eine dicke Ader. Ich muss sagen, ich hatte den ganzen Abend richtig Angst, dass er mich wiederfindet, obwohl er wahrscheinlich viel zu zu war, um sich an mein Gesicht zu erinnern. Also habe ich mich ständig geduckt, weil heutzutage sehen die ja alle gleich aus.

Ich meine, klar, Ingenieur und das Ganze, was jetzt alle machen, Nachhaltigkeitsmanagement, Verpackungsdesign und Umweltbla, hat ja total Zukunft. Und ich bin mir sicher, dass das die Branche ist, die wächst. Es passt nur einfach nicht zu mir. Und es interessiert mich nicht.

Mir fällt da ein, dass ich letztes Jahr im November Yannik kennengelernt habe, der auch so etwas in der Art studiert hat. Das mal zum Thema, dass mich keine Männer außer Philipp interessieren und ich wirklich nicht einfach einen ganzen Zweig von Studiengängen ausschließen darf. Der war aber schon seit Ewigkeiten mit diesem blonden Mädchen, Laura, zusammen. Was ich aber nicht wusste, als ich ihn beim Essen von Michi kennenlernte und wir uns gleich mal straight eine Stunde miteinander unterhielten. Als ich dann in die Küche ging, um den Meersalzstreuer zu holen, lief mir Michis Mitbewohnerin Sara, auch blond, hinterher; ausgesprochen wie »Zara«, sie behauptet, sie habe spanische Vorfahren. Weswegen Mia immer anfängt, mit diesem typisch lispelnden spanischen Akzent vor ihr zu sprechen, damit Sara mal merkt, wie peinlich die Nummer ist. Doch leider prallt das voll an ihr ab, sie denkt wahrscheinlich noch, das sei eine Bestätigung. Denn sie ist leider einer dieser unreflektierten Menschen, die sich durch ihre Naivität völlig unangreifbar machen.

Sie fing ganz arglos an mit: »Yannik ist nett, nicht?«

Und ich so: »Ja, total. Wo hattet ihr den denn nur versteckt?«

Aber da schwenkte sie auch schon um und sagte: »Er ist mit Laura zusammen, weißt du? Die bei der Berlinischen Galerie arbeitet. Lange Beine, blond, ein bisschen wie Giselle Bündchen. Ich denke, ihr kennt euch.«

»Solche Mädchen kenne ich aus Prinzip nicht«, murmelte ich.

»Sie ist mit mir schon in den Kindergarten gegangen. Wir sind so etwas wie Busenfreundinnen.«

Sie lachte laut, und ich lachte schallend, obwohl wir beide wussten, dass da absolut nichts Witziges dran war. Nickte dann nur und beschloss, ihr nachher die Tampons vom Klo zu klauen.

Es ist vielleicht tatsächlich so, dass alle guten Männer vergeben sind. Wenn sich dann ein Paar trennt, meistens ja deswegen, weil die Jungs sich so lange so schlecht benehmen, bis die Freundinnen letztendlich keine andere Chance haben, als mit ihnen Schluss zu machen, dann sind sie für kurze Zeit auf dem Markt, bis sie wie das Coca-Cola-Geheimnis nur innerhalb der eigenen Sippe von Hand zu Hand weitergegeben werden. Ach, der Yannik. Nein, Typen mit Freundin sind mir in unserem Alter einfach zu anstrengend.

Luise hat letzten Sommer mit so einem geschlafen. So völlig ungeplant, nachdem sie sich im Schlösschen total betrunken hatte. Und dann hatten sie, glaube ich, Sex auf einem der Klos dort. Das will ich mir gar nicht vorstellen. Aber am nächsten Morgen hatte der Typ, den sie nur entfernt kannte und der sich eigentlich eher in der Skaterjungsclique aufhielt, seine aufwallenden Hormone und ständerbedingten Glücksgefühle nicht unter Kontrolle und erzählte seiner Freundin Karen tatsächlich, dass Luise die Frau seines Lebens sei. Verließ das verdutzte Mädchen an Ort und Stelle und stand dann unter Luises Fenster. Die war relativ überrascht, ihn noch einmal zu sehen, und noch überraschter, als er hochkam und ihr stolz berichtete, was sich gerade ereignet hatte.

Sie blieb, wie es ihre Art ist, erst einmal ziemlich ruhig. Dachte, gut, der Typ ist zwar komplett lächerlich und ich bin ein absoluter Spast, dass ich so viele abweise, um mich dann auf so einen Idioten einzulassen. Aber eine Affäre kann ich gerade gebrauchen, weil ich neben meinem Vollzeit-bezahlten Praktikum bei ARTE gar nicht dazu komme, mich nach etwas anderem umzugucken. Sie erlebten zwei, drei schöne Tage, wobei er fast bei ihr einzog, guckten Videos, bestellten Pizza, aßen im Bett. Und sie dachte immer nur: Mann, das ist alles nicht meins. Aber wie süß er in seiner Unbedachtheit ist, so naiv, so jung! Wie ein kleines Tier.

Bis sie am dritten Morgen aus Versehen keinen Zucker in seinen Kaffee machte. Sie hatte nicht gut geschlafen, weil er in der letzten Nacht noch seinen besten Freund Mäx zu ihr eingeladen und mit dem dann bis spät in die Nacht *Indiana Jones* geguckt hatte. Außerdem war es Montag, und sie war genervt, weil sie gleich zum Sender musste, es aber nicht geschafft hatte, die Reportage über Seevögel im Amazonasgebiet vorzubereiten.

Da nörgelte er los: »Da ist kein Zucker in meinem Kaffee!«

Und sie so: »Sorry, Benjamin, habe ich vergessen. Im Regal links neben der Küchentür steht welcher.«

Aber er war völlig durcheinander gebracht von der Tatsache, dass sie erstens nicht wusste, dass er Zucker in den Kaffee haben wollte, und zweitens, nachdem sie schon den ersten Fehler gemacht hatte, nicht versuchte, ihn wiedergutzumachen, indem sie ihn holte.

Und er sagte nur: »Karen hat immer drei Würfel in meinen Kaffee gemacht.«

Luise zog die Augenbrauen hoch und zischte: »Mein Lieber, ich arbeite bis neunzehn Uhr dreißig. Wenn ich dann auch nur noch dein Scheiß-Van-Dutch-Woodland-Camouflage-Cappy finde, dann raste ich so dermaßen aus, das hast du bis jetzt nicht bei deiner Mutter erlebt. Haben wir uns verstanden?«

Brauste wütend davon, wobei sie sich schwor, sich nie wieder auf jemanden einzulassen, von dem sie vorher schon wusste, dass er mit dreißig nichts weiter geschafft haben würde, als drei verschiedene Frauen zu schwängern. Der Typ ging zu seiner Karen zurück, die ihn bereitwillig wieder aufnahm.

Übriggeblieben von der Geschichte ist nur: Erstens, wir lassen uns nie wieder auf Skater ein, die Zeiten sind vorbei. Zweitens muss Luise uns jetzt immer zu einem Kurzen einladen, wenn wir auf irgendwelchen Partys von Karens kleinen blonden Modestudentinnen-Freundinnen geschubst werden. Drittens, keine Typen mit Freundin mehr. Selbst wenn sie sich wegen dir trennen, sie werden auf jeden Fall nach einer Woche wieder zu ihr zurückgehen.

Gerade fällt mir ein, vorhin im Club kam Mia auf mich zu und schrie: »Heli, ich habe gerade deinen Handschuhtypen von Silvester gesehen, der steht da draußen an 'ner Stretchlimo!« Ich lachte, weil ich mir das einfach nicht vorstellen konnte. Bin dann aber doch schnell raus, weil es ja immer sein kann. Habe ihn aber nicht mehr getroffen. Glaube außerdem auch nicht, dass er es war, weil genau genommen kann ich mich selbst kaum erinnern, wie der aussah, und Mia mit Sicherheit noch weniger, die war damals nämlich noch viel draufer als ich. Aber alleine die Vorstellung, dass er doch aus Berlin ist, gefällt mir. Nur die Stretchlimo verwirrt mich. Denn reich und in Berlin wohnend? Das passt einfach nicht zusammen.

**07:11**

Ah, mir fällt außerdem ein, dass ich total vergessen habe, das Interview zu machen! GROSSE PANIK! Ach nein, jetzt erinnere ich mich wieder, dass unsere Namen gar nicht auf der Gästeliste standen. Es gab also auch keine Backstagepässe, Freidrinks etc. Ich konnte das Interview also gar nicht machen. Gott sei Dank, dass Mia mal mit dem Türsteher geschlafen hatte, sonst hätten wir auch noch Eintritt bezahlen müssen. So kamen wir zwar ins Haiden rein, aber als die Jungs ihr Set spielten, war ich so betrunken, weil Mia auch noch die Leute hinter der Bar kannte, dass ich sie wohl verpasst habe. Weil diese Technomusik auch immer so gleich klingen muss.

## SAMSTAG, 31. JANUAR

### 11:23

Handy klingelt morgens. Unbekannte Nummer. Ein Typ ist dran, der Cornelius heißt und behauptet, wir hätten uns gestern Nacht geküsst. Dann hätte ich gesagt, ich müsse auf Klo, sei danach aber nicht wiedergekommen. Und seinen Drink hätte ich auch noch mitgenommen. Muss grinsen, wie klug ich manchmal bin. Entschuldige mich ganz ruhig und tue so, als sei das alles ein ganz normaler Zustand, mit dem man umgehen kann, während ich eigentlich krampfhaft versuche, mich an gestern Nacht zu erinnern und dabei nicht zu kotzen. Wenn er Paul heißen würde, wäre es leicht, sich einen netten Typen mit braunen Haaren vorzustellen. Aber ein Cornelius? Cornelius ist der absolute Spastenname. Mich irritiert, dass ich mittlerweile ein Trinkerstadium erreicht habe, das man oben im Gehirn als filmreißendes Stadium bezeichnen kann, während ich äußerlich aber, dem Anschein nach, noch so normal aussehe, dass mich ein Typ, der sich einen Drink im Haiden leisten kann, küssen will. Gleichzeitig bin ich auch noch so geistesgegenwärtig, dass ich ihn nicht nach Hause mitnehme oder, noch schlimmer, auf dem Klo ohne Kondom knalle, sondern ihm stattdessen sein Glas klaue. Obwohl das vielleicht nur ein körpereigener Reflex ist, so wie Hühner noch eine halbe Stunde im Kreis rumlaufen, nachdem man ihnen den Kopf abgeschlagen hat.

Der klingt aber nett, denke ich, und selbstbewusst. Der hat bestimmt jede Menge Geld. Oder er ist Steinbock vom Sternzeichen, was gut ist, denn die sind eitel und haben meistens auch noch Geld. Eigentlich ist es total egal, wie er aussieht, weil er mich wiedersehen will! Denn gerade lädt er mich auf eine Party nächstes Wochenende bei ihm zu Hause ein. Hoffe, das ist nicht irgendein Freak, und wenn ich da ankomme, sitzt er nackt auf dem Sofa mit einem roten Strumpf auf dem Penis.

Das ist die Sache mit den Haaren. Da sitzen die einmal gut und *zack*, hat man 'nen Typen. Ich werde jetzt gleich mal Mia anrufen, und wenn sie nicht auch schon was mit ihm hatte, dann ist das Leben für einen Samstagmorgen im Berliner Hurenmonat Januar ganz schön in Ordnung.

### 11:48

Mia findet auch, dass Cornelius ein Spastennamen ist. Fast wie Sebastian, Dominik oder Valentin. Sie hatte nichts mit ihm, kann sich aber auch nicht an ihn erinnern. Gestern dachte sie nämlich, dass sie nun wieder auf Macker-Marquardt steht, und hat den ganzen Abend versucht, ihn unter all den Gästen zu finden und dabei noch Glasflaschensammler-Flexn, den Runner vom Crocket, abzuhängen, dem sie in einem schwachen Moment mal im Lager einen geblasen hat und der seitdem hoffnungslos in sie verliebt ist.

**12:37**

War gerade wieder eingeschlafen, lächelnd, mit dem wohlig warmen Gefühl, dass ich bald ein Date haben werde, da klingelt mein Scheiß-Handy schon wieder. Französische Nummer. Mein Vater. Höre Meer rauschen, dann bricht seine hysterische Stimme in meine taube Samstagmorgenwelt herein. Die zuerst fragt, ob ich die Mail bekommen habe. Ich sage ja. Das Ganze ist eine Art Kolumne, die er mir immer schreibt, als Reaktion auf meine *Heartcore*-Kolumne. Seine Verbesserung von all den Fehlern, die ich grammatikalisch getan habe, und das, ohne sich dabei selbst an den Hut zu fassen, wo er mir doch das Sprechen beigebracht hat. Außerdem sagt er, ich solle mich nicht so entblößen und so viel von mir dort preisgeben. Und ich fasse es nicht, dass ich andauernd in Situationen komme, wo ich schreien will, dass ich mich vor gar keinem, aber auch wirklich gar keinem entblöße, weil ich nämlich gar keinen Sex habe, und das in der Kolumne, das ist alles gelogen, weil längst vergangen, und in echt warten alle jeden Monat gespannt darauf, wie sich die 18-jährige Heloise sexuell mit ihrem ersten Freund weiterentwickelt! Muss überlegen, ob er's merkt, wenn ich seine Mails als Spam melde.

Sage: »Papa, ich finde, für einen Schwulen bist du ziemlich spießig.«

»Tochter ...« Er lacht. »Das weißt du doch. Meinst du, ich hatte mein Coming-out ohne Grund erst nachdem ich elf Jahre mit deiner Mutter zusammengelebt hatte?«

Dann erzählt er mir, dass es bei ihnen nun schon fast immer 17 Grad seien. Er und Jacques seien am vergangenen Wochenende in Saint Tropez gewesen und hätten im Café de Paris gegessen. Der Besitzer persönlich hätte sie am Tisch begrüßt, so gefreut habe er sich darüber, dass Jacques die Ledermöbel des Restaurants passend zu den Vorhängen ausgesucht hat. Gott sei Dank bin ich zu müde, um zu sagen, ich glaube eher, dass Jacques es ihm allerordentlichst zwischen rosa Plüsch und Laura Ashley besorgt hat. Dann habe der Manager auch noch die Rechnung übernommen. INDIZ HOCH DREI. Weil sie dadurch so viel Geld gespart hätten, annähernd dreihundert Euro, würden sie nun nach Paris fahren, weil da ja Jacques' Tante in einer Achtzimmerwohnung direkt am Eiffelturm lebe, ja? Kann er dieses »Ja« lassen, dieses Du-weißt-ja-Ja? Denn ich weiß nichts! Ich weiß nicht, wer dieser Jacques ist und wo du bist und was du da unten in Frankreich machst. Denn ich bin hier, mir geht es schlecht, und ich hätte gerne, dass du für mich da bist. Und mir sagst, dass das alles nur eine Phase ist und sie vorübergeht. Sie würden dort gerne in diese Ausstellung von Dings gehen, jetzt fiele ihm der Name gerade nicht ein, und er hoffe nur, er könne Jacques überreden mitzugehen. Jacques habe nämlich ein bisschen Angst, krank zu werden, er würde schon so einen stechenden Schmerz in der linken Mandel spüren, weil mein Vater auch die ganze Zeit das Fenster bei der Fahrt aufgelassen hat. Dann spricht er weiter, rät mir, ich solle viel Fisch essen wegen der darin enthaltenen Omega-3-Fettsäuren, aber keine Sorge, Jacques habe welchen aus Tunesien bestellt. Den ganz guten roten Thunfisch, ja? Ja? Ja? Nein!

Und dann fragt er mich, ob ich ihm vierhundert Euro überweisen könne. Bumm. Erst Betäubung durch sieben Minuten Dauerreden auf 130 Dezibel oder so, und wenn man kaum noch zuckt, dann sticht er einem den Stachel rein. Jacques habe Schwierigkeiten mit dem Finanzamt, das sei aber deren Fehler, und er wolle nicht das Bild im Esszimmer verkaufen, das sei nämlich jetzt schon zwölftausend wert, weil original Jean Dings, den Nachnamen habe er jetzt vergessen. Da soll ich mal überlegen, wie viel Geld man in zwanzig Jahren damit machen kann! Das kann dann gut das Internat meiner Tochter bezahlen. Welches Internat? Welche Tochter? Dazu braucht man doch Sex, oder ist der auch schon durch den Erlös des original Jean Irgendwas finanziert worden?

»Ja, Papa, klingt, als bräuchtet ihr Geld«, schaffe ich in die kleine Atempause dazwischenzunuscheln – und kann nicht fassen, dass er es gehört hat, weil er mir nie zuhört! Dann kommt in einem Schwall die Nummer, er habe seine Jugend für mich geopfert und meine Mutter ihre Brüste, weil ich nämlich so viel genuckelt und nie genug gehabt hätte, dass sie ihr irgendwann bis zum Bauchnabel hingen. Mich durchgefüttert nur mit Biosachen, während alle noch 1·2·3-McCain-Fertigpommes gekauft hätten, und dabei hätte er gerne noch sechzehn Jahre lang bekifft auf dem Sofa gelegen. Ab diesem Punkt lege ich das Handy neben mich. Jetzt kommt sein abgebrochenes Studium, ein kurzer Rückblick, wie er meine Mutter kennengelernt hat, die mit ihrem damaligen Chef einer Werbefirma zusammen war, der aber kurze Beine hatte, und das wollte sie mir, als ihrem späteren Kind, nicht antun. Dass sie beide eigentlich total gegen ein Kind waren, weil sie 1. keine Arbeit hatten, 2. Studenten auf Lebenszeit sein wollten und 3. sowieso nie ein unschuldiges Lebewesen in diese schreckliche Welt hätten setzen dürfen! Das ist der Punkt, wo ich weiß, ich kann wieder ans Telefon, weil er sich da erinnert, dass sie mich nämlich nicht mehr abtreiben konnten, weil meine Mutter schon in der 13. Woche war und sie es einfach nur nicht bemerkt hatten, weil sie und mein Vater seit acht Monaten total stoned durch Europa reisten. Und erst als sie aus Wut, dass mein Vater sich verfahren hatte, ihren Fuß durch die Frontscheibe des dunkelgrünen Mercedes geschlagen hatte, wusste sie, dass der Bauch nicht der Spaghetti wegen kam. Jetzt sage ich zur Versöhnung, dass ich ihnen dafür danke, und er sagt, dass er sich auch gefreut hat, dass der Bauch meiner Mutter nicht von den Spaghetti kam, und ich sage, Papa, du bist schwul, es war dir egal, wie dick meine Mutter war, und er ist gekränkt. Ich sage dann, dass ich ihm das Geld überweise, lege auf und habe Kopfschmerzen.

# FEBRUAR

## DIENSTAG, 3. FEBRUAR

### 19:22

Bin seit gestern bei Facebook gelöscht. Soweit das möglich ist. Fand es gestern Mittag ziemlich witzig, dort unter der Rubrik »Beziehung« einzutragen, dass ich in einer Beziehung mit dem *Weltmeister Magazin* sei. Was schon Sinn macht, denn ich bin dort wirklich, neben dem Schlösschen vielleicht, den größten Teil meiner Freizeit. Außerdem sage ich vielen meiner random B-Freunde ab, weil ich stattdessen lieber im Büro sitze. Jedenfalls habe ich das eingetragen und dann die Nachricht bekommen, dass das *Weltmeister Magazin* die Beziehungsanfrage erst bestätigen müsse. Das wusste ich natürlich nicht, weil ich, seitdem es Facebook gibt, ja noch keine Beziehung einzutragen hatte. Aber ich fand das nur fair, sonst könnte ja jeder theoretisch vortäuschen, mit jemandem in einer Beziehung zu sein. Und da gehören ja immer noch zwei dazu.

Dachte auf jeden Fall, kein Problem, Heloise. Gehe ja nachher eh ins Büro und werde dann den Kerl, der unser Onlinemarketing macht, nach dem Passwort fragen, um danach mir selbst meine eigene Beziehung zu bestätigen. Dieser Satz klingt zwar ziemlich traurig, aber anderseits habe ich mich auch so gefühlt, als würde ich das System austricksen. Wie irgendwie Steuern klüger versteuern, um Steuern zu sparen. Dann bin ich raus zu Mia, und wir haben gequatscht und Kaffee getrunken. Waren richtig gut in Stimmung und haben deswegen den guten Biowein für ein Glas geöffnet.

Dann war es zu spät geworden, um noch ins Büro zu gehen, und ich hatte ehrlich gesagt auch ganz vergessen, dass ich seit neuestem in einer Beziehung bin. Werde ab heute jedem Mann glauben, der mir erzählt, er habe vergessen, dass er vergeben, verlobt oder verheiratet ist, weil er so betrunken war. Und dann wurde alles wild! Weswegen Mia meinte, wir müssten jetzt alle ins Crocket, und ich wusste sofort, dass das eine ziemlich gute Idee war! Obwohl am nächsten Tag, also heute, Dienstag war und ich ja eigentlich Uni hatte.

Man traf sofort die übliche Besetzung, und der Abend begann verdächtig schmeichelhaft. Schon Flexn an der Tür kam auf mich zu und sagte zu mir: »Heli, herzlichen Glückwunsch!« Und dann: »Ich freue mich für dich.« Umarmte mich.

Ich war so betrunken und grölte deswegen: »Mann, danke!«

Habe dann auch kurz überlegt, wozu er mich eigentlich beglückwünscht hat, war aber auch nicht weiter wichtig, weil es gibt ja immer Sachen, zu denen man sich beglückwünschen kann. Ich war zum Beispiel gerade total besoffen in einem Club drin, was bedeutete, dass ich nachher nicht so viel für Getränke ausgeben musste, herzlichen Glückwunsch!

Um die Ecke passierte mir noch mal das Gleiche, und

auch Fabi drückte mich an sich, guckte mir tief in die Augen, schleimte: »Schön, dass du jetzt eine von uns bist!«, und zwinkerte mir zu. Und seine blöde minderjährige Freundin, die sich als Waldelfe verkleidet hatte, piepste lächelnd: »Wir haben schon gedacht, du wärst vielleicht mit Luise zusammen.«

Ich bedankte mich leise für was auch immer und fing ab diesem Punkt an, mich zu wundern. Bis dann der Nächste ankam, Moritz, und das Gleiche tat. Ich explodierte. »Wozu gratuliert ihr mir eigentlich?!«

»Na, du bist doch jetzt in einer Beziehung, oder nicht? Das steht auf Facebook.«

Da verstand ich es endlich: Da das *Weltmeister Magazin* unsere Beziehung nicht bestätigt hatte, stand auf der Startseite der anderen nur, dass ich in einer Beziehung sei. Also: *Heloise ist jetzt in einer Beziehung*. Mit diesem lächerlichen roten Herzsymbol. Argh. Flüchtete zu Mia, die sich gerade von Crocket-Runner Flexn einladen ließ, presste einige Wörter raus, die ungefähr aussagten, dass ich total blamiert sei und mich jetzt umbringen werde, und rannte hinaus.

Dahin kann ich nie wieder zurück.

## MITTWOCH, 4. FEBRUAR

### 09:00

Mit Philipp dann noch in der Nacht gechattet. Ein bisschen witzig, weil wir ja sieben Stunden Zeitverschiebung haben. Das heißt, ich bin meistens in einer ziemlich aktiven Phase, weil hier Nachmittag, und er ist meistens schon im Bett und denkt eher in Schlagworten wie Löffelchenstellung/Film gucken/Brüste anfassen. Aber nun war es bei ihm sieben Uhr morgens und er ziemlich fit und wollte deshalb nicht so recht auf meinen Kuschelmodus eingehen, sondern verglich uns stattdessen mit einer Schaukel, für die man sich als Kind begeistert hat und die dann zehn Jahre später genauso ist wie früher, nur dass man, wenn man sich jetzt draufsetzt, kaum mehr Freude daran hat, sondern sich komisch vorkommt. Und wenn man aufsteht, dann hat man Moos am Arsch. Er hat aber die ganze Zeit »Moss« geschrieben, und da ich total betrunken war, habe ich gedacht, er will irgendein abstraktes Bild entstehen lassen, à la Kate Moss würde ihm dann am Arsch kleben, was ja wirklich keinen Sinn macht. Ich weiß noch, dass ich schrieb, dass ich es echt blöd finde, dass er 'ne blonde Frau am Arsch kleben hat, und dann kam er wohl gar nicht mehr mit. Na ja, jetzt habe ich ihm geschrieben, dass ich total betrunken war. Aber auch, dass ich finde, wir sind mehr wie ein Hobby, das man mal leidenschaftlich für sich entdeckt hat und dann voll auslebt. Bis man aus ihm herausgewachsen ist. Das Hobby ist dasselbe, man kann es auch immer noch betreiben, es ist nur keine Neuentdeckung und Herausforderung mehr. – Was ich genau genommen gar nicht finde. Aber es entspricht dem Bild, das ich versuche, ihm von mir zu verkaufen.

**14:42**

Gerade in der *ZEIT* Interview mit Doris Schröder-Köpf gelesen. In der ersten Frage hieß es, sie habe ja schon »einige verschiedene Frauenleben« gelebt: »Sie waren Klosterschülerin, Sie waren Single, Sie waren Journalistin, Sie waren Kanzlergattin, Sie sind heute Mutter von drei Kindern.« Stopp, was bitte? Sie-waren-Single ist plötzlich ein akzeptierter Lebensabschnitt? Kann ich das in meinen Lebenslauf schreiben? Ich war in den Jahren von/bis Single in einer Millionenmetropole und habe mich nicht umgebracht? Sowieso, der Begriff »Single« ergibt doch keinen Sinn! Ich habe eben nur gerade keine Beziehung. Man sollte doch jemanden nicht über etwas definieren, was er nicht ist oder hat. Das ist Sarah, die hat einen Führerschein. Und nicht: Sarah, die ist XX, weil sie keinen Führerschein hat. Ist ein 15-jähriges Mädchen auch Single, oder eine alte Frau, nur weil sie keinen Partner haben? Wir sind Junggesellinnen. Es ist klar, dass wir uns irgendwann mal binden werden, nur gerade jetzt nicht. Hoffe ich.

**22:20**

Ich glaube, keinen Sex zu haben ist viel ungesünder als Diät, Trinken oder Rauchen. Und ich frage mich, warum alle immer sagen, sie seien so schlechte Menschen, weil sie trinken und rauchen. Aber wenn wir trinken und rauchen, dann sind wir echt die liebsten Mädchen, die kaum einem anderen schaden. Ich umarme zum Beispiel immer alle, und manchmal bin ich sogar so voller Liebe, dass ich meine Exfreunde anrufe und ihnen sage, dass ich sie immer noch liebe, und damit tue ich eigentlich keinem weh außer mir selbst.

Obwohl, Mia macht betrunken immer dumme Witze. Als wir einmal auf einer Privatparty von John-dem-geilen-Engländer waren, da wurden wir, als wir reinkamen, nett gefragt, wer wir seien. Als die ganze Runde von ihren Designerstühlen hochguckte, sagte sie: »Wir sind die Putzfrauen, wir putzen hier sonntags immer nackt.« Ich lief hochrot an, und alle waren ganz peinlich berührt und still. Und dann drehten die Köpfe sich synchron wieder zurück, und alle ignorierten uns, indem sie so weitersprachen, als wären wir nie gekommen. Weil das nämlich die Art von Londoner Politikschickeria ist, bei der man solche Witze nicht machen darf. Aber bei mir kann Mia diese Witze machen, ich nehme ihr das nicht übel. Nur John-d-g-E, der hat den ganzen Abend lang kein Wort mit mir geredet, obwohl nur dreizehn Gäste da waren. Und dann hat Mia auch noch irgendwen abgeschleppt, der hübsche blonde Locken und blondes Schamhaar hatte, wie sie mir später erzählte, was uns beide sehr irritierte. Aber da sieht man mal wieder, dass man sogar dumme Witze machen kann und trotzdem Sex kriegt.

## SAMSTAG, 7. FEBRUAR

### 00:14

Komische Adresse im Richardkiez, denke ich. Bemerke dann, dass ich direkt vor dem Haus stehe, das ich gesucht habe, und erinnere mich auch, dass er gesagt hat: »Fünfter Stock«, was in diesem Fall bedeutet, Wohnung ist Penthouse-Loft mit Dachterrasse. Ich denke: Jackpot. Fahre hoch, gehe durch offene Tür, und da steht er dann. Lässig in grellblauen Designerjeans. Etwas an seinem anzüglichen Blick sagt mir, dass er ziemlich genau weiß, wer ich bin. Er kommt auf mich zu, drückt mir einen kräftigen Kuss auf den Mund, gerade als ich die Peinlichkeit der Situation mit den Worten »So sieht also ein Cornelius aus« beheben wollte. Die wird aber anscheinend nur von mir empfunden. Er führt mich in der Wohnung herum, die schon ziemlich mit Leuten gefüllt ist. Ich gehe hinterher, kopfschüttelnd über diese schreckliche Kombination, wenn zu viel Geld auf zu wenig Geschmack trifft. Das endet immer in Maxi-Couch auf Presslaminat neben Elektrokamin und dann vielleicht noch ein Jonathan Meese an der Wand.

Er stellt mich seinen Freunden vor unter dem Gebrauch der Worte: »Das ist die aus dem Haiden«, und ich weiß mir nicht anders zu helfen, als das, dümmlich grinsend hinter ihm stehend, mit einem Nicken zu bestätigen.

Dann ist er auf einmal verschwunden. Irgendwo zwischen Besenkammer und Schuhschrank habe ich ihn verloren. Ich gehe ins Wohnzimmer zurück. Es gibt diese Theorie von Luise und mir, dass Partys mit Buffet nichts bringen, weil schon von vornherein das Konzept Party nicht verstanden wurde. Das endet eigentlich immer mit Knabberzeugs in hässlichen Plastikbechern und Kartoffelsalaten von ALDI, während wir Mädchen krampfhaft versuchen, nicht die Kalorien der Erdnussflips zu zählen. Was nämlich verfluchte kleine Dinger sind. Buffet auf Partys gefällt eigentlich nur Kiffern. Die sind zwar die besten Freunde, die man im Winter haben kann, weil erstens immer da und zweitens im Besitz sämtlicher Staffeln von allen Serien der ganzen Welt. Aber halt eher nicht so vital und daher weniger zum Feiern zu gebrauchen, sondern eher so zum Runterkommen nach Golden-Gate-Tour Donnerstag bis Sonntagmorgen, wie Mia immer sagt. Aber dann sehe ich das Buffet hier, und es ist so was von extravagant! Vor mir leuchtet diese Zwei-Meter-Tafel, überhäuft mit dem krassesten Essen, das ich mir mit aller Phantasie nicht hätte vorstellen können: In der Mitte prangt ein Schweinekopf, geformt aus Pasteten, umgeben von einem Meer aus bunten Petits Fours. Das Buffet ist mit einer sexuellen Energie aufgeladen, als hätten sie eine Frau nackt und breitbeinig auf den Tisch gelegt. Der Kopf grinst mich hämisch an. Ich nehme ein Lachskaviartürmchen und stelle fest, es gibt nichts Perverseres, als eine Pastinake als Phallussymbol zu benutzen. Blicke mich im Raum um. Wer sind all diese Menschen? Eigentlich selten ein gutes Zeichen, wenn ich keinen der Gäste kenne, und die um mich herum, das sind alles Models! Große, schlanke Frauen, riesig, mit langen Haaren und teuren Kleidern. Solche, wie wir sie in den Modestrecken des *Weltmeister Magazin*s hatten, weswegen ich links von mir auch das Etuikleid als das von der kommenden Louis-Vuitton-Sommer-Kollektion identifiziere, und das ist schon sehr absurd, wenn man bedenkt, dass wir uns auf dem Dachboden des Fabrikhauses einer ehemaligen Britzer Reinigungsfirma befinden. Selbst die Jungs haben richtig Stil, ja, das ist mit purer Ironie geschrieben, so mit Westen und verrückten Seitenscheiteln, Gel, Tollen und Bluejeans. Dann entdecke ich Gloria, jetzige Affäre, ehemals Freundin von Bornerd. Schwarz, wie all seine Frauen, und dazu dieses »aus ihnen allen hätte was werden können in Richtung Moderation/Dauerwerbesendung, aber dann haben sie sich leider doch für Koks entschieden«. Mir ist also sofort klar, wenn die irgendwo ist, dann sind Drogen dabei. Sie sieht auch so aus. Sitzt hibbelig auf einem großen Ledersitzsack und spuckt beim Reden unaufhörlich kleine Speichelfäden auf das rote Kleid ihrer Gesprächspartnerin. Ach verdammt, um mich herum sind alle drauf! Ich bin auf einen Kokser reingefallen! Das erklärt auch, warum er erst verschwunden war, jetzt plötzlich wieder da, auffällig aufmerksam allen gegenüber ist, nur um dann wieder zur Anlage zu rennen und laut Ace of Base aufzulegen.

Greife als Reaktion auf Erkenntnis – schon wieder ein Traum zerplatzt – erst mal Flasche Dom Pérignon und öffne im Flur die Besenkammer, um mich im dort installierten Kleiderschrank zu verstecken. Fange an zu trinken, so umgeben von den Wintermänteln eines jungen Mannes mit zu viel Geld, dem man anscheinend eingeredet hat, dass jedes Jahr ein anderer Schnitt in Mode ist. Komme mir vor wie früher, als ich mich im Kleiderschrank meiner Mutter versteckte, was ich natürlich nicht durfte, weil ich immer alle Kleider zerknitterte. Und einmal habe ich auch noch alles mit rotem Lippenstift beschmiert, der auch von ihr war …

Da werde ich plötzlich entdeckt, die Tür wird aufgerissen, und Cornelius' Nase nähert sich mir. Ich bin mir sicher, kleine weiße Pulverreste daran zu erkennen.

Er lokalisiert mich und schreit: »Mensch, Heli, was machst 'n da drin? Leute, die ist im Schrank!«

Ich murmele etwas von: »Komisch, nicht das Klo?«

Aber da ist er auch schon drin, schiebt mich gegen die Wintermäntel, küsst mich, zieht mir mit einem Schwung das schwarze Kleid runter – und ich denke: mein Gott, diese Kokser können aber viel auf einmal machen. Und dann fällt mir auch ein: Genau so ist dieses Boris-Becker-Besenkammer-Baby mit den orangen Haaren und dem Albino-Lächeln entstanden! Worüber ich total lachen muss, über das Kind, meine ich, weil das ist ja wirklich das witzigste Kind der Welt. Ich meine, da versucht er immer Schwarze zu pimpern, und dann spritzt er einmal in die falsche Russin rein, und dann kommt ein rothaariges, sommersprossiges Albino-Kind heraus!

Weswegen mir die blöde Champagnerflasche runterfällt, woraufhin ich begeistert schreie: »Wow, wir stehen in einem See aus Champagner!«

Aber er sagt im gleichen Moment: »Du Schlampe, du hast gerade eine hundertzwanzig Euro teure Dong Pärijong auf meine brasilianischen Prada-Boots geschüttet!«, worüber ich noch mehr lachen muss, weil er hat halt wirklich »Dong Pärijong« gesagt.

Und ich sage, vielleicht etwas schnippisch, weil ich aber auch so betrunken bin: »Sorry. Du bist eh mehr der Typ Lebensart: Mode, Essen, Trinken, Partnerschaft.«

Und er: »Ach ja, und was bist du?«

»Ich …« – Versuche mich selbst zu reflektieren, während ich halbnackt mit einer fast leeren Champagnerflasche im Kleiderschrank eines fremden Typen stehe. »Ich bin so eher eine Mischung aus Miss Dior Cherie und Kirschkaugummi.«

Hebe die Flasche vom Boden auf, ziehe mein Kleid hoch und verschwinde kichernd zur Tür hinaus.

**02:47**

Bei Mia. Sitzen auf dem Hausdach und bauen zweiten Joint von dem Gras, das sie von der Klofrau des Schlösschen bekommen hat. Völlig breit mittlerweile, ich kiffe ja sonst nicht. Kaum habe ich mich beruhigt, sagt Mia wieder »Dong Pärijong«, und ich kugle mich vor Lachen.

»Mia«, sage ich später, als ich mich wieder beruhigt habe, »das mit Philipp ist jetzt ein Jahr her, und ich bin immer noch Single. Warum glaubst du, ist das so?«

Sie muss nicht überlegen, antwortet sofort. »Der hält dich emotional gefangen, indem er dir immer wieder Aufmerksamkeit schenkt und dich hinhält, sich dann aber doch nicht auf dich einlässt. Klarer Fall von: Er will sich jetzt noch einmal ausleben, um dich danach als Ehefrau abzugreifen.«

»Das ist so gemein. Aber ich habe das Gefühl, es ist mit uns einfach nicht abgeschlossen. Er ist damals für sein Studium nach Edinburgh gegangen, die Trennung war also eher räumlich als emotional.«

»Du bist ein Opfer der Globalisierung«, witzelt Mia. Sieht mein trauriges Gesicht und wird wieder ernst. »Heli, flieg hin, stell ihn zur Rede. Du wirst merken, was du vermisst, ist ein Bild von ihm, das du dir gemacht hast, als du achtzehn warst. Ihr seid erwachsen, habt euch in komplett andere Richtungen entwickelt. Er ist Business-Student, und du weißt: Wir hassen solche Leute.«

Mir gelingt ein halbes Grinsen. »Nach Indien fliegen? Mia, ich hab ein Studium, eine Arbeit. Bombay ist Tausende von Kilometern entfernt, und ich habe ihn seit Monaten nicht mehr gesehen!«

»Baby, in einer Woche hast du Semesterferien. Deine Arbeit ist ein Job, der darin besteht, eine schlüpfrige Kolumne für ein lokales Magazin zu schreiben, das in Cafés umsonst ausliegt. Nimm deinen Laptop mit, und schreib live darüber, wie es mit ihm weitergeht. Die Geschichten über die verliebte 18-jährige Heloise will doch eh keiner mehr hören.«

## SONNTAG, 8. FEBRUAR

### 14:22

Aah. Jetzt weiß ich wieder: Ich habe gestern Nacht noch einen Flug nach Indien gebucht. Sehe nun, dass er so viel kostet wie drei Monatsgehälter auf einmal. Das Schlimme ist, dass ich es getan habe, nachdem ich mit Mia auf dem Dach gesessen hatte. Eigentlich wäre ich so betrunken ja gar nicht mehr in der Lage gewesen, eine 15-stellige Kreditkartennummer einzugeben. Da wir aber über den Presseausweis fünfzig Prozent Rabatt auf Flüge bekommen, sind auf der Buchungsseite all meine Daten gespeichert, und deswegen musste ich nur noch auf »Flug bestätigen« drücken, und schwups war mein Konto leer, und ich muss nun meinem Exfreund schreiben, dass ich ihn besuchen komme, und auch, dass ich die gesamte Zeit meiner Semesterferien in Indien sein werde.

Jetzt erinnere ich mich auch wieder, dass ich, kurz bevor ich in den komaähnlichen Schlaf gefallen bin, den nur die richtige Mischung aus Champagner und hochgezüchtetem Gras hinkriegt, die schlafende Luise in London angerufen habe. Sie musste erst herausfinden, ob mein betrunkenes Schreien eher etwas Positives bedeutete oder ob mir etwas Schlimmes zugestoßen war. Ich schaffte es aber dann irgendwann, ihr die Sachlage zu erläutern. Und schloss mit den Worten: »Mein Exfreund ist mein Emotionalkapital, weißt du? Alle meine unerfüllten Gefühle projiziere ich auf ihn. Und deswegen muss ich mich davon lösen.« Womit ich versuchte, meine Reise zu rechtfertigen.

Luise lachte, ging voll auf meinen Managerjargon ein und antwortete: »Ich finde auch die restlose Verwertung der Beziehung entspricht sehr dem System der Nachhaltigkeit. Nein, ernsthaft, Heli, mach das. Mia und ich können die Geschichten über Philipp nicht mehr hören. Da muss es jetzt in die eine oder andere Richtung weitergehen.«

Und dann weiß ich nichts mehr.

Wenn ich jetzt mal drüber nachdenke, komme ich auf ziemlich viele für Indien sprechende Punkte wie: Ich werde keinen Drecksmonat März in Berlin haben, sondern meine gesamten Semesterferien im warmen globalen Süden verbringen! Ich werde Sonne haben und

Philipp sehen und, ja, streng genommen bin ich eine Sextouristin und höchstwahrscheinlich danach auch noch arbeitslos. Aber das stört mich nicht! Bis jetzt.

## MONTAG, 9. FEBRUAR

### 13:10

»Was soll das heißen, du konntest das Interview nicht machen?«

»Weil wir nicht auf der Liste standen!«

»Natürlich standet ihr drauf. Unter Till Mischke, Musik-Tills Name – war doch klar, oder, dass du nicht drauf standest?!«

Genau das ist das Problem, denke ich. Dass ich da nicht draufstehe, sondern nur der Ersatz bin.

»Und dann kamst du nicht rein, oder was?«, fragt Bornerd aggressiv nach.

»Doch«, nuschle ich. »Mia kannte da ja alle.«

»Was war dann das Problem?«

»Na ja, sie kannte auch die Barfrau. Deswegen war ich total betrunken, als die endlich aufgelegt haben. Und dann muss ich sie verpasst haben. Elektromusik klingt aber auch immer so gleich?«

Ein lautes Stöhnen am anderen Ende der Leitung. Ich bin mir sicher, er hat »nur von Idioten umgeben« gemurmelt.

Doch dann sagte er: »Pass auf. Letzte Chance, Schätzchen. Am nächsten Montag Off Records Label Night, gleiche Nummer, dein Name auf der Liste.«

»Hm, nein, da kann ich nicht«, piepse ich ängstlich. »Ich fliege am Samstag nach Indien. Und setze noch eins dieser »Ja?« nach, die ich mir von meinem Vater abgeguckt habe.

Durch den Hörer kommt nur noch Brüllen, ich kann kein Wort verstehen.

Wie schade, da habe ich meine einzige Chance verbockt, ins Musikressort zu kommen. Dabei brauchen die da ganz dringend Frauen! Das weiß ich schon, seit man mir gesagt hat, dass weibliche DJs »Shejays« heißen – und selbst das sind meistens noch B-Models. Und man weiß ja: Models sind essgestörte Arbeitslose, die bekokst herumlaufen.

## SAMSTAG, 14. FEBRUAR

### Flugzeug, sämtliche Zeitzonen ignorierend

Entfernung vom Ziel: 4564 km
Höhe: 10 234 m
Außentemperatur: – 47, 5 °C
Wind: 89 km/h

Ehrlich, warum schreiben die das? Die einzig logische Reaktion darauf ist, total in Panik auszubrechen.

## SONNTAG, 15. FEBRUAR

### 03:28?

*Ich fliege gerade von minus siebzehn zu sechsunddreißig Grad plus, ich fliege gerade von minus siebzehn zu sechsunddreißig Grad plus*, schiebe ich eine Zeitlang wie ein Mantra in meinem Kopf hin und her, immer gefolgt von: *Das ist vielleicht das Klügste, was ich je im Leben getan habe, das ist vielleicht …*

### 04:50

Hitze, Schwüle, annähernd vierzig Grad. BAMM, hallo Realität. Alles staubig, der Geruch von fauler Erde hängt schwer in der Luft. Sanftes Lächeln bei der 70er-Jahre-Optik des Flughafens. Überall kleine indische Männer mit verspiegelter Brille – so einer, wie Tom Cruise sie bestimmt gerade jetzt trägt –, Jungs, die Rikschas anbieten, dicke Frauen in bunten Saris, die Essen, Kleidung, Schmuck, undefinierbares Farbenfrohes verkaufen, Bettler, alte Frauen auf dem Boden.

Vielleicht habe ich mir doch zu viel vorgenommen, denke ich gerade. Ich meine, bin ich jetzt wirklich hier, um zu gucken, ob ich wieder mit meinem Exfreundidiotenpenner Philipp zusammenkommen kann?

Setze dann das Gesicht auf, das Mia immer macht, wenn Crocket-Runner Flexn sie aufstöbert – extrem gespannte Gesichtszüge, den Blick in der Ferne verhaftet –, und ignoriere alles um mich herum. Schaffe es irgendwie, eine Rikscha zu mieten. Preis kann ich nicht einschätzen, zu müde zum Umrechnen. Aber, ganz ehrlich, total egal, weil man die ganzen alten riesengroßen indischen Scheine eh nicht ernst nehmen kann, die sehen nämlich alle aus wie Spielgeld. Außerdem mir vorgenommen zu glauben, dass hier umgerechnet alles null Euro kostet.

Fahre in den südlichen Teil von Goa. Einfach nach den Palmen links abbiegen, an den Slums vorbei, die Müllverbrennungsplätze überqueren, und schon steht man vor einem großen, fast leerstehenden Haus direkt am Strand. Miete Zimmer. Lege mich kurz hin.

## MONTAG, 16. FEBRUAR

### 17:14

Zweiundzwanzigstündiger Schlaf, ein einziges Ab- und Auftauchen von Traum und wirklicher Welt, wobei ich Mia, Luise und das *Weltmeister*-Büro für real hielt, glaube ich, nicht das orange Moskitonetz über mir, die weißgetünchten Lehmwände meines Zimmers oder das Surren der Fliegen.

Schon währenddessen immer wieder komische Geräusche: Grunzen, Lachen, wildes Möbelrücken. Mein in Selbsttäuschung gut trainiertes Unterbewusstsein wandelte alles gleich um in Vorkommnisse meines typischen Umfeldes, weswegen ich gerade voller Schrecken aufgewacht bin und dachte, ich müsste zur Uni, hätte aber verschlafen.

Realisiere erst jetzt, ein paar Sekunden später, dass ich keine Uni mehr habe, und auch, dass ich die ganzen nächsten Wochen weit weg davon sein werde, und schaffe zum zweiten Mal seit meiner Ankunft ein Lächeln.

Bin immer noch ganz verquiemelt und im Jetlagfeeling. Außerdem noch halbtaub vom Fliegen. Kriege also alles nur bedingt mit. Gehe jetzt aber runter, weil ich gerade spontan gedacht habe: Jetzt ein kühles Bier.

Sehe kleinen, schmächtigen Mann mit roten Haaren hinter Bar stehen. »A cold beer, please.«

Der Typ grinst mich an. So richtig mit breitem Lächeln. Tut aber nichts. Ich denke, jetzt sei bitte nicht scheiße high, gib mir einfach mein Bier. Da fixiert er mich plötzlich und grunzt grimmig: »Ya ain't underage, right?«

Brauche ein paar Sekunden, dann verstehe ich, was er gesagt hat. Kann mir jetzt bitte nicht 'n Ire mit schnöden Rechtsvorschriften kommen? Bei euch saufen doch schon die Kinder, weil sie Hunger haben, hätte ich beinahe in typisch betrunkener Mia-Manier gesagt, hole stattdessen aber einfach meinen Pass raus und zeige ihn ihm, denn ich will jetzt einfach dieses verdammte Bier haben.

Aber er fängt an zu nuscheln, loszubrabbeln, und ich verstehe nur so was wie bloody, holy irgendetwas, was ich nicht verstehen will, und ich bemerke, Scheiße Mann, der Typ ist total verrückt. Bis er dann plötzlich anfängt zu lachen und gar nicht mehr aufhören kann. Er schmeißt den Kopf nach hinten und haut sich auf die Schenkel. Blickt mich anschließend an, noch mit Lachtränen in den Augenwinkeln, und sagt: »Sorry my dear, just kidding. Today is my lucky day. Come have a seat. I'm Peter-Bork, by the way.«

Und so lasse ich mich auf einem der weißen Plastikstühle nieder, umklammere dabei fest mein Bier, damit er es mir nicht entreißen kann, und beobachte weiterhin misstrauisch, ob er nicht im nächsten Moment wieder seine Laune ändert.

Er holt eine Flasche Johnny Walker hinter der Bar hervor und setzt sich zu mir. Redet und redet, trinkt. Und dann fange ich langsam an zu verstehen, was die merkwürdig langgezogenen und fremdklingenden Wörter heißen sollen, und begreife: Der ist in einem typischen Zustand von Fickeuphorie. Ich mag dieses Wort wirklich nicht, weil es so hässlich klingt, wo es doch eins der schönsten Gefühle der Welt beschreibt, aber es ist auch von Mia erfunden und passt, so wie all die anderen, ziemlich gut. Auf jeden Fall ist er jetzt in diesem Zustand, wo man ganz fahrig ist und nicht aufhören kann zu reden, dann aber immer den Faden verliert und keinen einzigen Satz zu Ende spricht. Und ich bin die, die merkt, dass dieser Zustand relativ anstrengend ist für all die Menschen, die nicht das Glück hatten, dabei zu sein.

Er redet von einer Natalia. Und während ich mir das Bier abwechselnd zur Kühlung an die Stirn presse, daraus trinke oder es mir über den Kopf gieße, erzählt er *alles:* ihre erste Begegnung, die Beziehung, die sie hatten, gerade nicht mehr haben, aber bald wieder haben werden, blabla. Genau das hasse ich an frischverliebten Menschen, überlege ich, wenn sie in dieser Anfangsphase sind und nur noch den Partner sehen und gar nichts mehr von ihrer Umwelt mitbekommen. Da kannst du mit versteinerter Miene vor ihnen sitzen und gestehen, du bist asexuell, sexsüchtig oder dealst mit Anabolika – sie streicheln dir über den Arm und sagen mit sanftem, zuversichtlichem Lächeln: »Ich weiß, es wird bestimmt alles gut. Hab ich dir eigentlich schon erzählt, dass Susi und ich gestern …« Argh.

Aber dann kommt Natalia vorbei. Eins achtzig groß, ausladende Hüfte, der Badeanzug spannt über ihrem muskulösen Körper. Sie stellt sich mir vor, ignoriert derweil Peter-Bork mit ihrer ganzen Körperhaltung komplett, schenkt ihm nur einen herablassenden Blick, ist dann wieder weg. Ich bin mir sicher, für einen kurzen Augenblick haben die Krähen aufgehört zu schreien. Ernüchterung bei Peter-Bork total. Mit einem Schlag ist er raus aus seiner postsexuellen Seifenblase und endlich stumm. Eine Minute lang. Dann, ich kann es nicht fassen, fängt er an zu jammern, so ein richtig hohes Genuschel, das nur jahrelange Säufer hinbekommen. Mir fällt wieder ein, was noch schlimmer ist als ein frisch Verliebter: ein Mensch, der in einen anderen verliebt ist, vielleicht ab und zu mit ihm schläft, aber trotzdem immer wieder abgewiesen wird. Und deswegen, zumindest ein bisschen deswegen, bin ich nicht Teil eines Paares.

Oh Mann, jetzt so halbbesoffen von dem einen Bier und mit meinem vom Flug noch nicht wieder funktionierenden Blutkreislauf denke ich nur: Berlin ist *so* weit weg! Ich habe irgendwie das ganze System ausgetrickst, mich einfach von da nach hier gebeamt, und nichts ist mehr wichtig! Who cares, ob der hübsche braunhaarige Junge, der Design an meiner Uni studiert, in der Mensa sitzt oder nicht, wie wir umsonst in die

Clubs kommen, welcher Typ die Bons für die Freigetränke verteilt und wie wir es anstellen, dass er vergisst, dass er uns gerade schon welche gegeben hat? Oder wie der Timetable von welchem DJ aussieht. Ich meine, wo sind wir denn? Da wird ernsthaft verlangt, dass man sich merkt, in welcher Halle man wann sein muss, damit man diesen und jenen Act nicht verpasst, dabei ist man doch total besoffen, und spätestens in diesem Zustand hört sich doch eh jede Elektromusik gleich an, ganz ehrlich. Egal jetzt auch, ob Mia jemanden kennenlernt, der uns das Taxi nach Hause bezahlt. Oder ob mein Exfreund sich auf Facebook über Nacht mit vier neuen Mädchen befreundet hat. Ach so, das interessiert mich doch noch. Muss dringend Computer finden.

## MITTWOCH, 18. FEBRUAR

### 18:12

Endlich und viel zu spät indische SIM-Karte gekauft, um mit Philipp telefonieren zu können. Rufe ihn an, aber er mit lauter kreischenden Mädchen in Rikscha auf dem Weg zum Essen. Er total betütert, was irgendwie süß ist. Sagt mir mit ganz weicher, sanfter Stimme, dass er mich vermisst und sich sehr, sehr freut, mich wiederzusehen. Dass er es kaum aushält, bis er mich endlich wieder hart gegen die Wand ... Mmh, dabei wird seine Stimme ganz brüchig. Bin überrascht, wie viel mir das bedeutet. Freue mich fast darauf, ihn zu sehen.

**22:36**

Es ist hier alles so billig, dass ich aufpassen muss, nicht in den Gratis-Alkohol-Modus zu verfallen. Sitzen schon wieder an der Bar. Peter-Bork singt schon seit geraumer Zeit laut irgendwelche irischen Volklieder von schönen Maiden und Hunger und dem Whiskey. Von was Iren halt so singen. Ace of Base schreit: *all that she wants is another baby*, und ich denke, um Gottes willen, wir sind alle Freaks und ich total stoned. Ich meine, ich kiffe ja sonst nicht, und keiner von uns sollte nur je ein Baby bekommen dürfen. Schaffe es dann irgendwie, alle Sicherheitsschlösser von meinem Zimmer aufzumachen, und falle endlich in einen tiefen Schlaf.

## DONNERSTAG, 19. FEBRUAR

**06:12**

Wache auf und merke: bin jetzt plötzlich ganz sauer darüber, dass Philipp mit diesen sechs Mädchen essen geht, wo er doch gesagt hat, er könne erst acht Tage später zu mir kommen, weil er noch so viel Hausaufgaben für die Uni zu machen hat. Und deswegen sitze ich ja hier überhaupt an diesem Strand fest, anstatt mit witzigen blonden Surferboys Bierbong-Montage unter Palmen zu haben. Außerdem wird mir klar, es bedeutet gar nichts, dass er mir so tolle Sachen in Gegenwart anderer Mädchen gesagt hat, weil die natürlich gar nicht Deutsch sprechen und dementsprechend kein Wort verstanden haben.

Wehe ihm, wenn er gerade in diesem Moment mit einem dieser Mädchen in einem Bett mit weißer, frisch gewaschener Bettwäsche liegt und auch noch eine Klimaanlage hat!

**14:24**

Laute Schreie auf Russisch, schnelle Schritte an meiner Tür vorbei. Männliche Stimmen, die sich etwas zurufen, jetzt auf Indisch. Katzenmiauen. Gehe vorsichtig an mein vergittertes Fenster und erwarte fast, draußen Revolution vorzufinden. Normales Chaos auf der Terrasse: Tigerbeer-Flaschen, Plastikbecher, Dosen der indischen Billigkopie von Red Bull, die aus gutem Grund bei uns nicht legal ist, Schnupftabakpackungen, Zigarettenstummel, Reste von Joints. Öffne vorsichtig die Tür, erblicke Peter-Bork mit seinem roten irischen Haar, das ihm wild vom Kopf absteht, vor der Kochhütte. Jammert immer wieder, viel zu laut für meinen Kopf: »Jaysus, oh Jaysus!«

Da sehe ich, Hütte ist an rechter Seite komplett abgebrannt. Da hilft es nicht viel, dass Natalia links hinter den Palmen hervorkommt und versucht, den kokelnden Rest mit Wasser aus einer Plastikflasche zu löschen. Die indischen Jungs lachen immer noch über die verzweifelten Versuche der dummen Europäer, und mir ist das alles zu viel. Ich gehe wieder zurück in mein Bett und versuche, das Ganze zu ignorieren.

Letztendlich hat Peter-Bork einfach nur versucht, nachts Pancakes zu machen, typischer Essanfall wegen dem ganzen Gras, das er geraucht hatte. Hat dann aber gesehen, wie Natalia gerade versuchte, in sein Zimmer zu kommen, um, wie schon des Öfteren, sein Geld zu stehlen. Da ist er ihr natürlich nach, hat sich auf sie geworfen, sie sind beide in den Sand gefallen und hatten dann – Sex. Klarer Fall von Aktion-Reaktion zweier Geistesgestörter.

Auf jeden Fall hat er dabei die Pancakes vergessen. Als es ihm wieder einfiel, standen die getrockneten Bananenbaumblätter, die als Dach für die Hütte dienten, längst in Flammen. Kurz darauf ist auch noch die Gaskartusche explodiert. Witzigerweise ist das alles schon in den späten Morgenstunden passiert, habe davon gar nichts mitbekommen. Erst, als gegen zwei Uhr nachmittags die Inder versuchten, die restlichen Lebensmittel zu klauen, fing Natalia an zu schreien und lief mit ihrem schwarzen Kater auf dem Arm vor meiner Tür hin und her. Und davon bin ich erst aufgewacht.

## SAMSTAG, 21. FEBRUAR

### 15:46

Momentan relativ schlechte Stimmung hier. Hatte irgendwie gehofft, dass sie das alles lockerer nehmen, weil ich ja eh der einzige Gast bin und die Hauptsaison längst vorbei ist und bald der Monsun kommt und alles unter Wasser setzt. Ich meine, es war nur ein Scheißbananenblätterkochhaus. Aber Peter-Bork ist total fertig, Natalia böse auf die indischen Jungs, und für mich heißt das leider, dass ich die vier Kilometer vorbei an den

Slums zum Touristenort laufen muss, um irgendetwas zu essen zu bekommen.

Das ist doch verrückt, da lasse ich mein Handy zu Hause, weil ich so genervt war von all den blöden Anrufen. Von Bornerd zum Beispiel, der mir dann sagt, dass ich meinen Artikel schon gestern hätte abgeben müssen. Oder, auch immer wieder gut: »Da müssen *echte* Emotionen rein in deine Artikel, verstehst du? *Echte!* Hat nicht eine deiner Freundinnen vielleicht eine Sexgeschichte erlebt?«

Dafür geht man hier einmal über die Straße, und zweihundert Inder nerven einen: »Hey beauty, hey blessed, you're so beautiful, you wanna buy sunglasses, a hat, a sari?« Ich meine, da kommt den ganzen Winter nichts an Sonne und Jungs, und nun habe ich hier plötzlich das Gegenteil und bin komplett überfordert.

Habe also überfordert Kokosnuss gekauft, die ich jetzt natürlich nicht aufkriege, und Mangos zum Preis meiner wöchentlichen Zimmermiete, die sind nämlich aus dem Iran importiert. Ich möchte mal sagen, Globalisierung macht auf diese Weise keinen Sinn.

**21:04**

Bin plötzlich gar nicht mehr locker, sondern total verkrampft. Bereite mich taktisch auf alle möglichen Gesprächssituationen mit Philipp vor, als wären wir im Krieg. So sollte das eigentlich nicht sein, glaube ich.

## MONTAG, 23. FEBRUAR

### 14:30

Ankunft 13:05, hat er mir geschrieben. Ich habe mir also ausgerechnet, dass er vielleicht zwanzig Minuten fürs Gepäckabholen braucht, zehn Minuten, um Blumen für mich zu kaufen und etwas Importiertes aus dem Duty-free-Shop. Weil ich ihn kenne, habe ich noch mal vierzig Minuten draufgelegt für Taxisuchen und Hierherfahren.

Trotzdem bin ich schon seit halb zwei hier im Touristendorf. Sitze bei Daily Coffee, was so etwas ist wie das indische Äquivalent zu Starbucks, lebe eine langgehegte Phantasie aus und bestelle all das, was sich bei Starbucks einfach keiner leisten kann: frische Fruit-Smoothie-Triple-Chocolate-Variationen, Heißgetränke in Kingsize-Größe. Phantasiere, wie Philipp hier ankommt, mich sieht, sich auf mich stürzt. Quickie irgendwo … Ich denke echt nur blabla. Bin völlig konfus, dass er jetzt echt kommt. Ich weiß, dass ich nach den ersten Sekunden schon sagen kann, ob das mit uns klappt oder nicht. Hilfe, was mache ich hier in Indien, wenn es scheitert?

### 18:12

Er kam die nächsten vier Stunden nicht. Habe dummerweise mein Handy im Haus gelassen, da nur dieses Wickelding von Sari an und auch nur lächerliche zweihundert Rupien in den BH gesteckt, falls ich in die Situation kommen sollte, etwas zu bezahlen, was ich natürlich nicht vorhatte. Jetzt habe ich bestimmt schon eine

Siebenhundert-Rupien-Rechnung. Vor mir zerläuft langsam der Schokoladenkuchen, die Shakes haben ihr Volumen verloren, der Kaffee ist kalt. Habe gerade mit der Gabel in die Mitte des Kuchens gestochen und ihn genussvoll zerstört. Die indischen Kellner lachen seit geraumer Zeit über mich, ich weiß das. Versuche, das als kulturellen Unterschied zu verbuchen, von wegen anders erzogen, recke weiter tapfer meine Nase in die Luft. Und verfluche mich innerlich selbst.

**18:20**

Ein Taxi fährt vor. Ich kann schon durchs hintere Fenster Philipp erkennen. Beobachte von meinem Tisch aus, wie er mühsam aussteigt, umständlich sein Gepäck aus dem Wagen holt und sich langsam in meine Richtung bewegt. Alleine das Scherzen mit dem Taxifahrer macht mich wütend. Er kommt auf mich zu, und ich weiß, ich stehe nicht mehr auf ihn. In seinem Gesicht sieht man deutlich die Spuren von fehlendem Schlaf und von zu viel Alkohol. »Flug verpasst«, nuschelt er nur.

Zur Begrüßung eine Umarmung. Ich in meinem blauen Sari, meine Locken von der Luftfeuchtigkeit wild vom Kopf abstehend, er in einem blöden Nadelstreifenhemd mit Marco-Polo-Aufdruck. Wir laufen schweigend zum Haus.

Dort wartet schon Peter-Bork, klein und schmächtig, mit seinem ewig traurig aussehenden zerknitterten Gesicht. Neben ihm Natalia, übergroß, eine absurde Mischung aus Neonpink, Neonorange und Goldschmuck. Dann der alte Pförtner, daneben das kleine Wäschemädchen. Sie alle sind so gespannt auf Philipp und versuchen, sich unauffällig nebeneinander zu platzieren. Eine verrückte Mischung aus Freaks, dass mir das Herz vor Freude hüpft.

**19:42**

Jetzt, auf meinem Zimmer, habe ich komischerweise alle Wut verloren. Vielleicht liegt es an der Hitze und dem anstrengenden Weg. Oder ich habe all meinen Zorn über Philipp schon längst für immer aufgebraucht.

Er kennt mich zu gut und sieht, dass ich, so wie ich auf dem Bett liege, ihm mit meiner ganzen Körperhaltung Verzeihung anbiete. Legt sich dann sanft zu mir, murmelt mir mit whiskeygetränktem Atem zu, wie leid es ihm tue, und nestelt sich dabei langsam durch meinen Sari hindurch. Bis seine Hände meine Brüste berühren, dann küsst er langsam meinen Nacken, lässt seine Hand über meinen Bauch gleiten, bis er schließlich … mmmh. Wir nähern uns suchend, vorsichtig, als müssten wir uns erst wieder kennenlernen. Bis er mich zum Schluss so hart gegen die Wand, ähm, fickt, dass wir das Moskitonetz runterreißen. Liegen dann lachend darunter, sehe uns zum ersten Mal richtig an. Ich blicke in seine braunen Augen, die mich halb lüstern, halb ungläubig angucken.

»Philipp, du Arsch, warum machst du immer so 'nen Scheiß? Statt dass du einmal in deinem Leben klarkommst und pünktlich bist. Was hast du denn gestern gemacht, dass du sogar einen Flug verpasst, der um zwölf Uhr mittags geht?«

Er wendet sich von mir ab, guckt geradeaus, nuschelt: »Ich habe gestern mit Timothy gelernt, waren dann noch Football gucken, haben Bier getrunken und so. Dabei habe ich halt die Zeit vergessen.«

»Ich dachte, Timothy ist schon letzte Woche zu seinem Praktikum nach Mysore gefahren? Deswegen hattest du doch so viel Ärger wegen dem Nachmieter.« Während ich das sage, weiß ich, es ist die Wahrheit.

Philipp darauf: »Nein, das musst du verwechseln, Bernard ist früher gefahren.«

Aber ich weiß, dass das nicht stimmt, weil ich mir den Namen Timothy gemerkt habe. In der vierten Klasse haben wir nämlich eines Tages einen schmächtigen, bebrillten Jungen in unsere Klasse bekommen, der von einer Sonderschule aus Hennigsdorf kam, und der hieß genauso. Aber er blieb nur eine Woche bei uns, weil er nämlich den Klassenschwarm, den sportlichen Vincent, nach einem verlorenen Fußballmatch so zusammenschlug, dass dem die komplette untere Reihe Milchzähne rausfiel. Timothy musste uns dann wegen »nicht gelungener Integration in die Klassengemeinschaft« verlassen, was aber von den Lehrern total falsch wahrgenommen wurde, denn nach dieser Schlägerei bekam Timothy Respekt von allen Jungs und obendrein noch Mädchen, die ihm in den Pausen Liebesbriefe zusteckten.

»Philipp, wenn du mich jetzt anlügst, dann verfluche ich dich. Ist da ein anderes Mädchen?«

»Nein«, sagt er unsicher.

In diesem Moment spüre ich die Erde beben, und ein Donner erschüttert ganz Goa. Er guckt mich erschrocken an.

»Siehst du, jetzt habe ich dich verflucht.«

Ich lache, rutschte zu ihm hin, küsse ihn, und dann haben wir Sex, Sex, Sex, bis Natalia klopft und sagt, es sei keine Sitte, sie mit dem bescheuerten Peter-Bork alleine zu lassen.

Wir ziehen uns schnell an, ich endlich wieder eins seiner Hemden, und setzen uns zu ihr auf die Terrasse. Kiffen gemeinsam. »Also, du bist jetzt hier wegen Selbstfindung und so? Kloster, Yoga, kein Alkohol, ja?«, fragt Philipp spöttisch. Und zerstört damit den schönen, friedlichen Moment.

»Du, Philipp, ganz ehrlich, ich bin hier, weil die Sonne scheint, was heißt, dass ich bald saubraun bin. Und weil hier umgerechnet alles nur einen Euro kostet – ich bin somit die reichste Person in hundert Kilometer Umkreis. Außerdem natürlich, um mit dir Sex zu haben, der ist nämlich verdammt gut.« Und rutsche zu ihm rüber und küsse ihn.

# MÄRZ

## SONNTAG, 1. MÄRZ

### 11:09

Bin heute Morgen früh raus, um auf dem Markt einzukaufen. Betrunkene Abende machen mich ja immer so total irrational glücklich! Komme mit Mangos, Sternfrüchten und witzigen altbackenen Schokoladenkeksen wieder, die nichts mit normalen Schokoladenkeksen gemein haben. Arrangiere gerade alles auf unserem Balkontisch, als Philipps Kopf durch die Tür blitzt. Muss lachen, denn er hat sich einen Hitlerbart aufgemalt. Was natürlich an sich nicht sehr lustig ist, aber in seinem hübschen Gesicht wirkt der Bart einfach nur lächerlich deplatziert und nicht gemein.

»Philipp«, rufe ich ihm lachend zu, »bitte mach den ab. So sehr stehen die Inder nun auch nicht auf Hitler.«

»Häh? Was meinst du? Gibt es richtigen Filterkaffee?«

»Nein, natürlich nur Instant.« Gehe dann auf ihn zu und gucke genauer hin.«Oh my god, Philipp, was hast du denn da über deiner Lippe?«

Er greift mit dem Finger langsam an die Stelle, schnellt dann angeekelt zurück und läuft ins Bad.

»Mann, Heli!«, hörte ich eine Sekunde später.

»Was ist denn?«

»Wegen dir habe ich einen Hitlerherpes!«

Alleine der Satz ist schon zu lustig.

»Was habe ich denn mit deinem Hitlerherpes zu tun? Den hast du, weil du fremde Mädchen geküsst hast.«

»Nein, den habe ich, weil du mich letztens verflucht hast! Du hast doch eine jüdische Großmutter oder so was, die dir so was beigebracht hat!«

»Ich habe keine jüdische Großmutter, und wenn doch, wäre sie wahrscheinlich von einem Mann, der einen ähnlichen, äh, Bart hatte wie du, umgebracht worden.«

Sichtlich besorgt um sich selbst kommt er aus dem Zimmer. Wir frühstücken schweigend, worüber ich eigentlich ziemlich froh bin. Ich erinnerte mich daran, wie er früher immer gequengelt hat, wenn er krank war. Warum noch mal wollen wir selbständigen Mädchen eigentlich unbedingt für schwache, unreife und hilflose Jungen sorgen?

**13:48**

Liegen am Brunnen, und ich überlege intensiv, wo der Wirtschaftsteil der Zeitung sein könnte. Bis er plötzlich fragt: »Was machen wir heute?«

»Wie meinst du das?« Ich habe gerade entschieden, dass es vielleicht klug wäre, sich stattdessen einfach ein nasses Handtuch übers Gesicht zu legen.

»Na ja, gehen wir uns irgendeinen Tempel angucken? Oder lass uns doch den Bus nehmen, nach Punjam fahren und abends zum Wednesday Nightmarket gehen!«

»Hmm, mir ist eigentlich nicht nach was machen.«

»Was hast du denn in den Tagen gemacht, bevor ich gekommen bin?«

Ich habe auf dich gewartet, du Arsch, denke ich. »Na ja, nix eigentlich. Zum Markt runter, zum Wasser, auf den Liegestühlen gelegen, am Brunnen gelegen, auf der Terrasse gelegen.« Ich kichere ohne Grund. Es ist aber auch wirklich sehr heiß.

»Ja, aber wir müssen doch irgendwas machen. Du kannst doch nicht die ganze Zeit hier rumliegen!«

»Doch, Philipp, das kann ich sehr wohl. Ich habe nämlich Urlaub, komme aus minus zwanzig Grad und bin noch ganz erfroren. Lies doch ein Buch.«

Er geht davon wie ein schmollender kleiner Junge.

**16:12**

Gott sei Dank hat er die Idee von »etwas machen« aufgegeben. Irgendwie sei ihm nicht gut, meinte er vorhin. Ich also: »Dann leg dich doch am besten hin und schlaf ein bisschen.«

Da wurde er aber richtig entrüstet, weil ich einfach versuchen würde, »ihn abzuschieben«, und erst recht darüber, dass ich nicht sofort aufgesprungen war, um mich um ihn zu kümmern. Jetzt liegt er seit einer Stunde mit abgedunkelten Fenstern im Zimmer und schläft.

Sitze nun wieder im Schatten der Palmen und merke langsam, wie alle Verspannung von mir abfällt. Habe gleichzeitig ein schlechtes Gewissen wie eine Mutter, die ihrem Kind ein bisschen Schlafmittel in die Flasche gemischt hat, um endlich mal Zeit für sich zu haben. Jetzt ist mir fast peinlich, wie viel Hoffnung ich in den dunklen Zeiten in Berlin auf uns beide projiziert habe, so betrunken morgens auf dem Weg vom Club nach Hause oder nachts alleine im Bett. Wenn der das wüsste! Fakt ist: Wir verstehen uns einfach nicht mehr. Also auch wortwörtlich. Haben dauernd Missverständnisse und – ich nenne das mal: – Meinungsverschiedenheiten. In echt lehne ich einfach alles ab, was er sagt, weil er nämlich da in Polohemd und Designershorts sitzt und Sätze sagt wie: »… und dann haben wir von Real Estate die ganze oberste Reihe der Crickettribüne in Bombay gemietet.« Hört dann einfach auf zu reden. Und ich warte, ob noch was kommt, aber meistens kommt nichts mehr, und ich weiß dann, das *war* die ganze Geschichte! Bin völlig hilflos. Welches Wort ist die richtige Reaktion? »Krass«? »Witzig«? »Toll«? Entscheide mich meist für ein neutrales »Echt?« mit leicht fragender Betonung am Ende. Da sitzen wir dann wie zwei gute Bekannte, die auf einen gemeinsamen Freund warten und sich währenddessen freundlich unterhalten. Bis auf den Sex natürlich, den wir, das gesteht man sich ja immer schwer ein, eher aus Langeweile haben als aus Leidenschaft.

**22:19**

Fun Fact of today: Habe schon den ganzen Tag komisches Brennen beim Pinkeln. Als ich vorhin mit meinem kleinen Handspiegel nachguckte, stellte ich fest, dass beim Sex irgendwie dieses kleine Häutchen gerissen sein muss.

## DIENSTAG, 3. MÄRZ

### 11:32

Er liegt über mir, ich blicke ihn an, sehe riesig direkt vor meiner Nase den Hitlerherpes. Damit ich nicht lache und weil ich mich schlichtweg ekle, schiebe ich seinen Kopf nach unten. Mmhhh, deswegen stehen alle auf Dreitagebärte!

## MITTWOCH, 4. MÄRZ

### 08:36

Verdammt, wir haben uns entschlossen, Varkala Beach zu verlassen, um nach Palolem Beach zu fahren. Philipp findet es »echt freakig« hier und fuchtelt mir die ganze Zeit mit seinem blöden Lonely Planet vor der Nase rum, um mir zu zeigen, in was für tolle Hotels wir gehen können. Habe eine heiße Stirn, und bei jedem Schritt tut meine Muschi weh, was ich natürlich nicht sage, um kein Ungleichgewicht in unserem Machtverhältnis zu riskieren. Wir haben beide schlechte Laune, es sind vierzig Grad, und vorhin beim Auschecken haben wir uns gestritten, ob wir uns die Raummiete teilen oder nicht. Wenn ich jetzt darüber nachdenke, dann ging es um sechzehn Euro für die neun Tage, die wir gemeinsam hier waren. Aber in echt geht es natürlich gar nicht ums Geld. Sondern wir kämpfen auf einer viel komplexeren Ebene. Wir sind einfach beide ziemlich unglücklich, dass es zwischen uns nicht mehr klappt, wir aber weitere zwei Wochen aneinander gebunden sind.

**20:44**

Sitzen schweigend in einem Restaurant am Strand. Neben uns liegen die Fischerboote, der Wind weht durch die Palmen, wir blicken auf den Ozean. Die Schönheit bricht mir fast das Herz. Wir haben alles bestellt, was als Spezialitäten des Hauses angeboten wurde, aber das ganze Essen kann nicht über die unbefriedigende Leere zwischen uns hinwegtäuschen. Hallo Lebensmittellobby, ihr habt mir was vorgemacht! Außerdem habe ich jetzt Fieber bekommen, und es pocht schmerzhaft zwischen meinen Beinen. Der Riss muss sich wohl entzündet haben.

**21:54**

Verdammt, wollten gerade aus Langeweile miteinander schlafen. Philipp fasste mir in gewohnter Weise in den Schritt, da bin ich vor Schmerz beinahe ohnmächtig geworden. Dann hat er nachgeguckt und ist ganz bleich geworden, hat den türkisfarbenen Plastikspiegel aus unserem Bad geholt und ihn unter mich gehalten. Ich habe überall weiß-gelbe eitrige Krater. Bestimmt siebzehn Stück, die alle so aussehen wie Windpocken. Oh my god! Ich habe Hitlerherpes im Genitalbereich!

## DONNERSTAG, 5. MÄRZ

### 13:49

Besuch bei dem, den sie hier Arzt nennen, was ich aber stark in Zweifel ziehe. Das Gebäude, in dem die Praxis liegt, sieht aus wie ein Hotel, das noch im Stadium des Rohbaus von den korrupten Erbauern verlassen wurde, weil die gemerkt haben, dass mitten im Urwald außer Riesenspinnen und Moskitos keiner leben will. In manchen Zimmern fehlt eine Wand, Lianen umranken die Fenster, Kabel hängen heraus. Mich freut es, dass es hier überhaupt Strom gibt.

Vor mir stehen fünf Inderinnen und Inder, die herbeigeeilt sind, um die Europäerin anzugucken, die offenbar solche Schmerzen hat, dass sie kaum gehen kann. Ich meine, wie soll ich das erklären? *Hallo, ich habe meinen Exfreund verflucht, weil er mit anderen essen war, woraufhin er Hitlerherpes über der Lippe bekommen hat. Beim Sex wollte ich ihn deswegen nicht küssen, sondern habe seinen Kopf nach unten geschoben, und er hat's mir, äh, na ihr wisst schon, gemacht. Aber vorher, als ich noch dachte, dass ich vielleicht wieder mit ihm zusammenkomme, da hatten wir so wilden Sex, dass da etwas gerissen ist, und deshalb habe ich mich angesteckt. Mit Herpes.* Gut, bevor ich anfangen muss, das ins Englische zu übersetzen, was ein Problem gewesen wäre, weil ich mit dem Kopf gerade null denken kann, fragt eine der Schwestern schon: »Do you have often sex with different people?«

»No, I have NOT.«

Schamloses Kichern von Philipp hinter mir.

»Halt's Maul, Adolf«, schnauze ich ihn an.

»Do you have HIV?«

»Oh my god, no!«

Das ist das Ding mit Frauenärzten. Wenn man da einmal hingeht, weiß man nie, womit man wieder rauskommt. Plötzlich bist du schwanger, hast Syphilis, AIDS, Vaginalpilz ...

### 14:15

Liege auf einer Trage im halboffenen Behandlungszimmer. Sie haben mir mit neunzigprozentigem Alkohol den Eiter entfernt und ein Antibiotikum verschrieben, damit sich die Wunden nicht entzünden. Das Ganze hat so viel gekostet, dass ich wahrscheinlich alle fehlenden Wände finanziert habe.

### 19:36

Philipp hat sich Hasch besorgt, ich drücke eine kalte Tigerbeer-Flasche zwischen meine Beine. Mein Unterleib pocht, der Bauch ist angeschwollen. Ich hoffe, ich muss nicht zurück nach Deutschland.

Er ist ziemlich still. Oder bekifft. Plötzlich kann ich nicht mehr und fange an zu weinen. Er nimmt mich in die Arme, küsst mich auf die Stirn. »Petite, alles wird gut«, flüstert er, und ich bin ziemlich froh, ihn zu haben.

## FREITAG, 6. MÄRZ

### 10:46

Aber jetzt am nächsten Morgen habe ich Fieber, mir ist schlecht, und draußen sind immer noch unerträgliche 40 Grad. »Den ganzen Winter im eiskalten Berlin war ich nicht krank«, jammere ich. »Vielleicht habe ich auch eine seltene Tropenkrankheit, und mein Immunsystem ist deswegen geschwächt?« Ich möchte wieder so in den Arm genommen werden wie gestern Abend.

Nach einer Pause er darauf: »Dann musst du wohl das Antibiotikum nehmen.«

Dass er jetzt mit dem Antibiotikum kommt, ist wirklich gemein! Denn er weiß genau, dass ich als Bioökokinderladenkind nie welches nehmen werde!

Weil ich nicht streiten will, sondern eigentlich Mitleid, sage ich: »Klar, Darling. Ich nehm das Antibiotikum. Bin doch nicht blöd.«

Er lässt nicht locker. »Aber wirklich, Heli, so wie es im Beipackzettel steht. Bis zum Schluss.«

»Jaaa, Philipp, genau so werde ich das machen. Zweimal täglich, morgens und abends.« Und denke, das werde ich mit Sicherheit nicht. Nicht ohne Grund hat mein Vater an meinem Bett jede Krankheit mit mir durchgestanden, um auf Antibiotika und so zu verzichten. Bestimmt nicht, damit mir hier irgendein Doktor, der sich den Titel selbst verliehen oder ihn von mir aus für tausend Rupien gekauft hat und der bei uns noch nicht einmal Tierarzt wäre, mir die schlimmsten gepanschten Chemikalien verschreibt.

»Heli, ohne das Antibiotikum wirst du nicht gesund,

und ich weiß, das sagst du jetzt nur so, und am Ende wirst du es doch nicht machen.«

Jetzt ist mir klar: Es geht nicht mehr nur um mich, meine Muschi oder die gefährlichen Risiken und Nebenwirkungen des Medikaments. Wir sind schon wieder auf einer ganz anderen emotionalen Ebene angelangt. Da, wo tiefer Schmerz sitzt und Philipps Angst, dass ich ihn belüge oder Dinge hinter seinem Rücken mache, von denen er keine Ahnung hat. Mit einer Stimme, mit der ich wohl irgendwann mal mein Eheversprechen leisten werde, sage ich: »Nein, Philipp, ich verspreche es dir, ich werde sie bis zum Ende nehmen.«

Man hätte meinen können, wir seien ein sehr um das Wohl des anderen besorgtes Ehepaar.

Dann Gegenangriff von mir. »Und du? Du bist doch krank, seit du aus dem Flieger gestiegen bist. Gestern hast du mir noch erzählt, wie du beim Supermarket in der Gemüseabteilung gestanden hast, wo du daran denken musstest, dass ich dir geraten habe, viel Obst zu essen, des Vitamin Cs wegen. Und du sagtest, du hättest ganz viel gekauft – und, hast du schon was davon gegessen??«

Er nuschelt: »Ein Stück Ananas.«

Ha, da weiß ich, dass das eine Lüge ist! Philipp ist vielleicht so romantisch, dass er, einer komischen Illusion verfallend, wirklich fähig ist, Obst einzukaufen. Trotzdem ist er immer noch viel zu faul, eine Ananas auch zu köpfen, zu schälen und dann zu filetieren.

Ich hole tief Luft. »Ich finde es unglaublich, dass du mich in dieser Situation anlügst!« Überlege, ob ich ihm noch mal einen Fluch hinterherwünschen soll, aber die

Folgen vom letzten Mal sitzen mir noch tief, ähm, zwischen den Beinen.

Höre, wie er schluckt und krampfhaft zu verstehen versucht, was ihn verraten haben könnte. Glaube, er hat irgendwas von jüdischer Großmutter geflüstert. Aber vielleicht war es auch ein gemurmeltes Zugeständnis, dass ich mal wieder gewonnen habe. Zufrieden wechsle ich also das Thema und berate mich mit ihm, auf welche Mannschaften man bei der nächsten Bundesliga setzen könnte. Gott, ist doch toll, wenn man nach einem Jahr Trennung noch so viel zu reden hat!

## SAMSTAG, 7. MÄRZ

### 18:15

Sitze im Zug Richtung Süden. Bei Philipp zu bleiben, war so was von sinnlos. Habe daher gestern noch beschlossen, dass ich alleine in ein Kloster weiterfahre. Kann nicht fassen, dass wir wirklich gescheitert sind und es nur zwölf Tage miteinander ausgehalten haben. Doch seit ich ihn verlassen habe, geht es mir schon wieder viel besser, auch das Fieber ist weg. Wusste ich doch, dass ich die blöden Antibiotika gar nicht brauche.

Das war ja schon fast wie ein Zeichen Gottes: Was ihr macht, ist Sünde. Exfreunde sollen nicht miteinander schlafen. *Zack bumm*, Hitlerherpes!

## SONNTAG, 8. MÄRZ

### 17:33

Im Aschram angekommen. Erschlagen von ungefähr tausend jungen Europäern in meinem Alter. Weiß selbst nicht, wieso ich dachte, ein Kloster sei ein Ort der Ruhe im Einklang mit Umwelt, Raum und Universum. Von der Wartehalle oben in einem der Türme kann ich den ganzen Trubel draußen beobachten. Der mehr an die Vorbereitungen auf eine Schlacht in einem Karatefilm erinnert: Überall wuseln orange gekleidete Menschen herum, bauen dort was auf, hämmern, klopfen, schleppen Steine.

»Orange is definitely the colour of the season«, versuche ich als Witz in die Runde zu werfen, die mit mir wartet. Bemerke dann, die meisten anderen sind ja auch schon orangelastig bekleidet. Oder haben diese schrecklichen Om-Tattoos am Oberarm oder abrasierte Haare mit diesem kleinen geflochtenen Zopf im Nacken, dem Nackenfötzchen, wie das ja fachsprachlich heißt. Die Frauen natürlich mit weißen, roten oder gelben Tupfern auf der Stirn. Nur ein junges Mädchen mit schwarzen Locken lächelt mir verständnisvoll zu.

Endlich kommt ein Mann, dem Akzent nach Holländer, der sich mit seinem weiß-gelben Gewand von den anderen abhebt. Ich bin ja für Hierarchien. Er hat auch einige Farbtupfer auf der Stirn und stellt sich als »Swami Vishnu« vor.

Atme aus und wieder ein. Jedem das seine.

Er händigt uns mehrere Papiere aus, die wir ausfüllen sollen, und ich vergesse, was die Wörter Datenschutz, Persönlichkeitsrecht, Bankgeheimnis bedeuten und schreibe brav alles hin. Dazu bekommen wir einen Stundenplan.

Ich bin offensichtlich in einem Bootcamp gelandet. Der Tag fängt morgens um vier mit Meditation an. Danach zwei Stunden Yoga, dann Essen und etwas, was sie »karma work« nennen, »lessons«, wieder Yoga, Meditation, zweites Mal Essen, Gebet, Satsang, Chanting, schlafen. Komplett bis auf die Minute durchgeplant. Warum mache ich das?! Ich möchte das doch gar nicht!

»Sorry, but what does ›karma work‹ mean?«, fragt das Mädchen mit den schwarzen Locken. »Do we have to work on ourselves? Like psychologically?«

»No, what you see outside is karma work time«, säuselt der Holländer. »Doing something for others gives you good karma.«

Klar, Goodwill-Marketing, die sind echt schlau hier. Man muss es nur richtig vermarkten, und schon arbeiten alle umsonst.

**19:04**

Es gibt nur einen Gemeinschaftsschlafsaal für Hunderte von Frauen. Natürlich ist hier alles streng nach Geschlechtern getrennt. Habe aber eh keinen Bock auf diese soften Schreinertypen, die alle entweder Aaron, Jörg oder Björn heißen. Außerdem frisst mich der Herpes immer noch von unten auf, und ich werde sowieso nie wieder mit jemandem schlafen können. Habe ein Holzbett neben dem Mädchen mit den schwarzen Locken bezogen. Sie heißt Leonie, kommt aus der Schweiz, und ich glaube, ich werde sie mögen. Denn als ich sagte, ich sei aus Berlin, kam kein begeisterter Ausruf von ihr, dass das die coolste Stadt der Welt sei, oder noch schlimmer: Da zieh ich nächstes Jahr hin, meine ganzen Freunde sind auch schon dort.

## DIENSTAG, 10. MÄRZ

### 20:54

Es ist ganz grausam hier. Blöderweise haben Leonie und ich beide gleich einen Dreiwochenvertrag abgeschlossen, die haben nämlich ein echt ausgeklügeltes Rabattsystem hier, und ich kann damit nicht umgehen, obwohl ich ja weiß, dass die das nicht aus Nächstenliebe anbieten. So etwas wie: Bleibt zwei Wochen, und bezahlt nur für anderthalb, nehmt drei, und ihr kriegt noch jede Menge Räucherstäbchen dazu. Habe natürlich gleich das ganz große Paket genommen, außer dieser Entschlackungsdingskur, wo man morgens pures Öl trinkt, das angeblich alle Giftstoffe aus dem Darm mitnimmt. Ich meine, ich mache echt jeden Hokuspokus mit, aber ich werde sicher nicht dick, nur weil irgendwelche Fanatiker denken, Öl würde entgiften.

Wir müssen also hierbleiben. Zum Glück ist Leonie ziemlich witzig, wir lachen die ganze Zeit. Außerdem haben wir entdeckt, wie man aufs Klosterdach kommt. Und während die unter uns Satsang machen, das ist so eine Art Gemeinschaftssingen, während sie beten oder die absurden Weltansichten des Obergurus eingetrichtert bekommen, liegen wir nackt auf dem Dach und bräunen uns. Das ist *so bad*, dass ich fast erwarte, jeden Moment vom Blitz getroffen zu werden.

Leonies Geschichte ist übrigens eine, die auch gut nach Berlin gepasst hätte. Nächtelanges Durchfeiern, erst Speed, dann MDMA, irgendwann Koks, bis sie dann bei Ketamin gelandet ist. Jetzt lebt sie straight ahead und macht seit einem Jahr jeden Tag Ashtanga Yoga, was ihr total hilft. Nur manchmal, wenn sie meditiert zum Beispiel, lösen sich anscheinend Reste der eingenommenen Drogen, und sie kriegt die Über-Flashbacks. Sage ihr das natürlich nicht, möchte das aber unbedingt mal miterleben.

## DIENSTAG, 17. MÄRZ

### 15:29

Der Aschram ist voller wehleidiger, schwacher Menschen. Die armen Inder kriegen echt nur das Allerletzte an Europäern. Sie sind der Discounter der Urlaubsländer, und das Yogazentrum ist nichts als eine gut organisierte Sekte, die ihren Sitz wahrscheinlich in den USA hat. Trotzdem, das Kloster ist wunderschön. Es liegt auf einem Berg, mitten im Urwald, gleich am See. Wir ignorieren das warnende Schild »DANGER CROCODILES! NO SWIMMING« und schleichen uns jeden Morgen hinaus, um ins warme Wasser zu gleiten. Da sind wir beiden lauten, immer alles ablehnenden Mädchen ganz still und sehen nur noch die Schönheit um uns herum.

## SAMSTAG, 21. MÄRZ

### 13:28

Heute mal wieder Yogastunde. Ich meine, wir haben schon zwei Stunden in der Sonne gelegen, sind morgens im See geschwommen und auch runter ins Dorf gegangen, um alte Schokoladenkekse zu kaufen, haben also schon alles getan, was uns verboten ist. Außerdem kriegt man ja ein schlechtes Gewissen, wenn man sozusagen 'ne Sportflatrate hat, dann aber nie hingeht.

Ich will gerade von der Kerze in den Fisch gehen, da knackt es richtig laut in meiner Hüfte. Erschrecke mich furchtbar, sage aber nichts, damit nicht einer dieser Yogafreaks ankommt, um mir zu erzählen, dass uns Europäern der Kontakt zwischen Body, Mind und Soul verlorengegangen sei und dass ich eben zum ersten Mal die Sprache meines Körpers gehört hätte. Ich meine, das muss man sich mal vorstellen, ich muss mich so über die ganzen Menschen hier ärgern, ich verspanne mich eigentlich nirgendwo mehr als in diesen Yogastunden!

Dann ist die Stunde vorbei, Leonie und ich rollen gerade unsere Matten ein, da kommt ein Mädchen auf mich zu.

»Hiii«, sagt sie langgezogen und mit schwacher Stimme, macht mit der Hand eine ausschweifende Bewegung, wie um das Gesagte zu versinnbildlichen.

Oh nein, eine von den ganz Atmosphärischen. Kann richtig spüren, wie Leonie neben mir alle Muskeln anspannt, bereit zum Angriff.

»Du, ich habe vorhin gehört, wie deine Hüfte geknackt hat. Ich glaube, ich kann dir helfen.«

»Echt?«, frage ich, nun doch davon eingenommen, dass sich jemand anderes mit mir beschäftigen will, wie das ja manchmal so ist. Da ist man dann ganz überwältigt von dieser selbstlosen Aufmerksamkeit und auch ein bisschen geschmeichelt.

»Ja, in der Hüfte sind all deine Emotionen verschlossen. Ich denke, da sitzt ein tiefes Trauma drin.«

Oh Gott, tiefes Trauma, denke ich, und: Na klar, ich habe ein tiefes Trauma! Aber kurz bevor ich endlich so weit bin, mein wahres Problem anzuerkennen, hetzt Leonie neben mir schon heftig los: »Ihre Scheißhüfte hat nur geknackt, weil ein Scheißmuskel verspannt war, okay?!«, sagt sie und schiebt sich zwischen uns.

»Lass dir von der nichts erzählen«, raunt sie mir zu. »Ich war gestern beim Arzt, wegen meinem Durchfall, und der hat gesagt, ich würde wohl auf die Mondschwingungen reagieren.«

Wir gehen also lachend davon.

»I will pray for your souls!«, ruft uns das Mädchen hinterher.

»Fuck yourself!«, schreit Leonie als Antwort und streckt den mittleren Finger in die Luft.

Toll, Leonie ist echt so aggressiv, da vermisse ich Mia kaum.

### 19:14

Unfassbar, gerade kommt es fast zu einem Riot, weil einem kanadischen Mädchen ein Glas Erdnussbutter gestohlen wurde, das es zur Ausgangszeit auf dem

Markt gekauft hat. Ich finde es toll, dass so etwas in einem Kloster passiert. Ich meine, es ist völlig absurd! Hier liegen ja all unsere Wertsachen unabgeschlossen herum, alles, was wir europäische Mädchen halt so brauchen: Videokameras, Digitalkameras, iPods, iPads, Geld, VISA-Karten, Laptops, Smartphones. Haha, aber das Einzige, was hier wegkommt, ist ein Glas Erdnussbutter!

## MITTWOCH, 25. MÄRZ

### 08:56

Mücken nerven einfach mal übertrieben. Seit Sonnenaufgang geht das schon so. Sobald ich eine erledigt habe, kommt die Nächste. Wie in einem schlechten Karatefilm, bei dem man sich immer wundert, warum die Feinde nie alle zusammen angreifen, sondern stattdessen immer einer nach dem anderen.

### 14:36

Super. Leonie und ich haben endlich die Jungs kennengelernt, die eigentlich hermetisch von uns abgeriegelt sind. Dabei ist ein süßer Holländer, Pieter heißt er, glaube ich. Wir sind wie im Rausch, beflügelt vom Geruch männlichen Schweißes, und zeigen ihm gleich unseren Geheimplatz auf dem Dach. Sitzen stundenlang da und reden. Er werde bald heiraten, sagt er mit einem tiefen Blick in meine Augen. Abturner hoch drei. Ich meine, ich müsste mein Leben lang alle Tempel der Welt fegen, wenn ich jetzt auch noch Sex auf dem Dach eines buddhistischen Klosters hätte mit einem Mann, der fast verheiratet ist. Außerdem darf ich meine Massaker-Muschi nicht vergessen.

Wunderbar leuchtend geht die Sonne unter, und wir drei sitzen völlig perplex von so viel Schönheit am Rand des Daches und gucken über ganz Indien. Dann bricht die Nacht herein, klar und voller Sterne, und ich habe plötzlich die Idee, meine Pipe zu holen und das Gras! Weil bekifft ist ja alles noch viel schöner.

Liegen kichernd auf dem Rücken, weil das Hasch hier einfach der Wahnsinn ist. Bis mir plötzlich der Lichtstrahl einer starken Lampe ins Gesicht leuchtet. Der verdammte Araber mit der Glatze, der aussieht wie der böse Sklave von Cleopatra aus dem Asterix-in-Ägypten-Comic, hat uns entdeckt! Verliert seine innere Ruhe und allgemeine Weltakzeptanz total, als er sieht, dass wir kiffend das Abendgebet geschwänzt haben, und dann auch noch Jungs und Mädchen innerhalb eines Radius von einem Meter. Schreit uns an mit seinem witzigen Arabisch-Englisch, worüber wir aber nur lachen müssen. Trotzdem trotten wir kurze Zeit später in einer Reihe hinter ihm her wie Schulkinder, die sich voll bewusst sind, dass sie gleich ganz, ganz großen Ärger bekommen.

**19:46**

Sitzen beim Oberguru. Der sieht lustigerweise aus wie ein gemeiner Offizier aus einem Nazifilm. Weiß auch nicht, wie ich darauf komme, muss aber die ganze Zeit lachen darüber. Da fängt Leonie neben mir auch an zu lachen, weil ich es tue. Der Mann ist nun wirklich böse und fängt an, uns erst richtig anzuschreien. Ich finde ja, dass ein Oberguru so etwas nicht tun sollte, und außerdem erinnert er mich jetzt *noch mehr* an einen Spasten von Offizier. Versuche, das Bild Leonie zu erklären, was mir aber nicht gelingt, weil ich schon beim Wort »Nazi« so lachen muss, dass ich fast vom Stuhl falle. Derweilen versucht Pieter uns rauszupauken, will erklären, dass da eigentlich überhaupt nichts lief. Wählt dafür den Satz: »We just found a connection very close together.« Was wohl irgendwie falsch verstanden wird, denn nun fragt der Guru, wirklich schockiert: »So you had *sex* on the roof?« Also so, als hätten wir einen Dreier auf dem Dach gehabt, und seitdem geht gar nichts mehr, ich muss nur noch lachen.

Bis der Oberguru uns irgendwann anbrüllt, er müsse uns sofort des Hauses verweisen. Leonie und ich sind schlagartig wachsam. Wittern unsere Chance, endlich von hier zu verschwinden. Ich sage ernst, dann müssten wir aber auch unser Geld zurückkriegen, was wir natürlich gar nicht müssen, aber versuchen kann man es ja. Da sagt Pieter, der unseren Gemütswechsel gar nicht mitbekommen hat, dass das ganze Gras seins gewesen sei und er alle Schuld auf sich nähme, und Leonie und ich fangen beinahe gleichzeitig an zu kreischen: »No, we *are* guilty! We have to pay for our sins!« Pieter und der Oberguru verstehen nun überhaupt nichts mehr und gucken uns irritiert an.

Aber wir zwei, wir nicken nur, mit ernsthaftem Gesicht.

### 20:29

Wie super, müssen morgen früh um sechs hier raus sein, wir kriegen sogar unser Geld wieder. Ich danke dem lieben Gott, und auch den indischen.

## DONNERSTAG, 26. MÄRZ

### 06:24

Gnar. Sechs Uhr morgens ist sechs Uhr morgens. Bin immer noch völlig verschlafen, habe Hunger und bin mitten im blöden Urwald. Haben gerade gemerkt, dass wir keinen Plan haben, wo wir überhaupt hinsollen. Leonie möchte gerne in den Norden reisen, um dort Ashtanga Yoga bei irgendeinem krassen Lehrer zu machen. Und ich? Ich weiß nicht so richtig, was ich will. Eigentlich nichts. Das Gefühl der Freiheit ist verschwunden. Bin nur noch müde und völlig planlos.

Und was machen schwache weiße Frauen im Urwald? Sie rufen ihren Exfreund an.

Er ist so süß! Sagt, dass er die ganze Zeit an mich denkt und mich vermisst, und seine Stimme ist noch so halb verschlafen und lieb und sanft, und ich will nichts anderes, als bei ihm im Bett zu liegen. Er meint, ich könne gerne zu ihm nach Bombay kommen.

Das kann gar nicht falsch sein, wird mir klar, denn am Sonntag habe ich auch noch Geburtstag. Plus, ich bin richtig braun geworden vom ganzen Auf-dem-Klosterdach-Liegen, und sämtliche Emotionen sind aus meiner Hüfte verschwunden und dazu noch alle Verschlackungen, die sich bei mir angesammelt haben, seit ich mit dreizehn mit Mia die erste Zigarette geraucht habe.

Es ist entschieden. Leonie fährt irgendwo in Richtung Nepal. Ich nehme den Zug nach Bombay, das dauert noch nicht mal elf Stunden und kostet umgerechnet 4,70 Euro. Das ist doch verrückt. Wie soll ich denn standhaft bleiben und meinen Exfreund *nicht* mehr sehen, wenn er nur eine gefühlte Taxifahrt entfernt ist?

## FREITAG, 27. MÄRZ

### 08:04

Wieder in Bombay angekommen. Nehme Rikscha und schwatze unterwegs mit dem Fahrer. Erzähle ihm, ich sei gerade aus Deutschland gelandet, um meinen Freund zu besuchen, der hier studiert. Ja, wir sind schon drei Jahre zusammen und bald verheiratet. Kinder? Soon, very soon. Fühle mich erwachsen und glaube beinahe selbst, was ich erzähle.

Sein Appartement. Ich klingle, einer der Franzosen, die mit ihm zusammenwohnen, macht die Tür auf. Einer nach dem anderen kommen die Mitbewohner verschlafen aus ihren Zimmern und betrachten mich mit unverhohlener Neugier. Sitze auf dem Sofa, spreche mit meinem deutschen Akzent Englisch mit einer süßen, dicklichen Französin. Da geht auch schon die Wohnungstür auf, und Philipp kommt herein. In seinen Armen zwei große, mit Obst und Gemüse gefüllte Einkaufstüten.

»Ich dachte, wir kochen heute was zusammen«, strahlt er mich an. Dann stellt er die Tüten weg, nimmt mich in die Arme und küsst mich auf die Stirn. »Gut siehst du aus«, flüstert er mir heiser zu. Ich kann spüren, wie sein Penis langsam steif wird. Lasse sanft meinen Oberschenkel darübergleiten.

»Ja, auch schön, dich zu sehen. Was hast du eingekauft? Ich habe noch nicht gefrühstückt«, sage ich so fies, wie nur Exfreundinnen sein können.

Hmm, stehe total darauf, ihn abzuweisen. Weiß auch gar nicht, ob ich überhaupt Sex haben kann, vielleicht ist meine Schleimhaut durch die Behandlung mit dem Alkohol jetzt total hinüber.

»Nein, ich will dir erst mal mein Zimmer zeigen!«, sagt er und zieht mich unter dem Gelächter der anderen aus dem Wohnzimmer durch das Haus, bis wir in seinem Zimmer angelangt sind. »Ich habe dich so vermisst«, haucht er mir mit heiserer Stimme zu und guckt mir dabei tief in die Augen.

Nein, hast du nicht, du Arsch, denke ich, du hast nämlich zwei Wochen nicht angerufen, obwohl ich längst an einer Infektion gestorben sein könnte. Aber bevor sich Wut in mir aufbauen kann, schubst er mich sanft aufs Bett, legt sich auf mich und streichelt über mein Kleid. Wir küssen uns. Warum ist das noch so gut? Ich kann nicht fassen, dass wir nach einem Jahre Trennung immer noch so viel Leidenschaft für einander haben, während ich sonst kaum einen Mann attraktiv finde. Er streift die Spaghettiträger meines Kleides runter, küsst meine rechte Brust. Und ich, unter ihm, streiche seinen Rücken lang und dann runter, bis ich seinen harten Penis an meiner Hand spüre. Aber kurz bevor ich rein vom Gehirn oder sonstigen feministischen Standpunkten her zu nichts mehr zu gebrauchen bin, frage ich ihn mit dem letzten bisschen Selbstachtung, das ich noch aufbringe: »Ist da ein anderes Mädchen? Hattest du was mit einer anderen?«

»Quatsch, warum sollte ich? Keine hat so einen tollen Arsch wie du.« Und dann beißt er mir tatsächlich da rein, und ich muss lachen. Dieser Sex!

Warum habe ich ihn noch mal verlassen?

## SAMSTAG, 28. MÄRZ

### 18:56

Hatten superschönen Tag. Waren zuerst in einer dieser Luxusmalls. Ich habe ein Designer-Jeanskleid gefunden für den Preis eines T-Shirts von H&M, und so was macht mich Stadtmädchen nun mal glücklicher als alles andere. War dann kurz davor, mir einen Burberry-Mantel zu kaufen, wollte aber erst mit Mia darüber reden, denn die Frage ist: Bin ich wirklich bereit für einen Burberry-Mantel? Aber ich denke, sie hätte meiner persönlichen Entwicklung in Form eines marineblauen Mantels mit kariertem Innenfutter und klassischem Burberry-Kragenaufschlag nicht im Wege gestanden. Weil: Auch die sind hier durchschnittlich 30 Prozent günstiger. Ist ähnlich wie mit den billigen Bahnfahrten, ich kann damit einfach nicht umgehen. So wie alle, egal ob alternder Onkel, frischgebackene Eltern oder anonyme Alkoholiker, immer total ausrasten und sich in Amsterdam Gras en masse kaufen, obwohl sie sonst eigentlich gegen Drogen sind. Philipp bezahlte alles und führte mich stolz herum. Erstaunlich, wie gut wir uns die ganze Zeit verstanden haben. Da werde ich meinen Mädchen womöglich echt später über Skype verklickern müssen, dass ich wieder mit meinem bösen Ex zusammen bin.

Kamen vorhin ganz erschöpft und glücklich zu Hause an. Ich mit lauter neuen Klamotten, die nur eine falsch gepolte Großstädterin in einem Dritte-Welt-Land kaufen und sich dabei auch noch diebisch freuen kann. Schnell unter die Dusche, weil die anderen uns eingeladen haben, in die neue Karaoke-Bar mitzukommen. Als ich aus dem Bad komme, sitzt Philipp dort mit Boxershorts auf dem großen Ledersofa und hat seinen Laptop auf den Knien. Das Bild ist mir so vertraut, dass mein Herz fast überschwappt vor Zärtlichkeit. Also setze ich mich neben ihn, schmiege mich an ihn und denke, dass ich ihm meine Zuneigung vielleicht am besten zeige, indem ich wie zufällig meine Hand in der Gegend seines Intimbereichs platziere. Das denke ich natürlich nicht wirklich. Ich denke aber, dass mein neues geiles Hausfrauen-fick-mich-nach-dem-Apfelkuchenbacken-Ich das denken würde.

Bin dann ein bisschen irritiert, wie viele Chatfenster er bei Facebook offen hat. Macht der das immer so, auch wenn er mit mir chattet?

Er antwortet allen. Redet mit dem einem über das letzte Hertha-Spiel, mit ein paar Mädchen über eine vergangene Party (*Wo? Wann? Mit wem?*). Nur ein Fenster lässt er permanent geschlossen, obwohl das rote Kästchen aufleuchtet und anzeigt, dass *Amanda* ständig antwortet. 5-, 6-, 7-mal.

»Warum schreibst du ihr nicht zurück?«

Er ignoriert meine Frage.

»Philipp, was soll das? Wer ist sie?«

»Nur ein Mädchen aus meiner Uni.«

Aha, nur ein Mädchen. »Hattest du was mit ihr?«

»Nein, sie ist einfach nur cool.« Das heißt, sie ist heiß und hat viel Erfahrung mit Jungs, so viel habe ich schon gelernt.

»Mach jetzt das Scheißfenster auf.«

»Nein, ich möchte das nicht«, sagt er in dem Ton, in dem meine Mutter mir beigebracht hat, »Ich möchte das nicht« zu sagen, falls ein Mann mir etwas Böses wollte. »Ich muss nämlich nicht immer das tun, was du willst, Heli«, erklärt er mir ganz langsam, als wäre ich bescheuert.

Geht's noch, wo hat er denn den antiautoritären Erziehungsscheißton her? »Halt den Mund, Philipp, und mach jetzt das Scheißchatfenster auf!«

Er widersetzt sich noch kurz, macht es dann aber auf. Scrollt an den Anfang des Gesprächs, und ich lese:

*A: who is the darkbrown-haired girl by your side? my friends saw you today in the mall*

*P: nobody. she is an old friend of mine from germany*

*A: doesn't look like it*

*P: is my ex girlfriend, we were very close. just friends now*

*A: sorry for being jealous*

*P: you know she called me to come here. it's her birthday tomorrow. i couldn't say no. she is very lonely*

*A: thats nice of you. wanna come over, i'm naked ;)*

*P: i would love to! but we have to go to the cinema now ... boring ;) i wanna -*

Gott sei Dank bin ich hereingeplatzt, bevor er diesen Satz zu Ende geschrieben hat, und werde niemals wissen, was er mit ihr machen wollte.

»Das ist nicht so, wie du denkst.« Er sieht mich vorsichtig von der Seite an. »Ihre Mutter ist krank, und sie muss sich um ihre sechs Geschwister kümmern.«

»Häh, was bitte? Du fickst mit ihr wegen ihrer kranken Mutter?« Mein Herz zieht sich zusammen, mich schüttelt es kalt. »Ich kann nicht fassen, dass du mir das antust. Es ist mein verdammter Geburtstag!«

»Morgen ist dein Geburtstag«, nuschelt er schuldbewusst.

»Sei ruhig!«, schreie ich und laufe in sein Zimmer. Suche meine Sachen zusammen und schmeiße alles in meinen Rucksack.

»Was machst du da?« Er ist mir nachgekommen.

»Wonach sieht es denn aus? Ich packe!«

»Heli, du kannst jetzt nicht gehen.«

»Was ...«, ich komme hoch und fauche ihm ins Gesicht, »... sollte mich *jetzt* noch daran hindern zu fahren?«

»Na ja, es ist schon abends. Da fährt kein Zug mehr.«

Ich versuche, das zu ignorieren. Denke, komm mir nicht mit Scheißlogik, wenn ich wütend bin, und packe stumm weiter.

»Heli, ich bitte dich. Es tut mir leid. Außerdem sind wir nicht mehr zusammen, ich darf mit Mädchen was haben, wie ich will«, schiebt er trotzig nach.

»Ich habe dich vorhin gefragt, und du hast gesagt, da wäre nichts!«

»Das war beim Sex. Du kannst doch keinen Typen beim Sex so was fragen!«

»Sei ruhig!«, schreie ich. »Ich bereue, dass ich hierhergekommen bin, und kann nicht fassen, dass du mir so was antust!«

»Heli«, er kommt langsam auf mich zu und hält mich am Arm fest. »Natürlich will ich dich. Aber ich kann dich nicht haben. Du weißt, dass wir nicht zusammen sein *können*. Ich bin noch bis zum Ende meines Studiums im Ausland. Du hast deine ganzen, äh, Projekte mit deiner Zeitschrift. Wir sind zu *jung*, um so etwas durchzustehen. Wir wollten doch beide Spaß.« Und dann: »Außerdem hältst du mich emotional gefangen.«

Ich bin baff. Ehe ich diesen Satz auszusprechen gewagt habe, waren zwei Quartale Therapie durch Luise und mindestens zwanzig Flaschen Weißwein nötig. Und nun sagt das mein bescheuerter Business-Exfreund, dessen einziges Hobby es ist, bei Facebook YouTube-Videos von dicken Kindern zu posten, die vom Wickeltisch rollen, und dessen größte Leidenschaft darin besteht, Ralph-Lauren-Hemden im Fünferpack billiger einzukaufen oder vielleicht noch ein Entwicklungsland um seine Rohölschätze zu bringen.

»Ja, ich glaube auch, dass wir keinen neuen Partner gefunden haben, weil wir noch aneinander hängen.« Ich stehe vor ihm und gucke ihm geradeaus ins Gesicht.

Er kommt noch einen Schritt näher und fasst mich am Arm. »Weißt du«, flüstert er, »das Problem ist doch auch, dass wir beide nicht wissen, ob wir uns nicht doch noch lieben.«

Ich erstarre. Ist *das* mein emotional verkrüppelter Exfreund? Hat er das aus einem Film? Vor einer Minute wollte ich ihn noch vom Balkon auf die Bombayer Straße schubsen – wie hat er es jetzt schon wieder geschafft, dass ich kurz davor bin, vor ihm auf die Knie zu gehen und ihm zu sagen, dass auch ich ihn noch liebe?

Ich beschließe, misstrauisch zu bleiben. Immerhin lernt er jeden Tag in der Uni, wie man Verhandlungen so führt, dass das Gegenüber am Ende den eigenen Bedingungen zustimmt. »Warum sagst du so was?«

»Weil es wahr ist. Warum, glaubst du, haben wir nach einem Jahre Trennung immer noch jeden Tag Kontakt? Und so guten Sex?« Er tritt auf mich zu und küsst mich wie zum Beweis.

Mmh, und ich sage völlig überrascht von seinen Gefühlen und seiner Ehrlichkeit: »Ja, Philipp, ich habe heute auch bemerkt, dass ich dich liebe. Heute war so toll, ich glaube, wir könnten für *immer* so glücklich sein!« Schließe die Augen, stelle mich auf die Zehenspitzen, will ihn küssen. Und treffe ins Leere. Ich mache die Augen auf.

Er hat sich abgewandt und blättert in meiner indischen *Vogue*. Innerhalb von zwei Sekunden wie komplett ausgewechselt! Seine Haltung hat sich verändert, die Wärme aus seinen Augen ist verschwunden. »Trotzdem hast du kein Recht, mir vorzuschreiben, mit wem ich schlafe«, sagt er. »Ich mag das Mädchen. Sie ist supercool und hat einen unglaublichen Hintern.« Er lächelt versonnen und schließt kurz die Augen, wie um sich daran zu erinnern.

Was ist das denn jetzt? Ich bin vollkommen perplex.

Ernsthaft, denke ich, ich meine, *ernsthaft*? Er sagt: Ich liebe dich, ich antworte: Ich liebe dich, und seine Reaktion darauf ist, über den Hintern einer anderen zu reden?!

Argh, er hat gar nicht gesagt, dass er mich liebt, oder? Er hatte im kollektiven Wir gesprochen: dass *wir* nicht wissen, ob *wir* uns noch lieben. Nur ich Idiot bin darauf reingefallen.

»Kommt ihr?« Das französische Mädchen steht auf der Türschwelle.

»Ja«, stoße ich trotzig hervor. In vier Stunden habe ich Geburtstag, das lasse ich mir zusammen mit meiner Hoffnung, meinem Selbstvertrauen und meinem Stolz nicht auch noch nehmen.

Philipp versucht vorsichtig, mich in die Arme zu nehmen.

»Fass mich nicht an!«, zische ich. »Ich mache das nur für mich und meinen Geburtstag.«

»Ich wollte doch nur mal mit einem indischen Mädchen schlafen«, sagt er traurig und guckt mich an wie ein kleiner Junge, dem man das Lieblingsspielzeug weggenommen hat.

Er wollte nur mal mit einem indischen Mädchen schlafen. Das ist irgendwie witzig. Wenn es hier nicht um mich gehen würde, könnte ich es sogar fast verstehen.

### 23:32

Wunderschöne Menschen sitzen auf weißen Sitzkissen, die Luft ist endlich angenehm kühl, ein warmer Wind weht. Überall Fackeln, links ein Buffet mit Essen in den schillerndsten Farben, rechts die Bühne für Karaoke. Es erstaunt mich immer wieder, wie viel Spaß andere Völker beim Feiern haben können, ohne sich irgendwas einzuschmeißen. Sie machen wirklich all diese positiven Sachen wie zusammen essen, miteinander reden und wie hier sogar zusammen singen – einfach so. Ich meine, die treffen sich *nüchtern* mit anderen Menschen!

Tatsächlich bringen sie alle Klassiker: *My Heart Will Go On*, *I Will Always Love You*, und was es sonst noch so gibt. Doch mich berührt nichts mehr. Ich verstecke mich hinter den Palmen, sitze um zwölf verheult am Geländer der Terrasse und gucke über die glitzernde Stadt. Ich habe gelernt: Frage niemals einen Jungen beim Sex nach anderen Frauen. Er wird dich immer anlügen. Vermisse Luise und Mia. Sogar meinen blöden Papa, vielleicht sogar Jacques. Und trinke Champagner. Nicht gut, ich weiß. Aber was soll ich denn machen, wenn ich doch weiß, dass Philipp das alles zahlen muss.

## SONNTAG, 29. MÄRZ

### 07:44

Sitze im Zug runter nach Goa. Dachte, ich würde vielleicht kein Ticket mehr bekommen, weil ich ja am frühen Morgen einfach losgestürmt bin, mir eine Rikscha geschnappt habe und ohne Plan zum Hauptbahnhof gefahren bin. Muss so wütend und unbeirrbar ausgesehen haben, dass der Fahrer gar nicht erst über den Preis verhandeln wollte. Habe ein Erste-Klasse-Ticket gekauft für den Schlafwagen, weil sonst nichts mehr frei, und musste mal wieder erstaunt feststellen, dass mich die ganze Fahrt kaum über fünf Euro kostet. Es tut gut zu wissen, dass man immer genug Geld hat, um sich aus jeder Situation rauszukaufen.

Nun also ganz alleine in diesem blöden Zugabteil, kann durchs Glas der Waggontür ein indisches Pärchen sehen. Anständig sitzen sie nebeneinander, ohne sich zu berühren, und doch spürt man die Verbundenheit zwischen den beiden. Wie er sie zärtlich anguckt, wenn sie redet. Wie sie in seinen Augen Bestätigung für das Gesagte sucht. Hallo, Sittenpolizei, wie wäre es jetzt mal mit einschreiten? Sonst muss ich mich noch mit dem frittierten Kartoffelgericht ersticken. Es ist einfach *so* schön. Warum kann ich das nicht auch haben? Bin wirklich richtig traurig. Wie oft kann man eigentlich von einem einzelnen Menschen verlassen werden?

Ich weiß gar nicht, was ich mit mir machen soll, wenn ich ankomme.

# APRIL

## DONNERSTAG, 2. APRIL

### 14:32

Es ist halt wirklich »End of Season«. Alle Strände leer. Nur ein paar Hippies sitzen noch hier. Gucke sie an und verstehe den Ursprung der Metapher »auf etwas hängen bleiben«. Jungs, die aus den Nachbarländern kommen, weil sie noch billigere Arbeitskräfte sind als die Inder selbst, sitzen auf den zum Trocknen am Strand abgelegten Booten und arbeiten nicht mehr. Alles löst sich auf. Das Touristendorf, das sie für uns Europäer aufgebaut haben, fällt zusammen, sobald die Regenzeit beginnt.

Habe eine kleine rosa Hütte direkt am Strand gemietet. Da sitze ich den ganzen Tag an mein Haus gelehnt und kann mich nur wundern, in was für eine Lage ich mich schon wieder gebracht habe. Nichts zählt mehr. Keiner weiß, wo ich bin. Bin zu kraftlos, um irgendetwas daran zu ändern.

## SAMSTAG, 4. APRIL

### 10:17

Aufgewacht und habe komischerweise richtig gute Laune. Denke dann aber, hey, so geht das nicht, habe echt keinen Bock, von meinem eigenen Körper getäuscht zu werden, ohne dass ich das bewusst will. Ich meine, *ich* habe das Konzept der Selbsttäuschung bis zur Perfektion ausgearbeitet. Rattere also knallhart all die Sachen runter, die mir in den letzten Tagen passiert sind, um mich zu versichern, dass das Gefühl der Leichtigkeit, Sorglosigkeit und Vorfreude, das ich gerade empfinde, auf keinen Fall gerechtfertigt, sondern nur ein übler Mind Trick ist. Aber alles bleibt. Ich fühle mich glücklich und frei. Und dann verstehe ich: Ich bin wirklich frei! Ich bin erlöst! Ich muss mich nicht mehr krampfhaft nach Philipp sehnen. Nicht mehr versuchen, ihn so anzunehmen, wie er ist, obwohl ich so vieles an ihm nicht mag.

Voller Freude raus in die Sonne! Gehe spazieren und entdecke einen Süßigkeitenladen. Das liebe ich an Indien: Du bist irgendwo im Urwald, Lianen, streunende Hunde, Blumen, Müll, aber plötzlich ein kleiner Laden aus Bambus, in dem jemand drinsitzt und drei Sorten alter Bonbons und zwei Bananen verkauft. Du willst natürlich als Deutsche sofort hingehen und sagen, es macht keinen SINN, dass du hier bist! Hier kommt nie jemand lang! Aber es macht natürlich Sinn für ihn, weil was soll er sonst machen? Und für mich macht es auch Sinn. Kaufe klebrige kleine Kokosbällchen, die ich nun lächelnd im Schatten der Palme esse.

## DIENSTAG, 7. APRIL

### 17:30

Ich gucke Steward an. Steward ist nur schwul und speckig, und ich denke, es muss doch irgendeinen Sinn gehabt haben, dass das früher mal alles schlanke, heiße Blondinen waren. Alleine schon, weil der Mittelgang im Flugzeug so schmal ist. Oh, hi Gemeinheit! Hatte schon befürchtet, sie sei bei irgendeinem Sonnengruß verlorengegangen. Muss Kaffee mit Mischung aus weißem Industriezucker sein, haut mich komplett weg das Zeug, habe mittlerweile die Hälfte meiner Unterlippe abgeknabbert.

### 19:11

Bin in Frankfurt. Irgendetwas hat mit der Buchung nicht geklappt. Bislang lief alles problemlos, wenn man davon absieht, dass ich beim Umsteigen in Bahrain ein bisschen auf die 250-Gramm-Packung Toblerone ausgerastet bin, weil weiße Schokolade mit Mandelsplittern. Außerdem duty-free, kann damit nie so richtig umgehen. Bin mir bis jetzt nicht sicher, ob ich das System mit den steuerfreien Preisen wirklich verstanden habe. Irgendwie kommen sie mir selten günstiger vor. Bin trotzdem fasziniert von alldem, was dazu gehört, und das endet immer in ungefähr so: eine Flasche Raspberry-Wodka, weil minus 17 %, ein Gesöff, das noch nicht einmal die besoffene Mia um vier Uhr morgens trinken mag. Vier Tafeln teure Schweizer Schokolade zum Preis von drei, die ich eh immer sofort aufesse. Und diverse Kosmetikprodukte einschlägiger Luxusmarken, die vielleicht tatsächlich billiger sind als sonst, aber immer noch vierzehn Euro für Abschminke bedeuten.

Nun bin ich also für den Verbindungsflug nach Berlin nicht in der Passagierliste vermerkt. Versuche, mich zu entspannen. Finde fast, dass man so etwas von mir erwarten kann nach zwei Monaten Indien. Atme also tief in meine Mitte, werde eins mit Umwelt und danke dem Plastikstuhl, dass ich auf ihm sitzen darf. Danke dem kleinen, nach Raumschiff aussehenden Coffee-Center, dass es diese Ecke hat, in der man sich den Zucker selbst in den Kaffee mischen kann. Aber genau deswegen hetzen gerade 160 Gramm feinster Zimtzucker durch meine Blutbahn! Höre laut mein Herz im Ohr pochen. Fahre fort, weiter aggressiv meine Unterlippe zu zerbeißen. Wehe denen, sobald ich wieder Internetzugang habe!

Links von mir stehen zwei Frauen um die dreißig. Ich versuche heimlich abzugucken, was gerade zum Trend geworden ist, werde aber nicht direkt schlau aus der Kleiderkombination: Art Jogginghose aus einem dünnen Leggingsstoff, die sich zum Knie hin verengt, nur um dann auf Höhe des Pos wieder wie ein schlaffer Sack runterzuhängen. Zolle der Frau ein bisschen Respekt, dass sie dazu High Heels trägt, und zwar wirklich echte, mit mindestens zwölf Zentimeter hohen Absätzen. Aber ganz ehrlich, wenn ich mich schon in diese Art von Schuhe quäle, dann ziehe ich doch etwas sehr Kurzes an, damit man das ganze Bein sieht. Das verleiht ja wiederum dem Schuh erst seinen Sinn! Entdecke als raffiniertes Accessoire einen bunten Schal im Vintagelook, der auf ganz neue Weise umgebunden ist. So zuerst die Mitte des Schals am Hals angelegt und danach zweimal locker drum herumgeschlungen. Bin immer wieder fasziniert, wie unreflektiert und ohne Selbstzweifel wir Frauen jede Mode mitmachen, nur weil es auf irgendwelchen Blogs als *in* deklariert wird. Ich meine, jeder weiß, dass diese Kombination total bescheuert aussieht, und trotzdem glaubt man, im Recht zu sein. Die Blonde daneben trägt ein Jeansminikleid, das entfernt an eine Latzhose erinnert, dazu beige Cowboystiefel aus Wildleder mit aufgenähten Fransen.

Muss sie zu intensiv betrachtet haben, denn der Jeansmini guckt mich an, runzelt die Stirn, versucht zu erkennen, ob wir miteinander bekannt sind. Ich lächle sie versonnen an. *Du lächelst, und die Welt verändert sich.* Spruch des Buddha, Nummer 17. Sie mustert mich von oben bis unten, meine durchgelaufenen Birkenstock-Sandalen, mein buntes Leinenkleid, das Tiefbraun meiner Haut, und entscheidet sich anscheinend dagegen.

Die Frau hinter dem Schalter wird mittlerweile zu Recht von allen Seiten mit den Worten Anwalt, Zumutung, Rückerstattung, Servicewüste Deutschland angeschrien. Liege nun auf einer Bank. Totale Entspannung. Ich muss nichts tun. Ich sitze hier einfach nur herum. Und kriege nachher mit etwas Glück die Hälfte des Flugpreises erstattet.

## DONNERSTAG, 9. APRIL

### 05:31

Gott, 5:30 Uhr. Toll, nur ist kein anderer wach.

### 10:12

Bin gerade zum zweiten Mal aufgewacht und schlurfe in die Küche, um Wasser aufzusetzen. Da sitzen sie: Kati und ihr dämlicher Freund, der vierunddreißig oder so ist und immer noch Medienkommunikation studiert, und auch Clemens mit seiner merkwürdigen Freundin, die ein Emo ist oder vielleicht ein Gothic, kann das nie auseinanderhalten. Purer Hass meinerseits, schlechtes Karma dafür hin oder her. Sitzen da auf meinen grünen Clubsesseln, wovon ich nur zwei habe, was bedeutet, dass der jeweils weibliche Part des Paares sich auf dem Schoß des Mannes platziert hat. Auf dem Scheißschoß des Mannes, meine ich. Und jetzt fragen sie auch noch, ob ich ein Croissant will. Aber nicht ein Du-gehörst-dazu-Croissant, sondern ein Du-armes-Ding-die-einzige-Freude-im-Leben-die-dir-noch-geblieben-ist-muss-doch-fettiges-Blätterteiggebäck-sein-Croissant. Dränge mich also mehrmals mit meiner emotional entlasteten Hüfte an ihnen vorbei, um den Zucker zu holen, der auf dem Tisch zwischen ihnen steht. Damit der Clemens auch mal sieht, dass nicht einmal das ganze Schwarz, das seine bescheuerte stumme Freundin trägt, darüber hinwegtäuschen kann, dass sie seit ihrer Beziehung sieben Kilo mehr drauf hat.

Während ich den Zucker in den Kaffee einrühre, fällt

mir dann aber wieder ein, wie egal das den Jungs ist. Ich habe eh das Gefühl, dass die sich einfach dazu entscheiden, sich eine Freundin zu holen, und sich dann aus den sie umgebenden Mädchen diejenige aussuchen, die dem am ehesten entspricht, was sie gerade brauchen.

Zucker ist sowieso die beste Wahl, weil ich seit Indien echt keinen Honig mehr essen kann, den sehen sie in der Ayurvedamedizin nämlich als Heilmittel an und mischen deswegen sämtliche Medikamente damit. Weshalb ich jetzt jedes Mal nur noch Durchfallerkrankung damit assoziiere. Außerdem halte ich wirklich viel auf weißen Industriezucker.

**10:17**

Zurück in meinem Zimmer. Trinke schmollend meinen Kaffee. Mache eine der drei Yogaübungen, die ich mir noch gemerkt habe, ungefähr in Richtung Sonnenaufgang, wobei ich mir nie sicher bin, wo die aufgeht, weil in meinem Hinterhof zweiter Stock in Neukölln niemals die Sonne scheinen wird. Versuche vielleicht ein bisschen zu krampfhaft, all das Positive aus dem Urlaub beizubehalten, den Weg aber immer noch straight vor Augen.

Rufe Mia an, um zu erfahren, warum sie plötzlich nach Barcelona musste, aber sie sagt nur, dass sie plötzlich nach Barcelona musste. Rufe Luise an, um zu erfahren, warum Mia plötzlich nach Barcelona musste, aber sie sagt nur, Mia musste plötzlich nach Barcelona.

Fühle mich ein bisschen wie eine Burlesque-Tänzerin, die ziemlich lange in der Torte gewartet hat, es dann nicht mehr aushält, also herausspringt, nur um dann zu merken, dass alle anderen noch beim Aufbau der Party sind.

## SONNTAG, 12. APRIL

### 17:49

Habe gerade noch mal Mia angerufen. Die druckst herum, warum sie in Spanien ist. Werde aber immer noch nicht schlauer, weil die mir gegenüber geäußerten Worte einfach keinen Sinn ergeben. Ich wette dementsprechend, es steckt ein Mann dahinter.

»Gehst du am Donnerstag zur Einweihungsparty von Julian?«, fragt Mia.

»Julian wer? Langweiler-Julian, der mit der blöden Blonden zusammen ist?«

»Natürlich nicht Langweiler-Julian. Sondern Visuelle-Kommunikations-Julian. Ist Langweiler-Julians Blonde echt blöd? Ich hatte den Eindruck, die hätte was drauf. So mit bezahltem Praktikum in der Stiftung Stadtmuseum Berlin, oder nicht?«

Ich hatte das nie durchdacht. »Kein Plan, alle Blondinen sind blöd? Luise ausgeschlossen«, versuchte ich als plumpe Rechtfertigung. Muss langsam mal aufhören mit der Nummer, das grenzt ja schon an Rassismus. »Ich dachte, Styler-Julian sei schwul? Der sieht so aus?«, schiebe ich verunsichert nach.

»Quatsch, der ist so was von nicht schwul!«, sagt Mia mit Nachdruck. »Mann, Heli, das ist der Style! Sonst wären ja alle auf der Straße schwul.«

Ich, total überrascht: »Ich dachte das! Ich meine, ich bin da echt tolerant. Bin ja in Schöneberg aufgewachsen!«

Jetzt, wo ich darüber nachdenke, merke ich, dass ich tatsächlich glaubte, dass all diese Jungs schwul sind. Oh mein Gott, ich habe bestimmt die Hälfte der heterosexuellen Jungs aus Berlin ausgeschlossen, weil ich dachte, sie seien schwul! Wenn sie sich aber auch so anziehen! Das macht doch keinen Sinn!

»Ich glaube, ich werde nicht hingehen. Bin da gar nicht eingeladen«, gebe ich kleinlaut zu.

Aber Mia lacht nur laut und sagt: »Jeder ist da eingeladen. Heutzutage schickt man 'ne Facebook-Einladung, oder man macht 'ne eigene Party-Gruppe auf, und selbst, wenn du da nicht drin bist, kannst du dich dann immer noch selbst einladen. Dich kann einfach keiner mehr erreichen, seit du da nicht mehr bist.«

Beschließe also, doch hinzugehen. Irgendwie total blöde Idee gewesen, aus Facebook rauszugehen. Alles läuft darüber! Wer mit wem befreundet ist, wer neuerdings zusammen ist, wie manche Mädchen beim Urlaub im Bikini aussehen, wer wieder Single ist.

»Bringt man eigentlich immer noch Salz und Brot mit? Komisch eigentlich, dass sich diese alte Tradition so hartnäckig gehalten hat, oder?«, sage ich.

Aber sie dann: »Findest du? Ich meine, das sind echt zwei der drei Produkte, auf die ich total verzichte und deswegen vor Freude ausraste, wenn es sie gibt.«

Womit ich finde, dass sie sehr recht hat, und dann frage, was denn das dritte Produkt sei, auf das sie komplett verzichten würde. Mir ist gar nicht klar gewesen, dass sie echt Lebensmittel einfach ausschließt, so von wegen verboten.

Sie schweigt kurz und sagt dann mit leiser Stimme: »Alkohol mit über 35 Prozent.«

Worüber ich stocke, weil ich das überkrass finde und schon sagen will, dass ich nie auf Wodka etc. verzichten könnte! Aber dann fällt mir wieder ein, dass, wenn ich an eine typische Pose bei Mia denke, sie mit Sicherheit links in der Hand 'ne Zigarette und rechts 'n Schnapsglas hält, und ich schreie: »Das stimmt nicht! Du trinkst nur Alkohol über 35 Prozent.«

Und auch sie muss lachen, ist, glaube ich, aber auch ein bisschen beleidigt. Ist ja nicht immer so leicht, wenn eine Lebenslüge auffliegt.

## DONNERSTAG, 16. APRIL

### 23:08

Komme rein und sehe gleich diese kleinen Menschengruppen überall rumstehen, so alle schick gekleidet, jeder mit 'nem Weinglas in der Hand. Die Aufgabe jeder Generation ist es, sich gegen die Eltern aufzulehnen und nicht ihnen nachzueifern, wissen die das nicht? Werde richtig wehmütig, weil ich an die ganzen guten Partys von früher denken muss, so die, die wir mit sechzehn hatten. In den riesengroßen Altbauwohnungen, unsere Eltern waren Installationskünstler, Schauspieler, Architekten, und meistens hatten sie noch ein adoptiertes Pflegekind aus Uganda, das muss damals anscheinend Mode gewesen sein. Das Beste war, auf den Tischen standen immer 1-Liter-Nussmus- und Samba-Schokoladencreme-Gläser, die wir Mädchen klauten, egal ob uns die Party gefiel oder nicht. Unsere Vorliebe waren sogar noch witzigere Essensgegenstände wie zum Beispiel Bayrischer Senf, Mayonnaise oder Rinderfond. Sowieso hat man standardmäßig den ganzen Kühlschrank geplündert, weil ja bekanntlich nichts an Kalorien zählt, was man zwischen drei und fünf Uhr nachts isst und nicht selber gekauft hat. Mein Gott, dass man so jung schon so essgestört war.

Außerdem hatten wir als einziges Ziel, einfach nur so viel wie möglich zu trinken, bis irgendwann jemand von uns ins Treppenhaus kotzte, wo meistens ein Mädchen weinend saß und von seiner Freundin getröstet wurde. Dann kritzelte ein türkischer Junge noch mit Edding sein Tag auf die Badfliesen, weswegen die Eltern, die ja zu der Zeit verreist waren, dann doch immer von der Party erfuhren. Und das alles hörte erst auf, wenn die Polizei zum zweiten Mal gekommen war!

Ich blicke mich um. Kenne zwei, drei Leute vom Sehen, ziemlich viele von ihren Facebook-Profilen. Grinse schüchtern, in der Hoffnung, dass sie mich auch erkennen und mir deswegen vielleicht die ein oder andere Weinflasche in die Hand drücken. Tun sie nicht. Man stirbt ja ziemlich schnell real, wenn man digital nicht mehr vertreten ist. Oder vielleicht wissen sie auch wegen meiner Bräune nicht, wer ich bin.

Mann, denke ich dann, das Ganze ist kein *meet and greet*, sondern ein *beat and cheat*! Sowieso ist mir mal aufgefallen, dass, wenn ich heutzutage im Club brutal weggedrängt werde und ich mich wütend umschaue, welcher Penner das gewesen ist, ich jedes Mal überrascht feststellen muss, dass da hinter mir ein schmales, blondes, sechzehnjähriges Mädchen steht.

Habe mir endlich eine Weinflasche gesichert, die sich aber leider als süßer Tafelwein entpuppt, von dem ich im Allgemeinen nicht viel halte. Ich meine, Zucker und Alkohol in einer Symbiose, das muss man sich mal vorstellen! Das ist vielleicht ein bisschen wie bei diesen Hollywood-Kindern, wo die Eltern zwar irgendwie Brad Pitt und Angelina Jolie sind, es aber ganz klar ist, dass sie später komplett missraten sein werden, mit 17 tot und mit 'ner Spritze im Arm von der mexikanischen Nanny gefunden.

Um mich herum immer noch nichts anderes als dämliche Designstudenten mit Hornbrillen ohne Dioptrien. Da entdecke ich plötzlich die ganze *Weltmeister*-Crew: Bornerd, Musik-Till, die Jungs von der Grafik, Marketing-Marvin. Zuerst Entrüstung meinerseits, da sie offensichtlich als Team gekommen sind, mich aber nicht eingeladen haben! Aber jetzt fällt mir wieder ein, dass ich ja zwei Monate weg war und mich seitdem nicht mehr gemeldet habe. Trete auf Bornerd zu, raune ihm zu: »Ich wette, die müssen morgen noch nicht einmal fegen.«

Er blickt irritiert in seiner typisch arroganten Kopfhaltung auf mich herunter. Dass dieser Mann neben seiner Position als Herausgeber auch noch so groß ist! Dann verwandelt sich sein Gesichtsausdruck in Verwunderung. »Seht mal, wen ich hier habe!«, schreit er den anderen zu. Gleiche Reaktion bei ihnen. Erst wissen sie nicht, wen sie vor sich haben, bis sie dann voller Erstaunen feststellen, dass ich es bin. Sie kommen herbei und betrachten mich, ähnlich wie ein seltenes Tier, so was murmelnd wie »braun«, »ho ho«, »heiß« …

Bornerd steht total auf mich. Ich meine, jeder kennt seine Vorliebe für schwarze Frauen – aber dass man ihn so leicht täuschen kann! Am Ende sagt er noch: »Weißte Lise, ich habe mir schon immer überlegt, dass du mehr in Richtung Interviews gehen solltest. Hast du nicht Lust, das nächste Music Special zu machen?«

»Oh, das macht doch immer Musik-Till, oder nicht?«, wende ich irritiert ein.

»Ach der«, sagt er herablassend und blickt auf Till, der seit geraumer Zeit vor einem Schrank steht und im Glas sein Spiegelbild betrachtet. »Ich finde, da muss mal 'n neuer Wind rein. So was Sensitives, Weibliches.« Blick in mein Dekolleté.

Ich will das unbedingt haben. Glaube, man wird bei den Interviews mit 46 Cent pro Wort bezahlt. Wenn es klappt, dann fahre ich mit den Mädchen sofort an die Costa Brava, oder was man halt macht, wenn man plötzlich Geld hat.

Frage dann Bornerd, was er denn machen würde, wenn er plötzlich richtig viel Geld hätte. Und er antwortet: »Wahrscheinlich im Mietmercedes voll auf Koks nach Sylt fahren. Mit 'ner Nutte, die mir einen bläst.«

Das sind echt so Sätze, auf die man gar nichts antworten kann. Sage also nichts, werde mir aber vielleicht die Mietmercedes-Nummer merken.

Ich bin seit zwei Jahren beim Magazin. Hatte bis jetzt das Gefühl, Bornerd hat kaum mal meine Kolumne gelesen, sondern nur nach den Leserbriefen, die von kleinen 18-jährigen Mädchen geschrieben wurden, gewertet, dass sie einigermaßen gut ankam. Er ist auch noch nie mit irgendeinem anderen Projekt an mich herangetreten. Außer mit dieser Mongo-Crew-Sache im Januar, die ja nicht so gut gelaufen ist, weshalb ich dachte, nie wieder eine Chance zu bekommen. Aber natürlich! Ich muss nicht gut sein, um weiterzukommen. Ich muss gut aussehen!

Weiß selbst nicht, wieso ich dachte, in der Berliner Medienwelt gehe es um Talent.

## FREITAG, 17. APRIL

### 08:40

Gnar. Habe dann gestern noch vor lauter Aufregung die gesamte Flasche ausgetrunken. Ich meine, die Interviews sind mit dem eigenen Namen in der Überschrift, so wie: *Heloise interviewt Paul McCartney.* Obwohl wir ja leider mehr Techno drin haben und nicht so die internationale Musikszene. Und auf jeder Seite sind dann drei, vier Fotos live vom Interview. Muss mich dringend mit dem Typen von der Bildbearbeitung gut stellen, damit ich Einfluss darauf habe, nachher auszusehen wie Audrey meets Kate Moss.

Ehrlich, da reicht es vollkommen aus, gut auszusehen, um akzeptiert zu werden! Stand gestern einfach nur in der Runde dabei und habe Wein in mich reingekippt. Was, möchte ich hier noch mal anmerken, ein verdammt widerliches Zeug ist, ich will zurück zu Stier-Bier.

Jetzt stechender Schmerz im Kopf. Bin es einfach nicht mehr gewohnt zu trinken. Versuche gerade auszurechnen, wie viel ich getrunken habe, gar nicht der Kalorien wegen – Oh Gott, ist er so süß wegen dem Zucker, oder was? –, sondern weil ich eigentlich glaube, dass es gar nicht so viel war! Komme aber auf kein Ergebnis, muss also doch eher mehr gewesen sein. Wenn nicht, dann aber auch gut. Wäre sehr ökonomisch, wenn ich diesen Zustand jetzt immer schon nach ein paar Gläsern erreichen würde.

**11:50**

»Aber wenn Herr Moos im Praxissemester ist, wer unterrichtet dann das Modul von ihm?«, fragt eins der blonden, blassen Mädchen meine *Freundin* Miriam. Ich mag sie nicht, mit der würde ich noch nicht einmal aus einer Flasche trinken, so unsympathisch ist mir die, denke ich, aber die Frage ist berechtigt. Irgendwie nimmt keiner die ganze Studiumsache mehr ernst. Nicht einmal die Professoren. Hatte mich auf ein Vollzeitstudium eingestellt, dachte, ich müsste jeden Tag im Café sitzen und alte, staubig riechende Bücher wälzen. Muss ich nicht. Ich halte Referate über berühmte Personen, wobei ich den Inhalt vorher aus Wikipedia herauskopiert habe.

**12:20**

Bin in die Mensa gegangen, was ich sonst nie mache, weil mein Stundenplan ja auf einem System basiert, das jede Freistunde oder längeres Verweilen als nötig in der Uni ausschließt. Aber nun fällt Kunstgeschichte aus, und ich stehe also im neumodischen Designgesamtkonzeptgebäude aus Stahl und Lichtvariationen und staune über Preise. Ich meine, ich darf hier nie, nie wieder hingehen, weil das wäre das Ende jeder Jeans Größe 28! Nun verstehe ich auch, wo meine Studiengebühren hingehen. Will definitiv jetzt sofort meinen Anteil davon.

Entdecke Wiener Würstchen mit Kartoffelsalat für ein Euro zwanzig. Ein Euro zwanzig! Erfahre, sobald man das gekauft hat, hat man die Legitimation, an den Saucenstand zu gehen, und dann hat man die komplette Auswahl an allem: Barbecue-Ketchup, süßer Senf, Knoblauch-Mayonnaise etc. Natürlich nicht so ein Pipifax und neumodisches Blabla wie Mango-Chutney mit Karamellkonfitüre. Sondern das ist alles handfeste deutsche Esskultur, die der Grund ist, warum wir so aussehen, wie wir Deutschen nun mal aussehen. Und nicht wie die schlanken Französinnen.

Sitze jetzt alleine am Tisch und beobachte soziale Komplexe innerhalb der Uni-Esskultur. Bin dann aber zu konzentriert auf Würstchen, um Flirtversuch mit süßem Designer auszuprobieren. Irgendwie traut sich eh keiner, die unsichtbare Grenze zu einem anderen Studiengang zu überschreiten und jemanden anzusprechen.

Ich weiß, Verallgemeinerungen sind nicht richtig, aber nun denke ich, man kann wirklich jedem ansehen, was er studiert. Designstudenten tragen zurzeit Karottenhosen, Karohemden und Hornbrillen ohne Dioptrien. Links haben wir die Pädagogikstudenten, heute in unförmigen Jeans und Pullis in allen Variationen von Pastelltönen. Da die Studenten der Architektur, alle dünn und in grau-schwarzen Rollkragenpullovern, und die meisten kenne ich von nachts aus den Clubs.

Fazit: Alle Studenten sind auf merkwürdige Art unfertig, lahm und mittellos.

Werde jetzt Gratisdessert auswählen. Da kauft man für ein Euro zwanzig ein Gericht und kriegt dann ein Gratisdessert! Merkwürdig aussehender Quark mit Dosenfrüchten oder *Vanille-Speise* sind zur Auswahl. Dieser merkwürdige Ostjargon, weiß nie, was das heißen soll: *Vanille-Speise*. Entscheide mich dafür, doch lieber einen Kaffee zu kaufen.

**16:20**

»Weißt du, Mia, mir ist etwas Merkwürdiges passiert. Bin heute zur Uni gefahren, und auf dem Weg dahin fand ich drei Jungs gut!«, erzähle ich ihr, während ich meine Unihefter aushefte, nach dem Prinzip, dass ich das behalte, was ich noch für die Klausuren brauche, und all das wegschmeiße, was nicht geprüft werden wird. »Verstehst du? Gut im Sinne von attraktiv.«

»Klar findest du Jungs attraktiv«, neckt sie mich. »Ich hab dich nie für 'ne Lesbe gehalten, auch wenn du immer Bio gekauft hast. Dafür sind deine Titten zu groß.«

»Quatsch nicht«, lache ich. »Ich meine, ich habe, seit ich Philipp verlassen habe, andere Jungs noch nicht einmal angeguckt! Etwaige Fixierungen wie auf den Handschuh-Mann jetzt mal ausgeschlossen.«

»Das ist gut. Der erste Schritt in Richtung Ziel: Affäre«, ist ihre Antwort. »Behalt dir das, und mach nicht den Fehler, sie anzusprechen. Sonst wirst du feststellen, dass der Kerl entweder so dumm ist, dass er kaum einen Satz bilden kann und auch noch 'nen hessischen Akzent hat, oder du merkst schon an seiner Reaktion auf dich, dass er vergeben ist. Denn, wie die Klofrau vom Schlösschen immer sagt: Schätzchen, Männer sind wie Klos. Entweder besetzt oder beschissen!«

Ich muss lachen.

Dann sagt sie, sie müsse jetzt aufhören, weil sie anfangen müsse zu packen. Ich verfalle kurz in Panik, weil mir wieder einfällt, dass ich sie auf dem Handy in Spanien angerufen habe. Aber Freude überwiegt, dass sie morgen früh ihren Rückflug hat und dann abends in Berlin ist! Luise kommt auch im Laufe des Tages an – wir sind wieder zu dritt!

Ich finde es richtig gut, dass ich auf Männer stehe, die nicht Philipp sind. Ich meine, es ist bestimmt noch viel anstrengender, auf viele Männer zu stehen, als nur auf einen. Aber trotzdem. Ich stellte mir heute vor, mit ihnen Sex zu haben. Wir treiben es wild, erste Klasse, Deutsche Bahn. Bordpersonal kommt rein, erschrickt, verschüttet vor Schreck gottverdammte Ein-Euro-Kaffeespezialität auf dem Tablett, dreht sich um, rennt weg und BOOM, gegen gläserne Trennwand zwischen erster und zweiter Klasse.

Ach, vor ein paar Jahren hatte ich dauernd Sex! Aber da war man auch in einem Umfeld mit lauter Gleichaltrigen. Mittlerweile kommt es mir so vor, als sei Berlin einfach zu groß und zu unübersichtlich, um die große Liebe zu treffen. Aber darum geht es ja auch gerade nicht. Vor hundert Jahren oder so wurde man einfach mit dem Cousin dritten Grades verkuppelt, wenn das Familienoberhaupt gemerkt hat, dass man das nicht alleine hinkriegt.

Kann nicht fassen, dass ich an einem Punkt bin, an dem ich mir wünsche, dass mein Opa mich verkuppelt.

## FREITAG, 24. APRIL

### 14:11

Ich erkenne Mia und Luise schon von weitem. Mia in Jogginghose und weißem Feinrippunterhemd – Kati verriet mir mal stolz, sie habe gelernt, dass man die fachsprachlich *wifebeater* nenne, und ich sagte, danke, Kati, für diesen interessanten Input –, dazu einen bunten Vintage-Schal und ein Lederjäckchen. Wer sie kennt, weiß, wie viel Zeit sie gebraucht hat, um dieses Outfit zusammenzustellen, das sie nun so nonchalant lässig erscheinen lässt. Luises dünne Beinchen stecken wie immer in schwarzen Leggings, diesmal kombiniert mit Cowboystiefeln sowie einem großen T-Shirt mit einem dieser kitschig gemalten Adler drauf, wie es die Assis von der Hermannstraße immer tragen, und dazu eine Jackettjacke.

»Dein Outfit ist aber schön«, sage ich und nehme sie endlich wieder in die Arme.

»Das ist Assi, mag Rock, studiert BWL«, antwortet sie und küsst mich.

»Alter, Heli, du siehst der Wahnsinn aus!« Mia mustert mich ungläubig von oben bis unten. Umarmt mich fest mit ihren ein Meter achtzig.

»Ach, das ist nur die Bräune«, erwidere ich bescheiden, und: »Na ja, ich würde es mal so zusammenfassen: Die Basis jeder guten Diät ist eine Durchfallerkrankung.«

»Nein, Mann, das ist fucking incredible!«, schreit sie. »Du warst doch beim Fettabsaugen in Polen, Alter, und nicht Yogamachen in Indien!«

»Quark, das ist vom Yoga. Außerdem, wenn du zufrieden bist mit dir selbst, dann musst du deine Triebe nicht mit Essen stillen.«

Sie gucken mich misstrauisch an. »Triebe stillen, ja? Du hattest also Sex mit ihm?«

Ich weiß, meine Mädchen werden es absolut nicht gut finden, dass ich etwas mit Philipp hatte. Nach einem Jahre Trennung, das sie emotional sozusagen mitgetragen haben, sind sie es leid, auch nur einmal noch seinen Namen zu hören.

»Es ist eine lange Geschichte, aber sie ist so negativ. Wisst ihr: Ganz gleich, wie beschwerlich das Gestern war, stets kannst du im Heute von neuem beginnen.«

»Hä? Seid ihr jetzt wieder zusammen, oder was?«, fragen beide wie aus einem Mund.

»Nein. Natürlich nicht!«

Muss diese Sprüche lassen. Indien lässt sich einfach nicht nach Berlin transferieren.

Mia schnauzt mich gereizt an: »Und hör mit dem Eso-Scheiß auf, ja? Wir hatten sieben Monate Winter. Es ist erst seit drei Tagen wieder über null Grad. Dass wir nicht von der Admiralsbrücke gesprungen sind, lag nur daran, dass da so viele Engländer davor sitzen, dass man keinen Platz hat, um zum Geländer zu kommen.«

»Engländer? Schon fast bei uns in Neukölln? Haben sie die Grenze überschritten?«, frage ich entsetzt.

»Ja …« Ihr Blick gleitet in die Ferne, weit den Horizont des Kottbusser Damms lang, als würde sie eine unsichtbare Grenze überwachen. »Es hat sich einiges verändert, seit du nicht mehr hier warst«, sagt sie mit Grabesstimme.

Luise quietscht: »Ich will das, was sie hat! Egal Mann, wie du das hinbekommen hast! Ich will deine scheiße geile samtige Haut und diese Bohlen-Bräune. Ich verstehe nicht, warum es bei dir nicht billig aussieht! Ich würde aussehen wie ein Scheiß-90er-Jahre-Verschnitt.«

Und Mia antwortet stellvertretend für mich: »Weil du blond bist.«

Ich denke darüber nach, während wir zum Schlösschen laufen, dass das Wort »Scheiße« irgendwie mittlerweile gar kein Substantiv mehr ist, sondern eher so zu einem komparativen Adjektiv geworden ist. So ist »scheiße geil« zum Beispiel positiver als »geil«. Oder sowieso, dass etwas, das »geil« ist, gut ist, während jemand, den man als »geil« bezeichnet, angewendet zum Beispiel in der »geile alte Sack« einfach voll widerlich ist.

Und was ich mich immer schon gefragt habe, warum ich bin »krass gefickt« etwas Negatives ist, und irgendwie für »krass im Arsch« oder »mit dem Kopf tief in der Scheiße stecken« steht, obwohl ficken, im Sinne von Sex haben, doch etwas sehr Positives ist. Oder warum »Porno«, angewendet zum Beispiel bei »die sieht über porno aus« so was wie attraktiv bedeutet, obwohl Pornos nun wirklich eklig sind.

Im Schlösschen reiße ich sofort eine der verklebten und nach altem Fett riechenden Speisekarten an mich, schmeiße mich auf die abgeranzte Eckbank und vertiefe mich intensiv darin. Mia hat mir nämlich versprochen, ich dürfe mir alles aussuchen, sie zahle, was immer es sei, und das tu ich jetzt auch. Die anderen haben wohl nicht einberechnet, welche perversen Gelüste ich innerhalb der sieben Wochen Indienreise aufgebaut habe, und so hören sie mit Erschrecken mit an, wie ich Herrencreme, Mettbrötchen und für uns alle Cappuccini bestellte, ohne dass auch nur ein Wort des Widerspruchs über ihre Lippen kommt. Beschließe, mir nachher noch die Schwarzwälder Kirschtorte reinzuhauen. Komme, was wolle.

**16:02**

Wir reden viel zu wirr. Es ist nämlich gar nicht leicht, zwei Monate von drei Individuen innerhalb der Zeit von einem Cappuccino zusammenzubringen, während unsere Gedanken kreisen wie Hunde, die einander beschnüffeln. Wo warst du? Was hast du gemacht? Bist du noch eine von uns? Passt du?

Und während ich dann erst einmal völlig geflasht bin vom echten Espressogeschmack und schweigend die ersten Schlucke genieße, schwingen Mia und Luise schon voller Inbrunst große Hasstiraden zu üblichen Themen.

»Wenn ein Junge zum Beispiel mit einem Berlin-Stadtplan in der Hand auf mich zukommt, dann kriege ich so 'nen Hals«, hetzt Mia. »Das ist nämlich 'n total ungleich verteiltes Machtverhältnis! Denn ich kenne ja die ganze Stadt, und er ist nur ein Tourist!«

»Und wird es für immer bleiben, auch wenn er mit seiner ganzen Familie hierherzieht«, beendet Luise den Satz für sie. Überlegt, sagt dann: »Wenn ich reich wäre, dann würde ich extra mit Fehlern gedruckte Stadtpläne herstellen und sie an die Touris verteilen. So dass sie, egal wo sie hinwollen, immer in Hellersdorf enden.«

Ich bemerke, dass sie heute richtig gut drauf ist.

»Oder wenn 'nen Mann weniger wiegt als ich, das geht gar nicht!«, findet die einen Meter achtzig große Mia, wobei man das Argument bei ihr ja auch wirklich verstehen kann. Gleichzeitig sind ihre Ansprüche aber auch wirklich, äh, hoch angesetzt.

»Oder mehr Ahnung von Mode hat«, nuschle ich mein übliches Argument durch den Milchschaum. Ich bin vielleicht noch ein bisschen eingerostet nach dieser ganzen Hippiekackscheiße.

Luise unterstützt mich: »Überhaupt, Mode-, Designstudenten – geht alles gar nicht!«

»Und alle Zuzos, weil die aus Kleinstädten kommen. Ich meine, keines von uns Berliner Mädchen wird jemals mit so einem zusammenkommen!«

Ich bin eine Sekunde davor, glücklich zu denken, dass sich die Diskriminatorinnenrunde endlich wieder vereinigt hat, da lässt Mia niedergeschlagen den Kopf auf den Tisch fallen.

»Ich will heiße geschmolzene Schokolade löffeln und *Pretty Woman* gucken ...«

So kenne ich sie gar nicht.

Aber danach Luise: »Ich will bei richtig starkem Neonlicht Mitesser ausdrücken. Ich werde nie einen Freund finden.«

Ich gucke die beiden an. »Kommt schon, was ist los mit euch? Gestern war ich bei Styler-Julian! Und das war super! Ich fühle mich wieder wie sechzehn!«

»Heloise, sechzehn ist kein Idealzustand. Stell dir vor, das gestern war schon die absolute Elite. Bessere Männer werden wir in dieser gottverdammten Stadt nicht finden. Wir hören auf mit dem Weggehscheiß und Schönseinwollen und werden wie du: bieder, langweilig und braungebrannt.«

»He, ich bin nicht langweilig!«, verteidige ich mich. »Ich stehe nur gerade sehr früh auf. Außerdem ist *gesund* das neue *wasted*. Nein, das könnt ihr nicht machen! Ich habe ganz vergessen gehabt, wie viel Spaß Trinken macht! Außerdem, das war die Designer-Schrägstrich-visuelle-Kommunikations-Studenten-Elite. Das sind alles Zuzos, die in Reihenhäusern in der Dorfstraße von Krefeld aufgewachsen sind und irgendwann angefangen haben, sich aus Langeweile ihre Jeans zu Karottenhosen zu zerschneidern.«

»Das Wort ›zerschneidern‹ gibt es nicht«, verbessert mich Luise.

»Klar, das ist die Mischung aus zerstören und schneidern. Ich will wieder mit verquollenen Augen aufwachen, besoffen bei Partys Käse klauen. Außerdem, wer will einen Freund? Es wird Sommer. Wir haben uns, ich liebe euch! Ich verspreche, Ende des Jahres ist jede von uns glücklich!«

Denke dann daran, dass es eigentlich nur drei Arten

gibt, einen Jungen kennenzulernen. Entweder ist es Liebe auf den ersten Blick, so wie bei Philipp und mir, und man ist sofort ab dem ersten Tag zusammen, oder man hat jemanden erst einmal als guten Freund und lernt ihn erst nach einer Weile auch anders zu schätzen. Oder man hat 'nen super Abend miteinander, stimmt einfach in vielen Dingen überein und kommt deswegen zusammen. Ich sag mal so, darauf warte ich jetzt.

Und ich sage: »Versteht ihr, wir sind keine *Singles* – wir haben uns!«, schmeiße die Arme in die Luft und denke, sie werden mit mir zusammen aufschreien.

Betretenes Schweigen.

Mia: »Heli, du weißt, wir lieben dich. Aber ich will 'nen Freund. Ich meine, wir sind wunderbar zu dritt ...«

Und Luise setzt hinzu: »Ja, das Glück ist echt, dass man seine natürliche Familie irgendwann hinter sich lassen kann, um sich dann Leute zu suchen, mit denen man eine neue gründen will. Ich dachte nur irgendwie, es wäre ein Mann, mit dem ich das tue ...«

»Quatsch, willst du dir wirklich jemanden ans Bein binden, der dir in allen Bereichen unterlegen ist? Stellt euch vor, wir benutzen Männer nur noch als Affäre! Wir haben mit denen Sex und lassen uns zum Essen einladen!« Ich bin begeistert.

»Aber das ist ja die Sache, wir finden einfach keine Männer, mit denen wir eine Affäre haben wollen!«, jault Luise. »Oder manchmal schon, aber irgendwie kommt es nie dazu, dass es letztendlich eine gleichberechtigte, in vielen Bereichen befriedigende, auf Respekt beruhende Affäre wird! Ich bin höchstens am nächsten Tag mit ihnen auf Facebook befreundet«, setzt sie nach,

»und dann schreiben sie mir, dass ich mich gerne auf ein Praktikum bei ihnen bewerben kann.«

Ich sage mit bestimmter Stimme: »Wir können jeden haben, den wir wollen. Ich kann morgen auf eine Party gehen und Sex haben! Immer, mit wem ich will, überall! Auch hier!« Gucke mich erwartungsvoll um, aber da sitzt nur Bernd, der alte Stammsäufer, in der Ecke. Deswegen lasse ich die Nummer schnell wieder sein.

»Heli, du? Du heulst seit zwei Jahren, dass du keinen hast.«

Das stimmt nicht! Will ich entrüstet rufen. Aber dann überlege ich und denke nun, OMG, natürlich stimmt das! Was habe ich mir nur dabei gedacht?

Sehe dann die Augen meiner Freundinnen mich traurig angucken und sage nur aus diesem Grund: »Ich werde es euch beweisen. Wann ist die nächste Party?«

»Na ja«, die beiden blicken sich einen Moment lang an, »nächste Woche. Es ist deine Party: die Sommerparty vom *Weltmeister*.«

»Nein, das geht nicht!« Entrüstung. »Ihr wisst, ich nehme keine Arbeitskollegen und auch keinen, den ich kenne. Gäbe es da nämlich einen, wäre ich jetzt schon mit ihm zusammen.«

Luise guckt mich flehend an.

Ich gebe mich geschlagen. »Okay, ich mach's! Und wisst ihr was, das wird super werden. Denn wir haben Freidrinks, Gästeliste und Gratisgarderobenmarken.«

»Was'n das?«

»Ach, das hat sich Bornerd ausgedacht. In der Weggehszene ist doch alles auf Hierarchien gegründet: Es muss immer Sondereintrittsbänder geben, VIP-Bereiche, alles ist unterschieden in Besitzer, zahlende Gäste, Leute, die Gästeliste haben, Schlampen, Bardamen, Schauspielerinnen, Hausdealer. Und die Über-VIP-Leute, die bekommen jetzt Gratisgarderobenmarken von Bornerd. Ihr werdet sehen, ich werde jemanden finden, abschleppen und Sex haben.«

»Ich hoffe, du hast recht«, sagt Luise mit ernster Stimme. »Denn ich bin so kurz vor elitepartner.de.«

**22:15**

Worauf habe ich mich da nur eingelassen? Wie zum Teufel soll ich bei einer *Weltmeister*-Party jemanden finden? Ich arbeite mit den Leuten! Wir sind im Winter alle männlichen Freunde von all meinen Freunden bei Facebook durchgegangen, und ich weiß, dass sich kein Geeigneter in meinem Umfeld befindet.

Aber Luise und Mia waren so deprimiert, irgendwie wollte ich ihnen zeigen, wie leicht das mit den Jungs läuft. Dabei bin ich mir selbst sicher, dass wir drei nie wieder jemanden finden werden.

# MAI

## SAMSTAG, 2. MAI

### 00:50

»Dann leg mal los«, fordert Mia mich heraus und klopft mir mit einer mitleidigen Geste auf die Schulter. »Sagen wir, wir feiern bis acht Uhr morgens, dann hast du ab jetzt noch genau sieben Stunden Zeit, jemanden zu finden, um mit ihm zu s c h l a f e n.«

»Du musst bis Mitternacht den Prinz küssen, sonst verwandelst du dich zurück in eine hässliche Kröte, verfluchte die böse Hexe die Prinzessin«, antworte ich. »Ich schaffe das, hört ihr? Ich kenne die an der Kasse. Wir setzen uns einfach dahinter, dann können wir jeden betrachten, der reinkommt.«

Das machen wir, und das geht dann zwei Stunden ungefähr so:

»Falsche Hose.«

»Und zu klein!«

»Zu dick. Zu dick geht gar nicht.«

»Nimm den, der hat geile Air Max!«

»Das ist ein Proll, Horstkotte.«

»Der da ist süß!«

»Nee, mit dem hat Nuria geschlafen, das ist der Chlamydien-Schreck.«

Nach einer Viertelstunde: »Der da?«

»Nein, das ist, oh my god, mit dem hatte ich was!« Luise schnappt aufgeregt nach Luft. »Das ist der Typ aus dem Café Burger, in den ich mich so verliebt hatte. Er hatte mir erzählt, er heißt Jonas, ist vierundzwanzig, studiert Kunstgeschichte im sechsten Semester. Aber als ich am nächsten Morgen in seinem Bett aufwachte, lag daneben ein Brief vom Arbeitsamt. Und ich musste feststellen: Der Typ ist in echt fünfunddreißig, heißt Rainer und wurde gerade des Sozialbetruges angeklagt!«

Wir lachen. Sie zieht bei der Erinnerung angeekelt ihr Gesicht zusammen.

Es geht weiter.

»Mit dem habe ich geschlafen.«

»Der ist vergeben.«

»Vergeben.«

»Vergeben.«

»Hässlich.«

Mir wird immer mulmiger zumute. Bis plötzlich ein junger Mann hereinkommt. Mit braunen Locken, charmantem Lächeln, gutsitzendem T-Shirt, Jeans. Der gefällt mir richtig gut. »Den mag ich«, flüstere ich.

Sie auch, bestätigen mir die beiden von hinten.

Er kommt also zur Kasse. Ich beuge mich an dem Kassenmädchen vorbei, frage kess: »Na, willste vielleicht Gästeliste?«

»Danke, habe ich«, antwortet er mit einem knappen Lächeln.

»Oder eine Gratisgarderobenmarke?«

»Oh«, er guckt mich etwas verwirrt an. »Sehr nett«, sagt er zögernd und nimmt sie.

»Und vielleicht einen Freidrinkgutschein?«

»Kennen wir uns?«

»Nee«, lächle ich, wieder mit meinem hoffentlich kess wirkenden Gesichtsausdruck.

Nun guckt er misstrauisch. »Willst du irgendwas?«

»Ähm, nö.« Ehm, wie, warum fragt er das?, denke ich. Ich will Sex, das versuche ich doch gerade zu umschreiben, du Ignorant.

Er schüttelt irritiert den Kopf, nimmt das Eintrittsbändchen und geht.

Hinter mir kugeln sich Luise und Mia vor Lachen.

»Ja, ja, lacht ihr nur. Wenn ich eine alte Jungfer bleibe, dann habt ihr mich für immer am Hals!«

**01:21**

Und dann kommt Philipp. Zuerst will Mia noch zeigen, dass der ihr gefällt, da versetzt Luise ihr einen Tritt gegens Schienbein und zischt: »Wehe dir! Erkennst du ihn nicht? Das ist Philipp.«

Ja, das ist Philipp, mein Ex. Großgewachsen, erstaunlich gutgekleidet und braungebrannt. Mit seinen erholten Gesichtszügen sticht er aus der Menge heraus, und ich kann erkennen, wie sich einige Mädchen verstohlen nach ihm umdrehen.

Er kommt näher, grinst schelmisch die Kassenschlampe Jenny an. Fängt an zu schleimen: »Ich denke, ich stehe auf der Gästeliste.«

»Bei wem?«, piepst diese verlegen.

»Heloise, *Weltmeister Magazin*.«

»Das glaube ich nicht«, raune ich und trete aus dem Halbschatten heraus.

»Heli, du hier?«

»Philipp, es ist die *Weltmeister Magazin*-Sommer-Party. Ich arbeite seit zwei Jahren für das Blatt, wie du weißt.«

Er lächelt halbherzig, fragt: »Kannst du da vielleicht was drehen?«

»Lass ihn rein, ich kenne ihn«, sage ich zu Jenny.

Er nickt mir zu, geht.

»Heil Hitler«, murmelt ihm Mia noch nach. »Ich kenne ihn« ist gut. Ich bin schon ziemlich perplex von der Begegnung. Aber am meisten darüber, wie wenig mich seine Attraktivität beeindruckt. Was bin ich, geheilt? Oder nur für immer Herpes-gebrandmarkt?

**01:31**

»Alles wäre einfacher, wenn ich MDMA hätte.« Ich gucke die beiden ernst an.

»Was quatschst du, Heli?« Luise straft mich mit strengem Blick. »Du weißt doch, wir nehmen keine Drogen. Außer an Feiertagen. Und dann auch nur, weil dadurch das Wort ›Feiertag‹ so wunderschön doppeldeutig wird.«

»Oder wenn's umsonst ist«, quietscht Mia rein und kassiert nun auch einen bösen Blick von ihr.

»Aber wisst ihr noch, im sechsten Teil Harry Potter? Wenn er diesen Trank Felix Felicis nimmt, der glücklich macht? Und nur weil er denkt, dass er Glück haben wird, lässt er sich auf alles ein und tötet Voldemort.«

»Phantastisch. Welche Ex ist hier, die du töten willst?«, fragt Mia, angriffslustig wie immer.

»Keine. Ich bin hier die einzig relevante Ex. Ich will

das für den Typen mit den braunen Locken. Oh, da kommt er. Macht was!«

Und wirklich! Einfach so, gleichzeitig, lassen beide ihre Taschen fallen, so dass der ganze Inhalt sich auf dem Boden zwischen Elektrodancefloor und Dubstepecke verteilt. Der Typ, gerade noch mit einem Lächeln auf mich zukommend, bleibt stehen, guckt irritiert Mia und Luise an. Die stehen wie zwei dämliche Rehe im Scheinwerferlicht erstarrt da und grinsen, während um sie herum weiterhin ihre Sachen rumkullern. Er runzelt die Stirn, schüttelt den Kopf, wie um seinen Argwohn loszuwerden, und kommt weiter auf mich zu.

»Hi, wir haben uns vorhin kurz kennengelernt. Ich glaube, ich war ein bisschen unfreundlich.« Er guckt mich an und versucht dabei angestrengt, meine Freundinnen zu ignorieren, die immer noch in ihrer Starre ausharren und ihn anglotzen.

»Hiiii, neiiiin, gar niiicht!«, sage ich mit merkwürdig hoher Stimme und frage dann: »Freidrink?« Argh. Warum fange ich schon wieder mit diesem Freidrink an?

Er guckt mich wieder misstrauisch an, ist aber offensichtlich gewillt, mir eine zweite Chance zu geben. »Ähm, ja, gerne, warum nicht.«

Wir setzen uns an die Bar.

»Ich nehme an, du machst nicht Promo für Gratisgarderobenmarken?«, fragt er.

Ich lächle. »Nein, entschuldige, das war eine komische Nummer. Um ehrlich zu sein, bin ich schon so lange Single, dass ich mich immer wieder wie dreizehn fühle, wenn ich mit einem Mann spreche.« Wobei ich immer noch wissen müsste, dass dies einer der Sätze ist, die man nicht als Erstes sagt! »Ich schreibe für das Magazin hier. Eine Kolumne, sie heißt *Heartcore*.«

»Ach, die kenne ich.« Er grinst. »Sie gefällt mir. Du bist also die, die ihren Exfreund nicht vergessen kann und deswegen mit den ganzen anderen Typen schläft.«

»Hmm, so ähnlich«, versuche ich abzuwiegeln. »Er ist hier.«

»Wer?«

»Mein Exfreund. Blondes Haar, brauner Teint, auf vier Uhr.«

Er guckt sich vorsichtig um. »Der ist mir schon aufgefallen. Er versucht seit einigen Minuten, deine Aufmerksamkeit zu erregen. Kennst du die Mädchen auf neun Uhr?«

Ich schiele hin. Luise und Mia stehen keine vier Meter von uns entfernt und starren uns weiterhin wie gebannt an. Aber aus lauter Schreck, dass wir sie bemerkt haben, lässt Mia, ich kann's kaum glauben, wieder ihre Tasche fallen, und der ganze Inhalt verteilt sich um sie herum.

Ich schneide eine Grimasse in ihre Richtung, die ungefähr bedeutet: Bist du eigentlich total bescheuert, oder was? Erkläre aber schlicht: »Ja, das sind meine besten Freundinnen.«

»Ach so«, sagt er.

Ich sitze da, links von mir mein Exfreund, rechts meine Freundinnen, in der einen Hand meine Gratisgarderobenmarken, in der anderen die Freigetränkgutscheine. »Trinken?«

Ich wähle erst einmal ein Glas Champagner, da ich aus Erfahrung weiß, dass dies der einzige Drink sein wird, bei dem ich noch nüchtern genug bin, ihn überhaupt zu schmecken. Danach machen wir uns einen Riesenspaß daraus, all das von der Karte zu bestellen, was man sonst nie nimmt, weil man zum Beispiel gar nicht gerne Rum mit Kokosmilch und kandierten Kirschen trinkt. Oder vielleicht schon gerne trinkt, aber dafür niemals acht Euro bezahlen würde, wenn man eigentlich vorhat, sich total wegzuhauen. Er nimmt einen Whiskey auf Eis, was ich sehr männlich finde. Wir sitzen da, nippen an unseren Gläsern und grinsen glückselig vor uns hin.

»Ich hätte jetzt gerne einen Cointreau Lime on Ice«, sage ich.

Plötzlich küssen wir uns! Betrunken weiß man ja immer nie, wie diese Situationen eigentlich entstehen. Machen dann miteinander rum, bis er mir zuraunt: »Komm, wir gehen aufs Klo«, was ich superwitzig finde. Laufe dann mit ihm an der Schlange vorbei, die wie immer vor den Toiletten ist, und schreie dabei: »Ich gehöre zum Staff!«, wobei ich ziemlich geschickt meine Gratisgarderobenmarke schwenke, wie zum Beweis.

Wir lehnen wild knutschend an der Tür, er seine eine Hand an meiner Brust und die andere zwischen meinen Beinen – Petting, hab ich ganz vergessen, wie gut das betrunken ist! –, da klopft es plötzlich. Ich mache auf. Davor steht Mia! Sie drängelt sich zu uns in die Kabine. Und dann knutschen wir irgendwie alle drei miteinander. Ich auf der linken Seite, sie rechts, dazwischen der steife Penis von dem Typen, uns aufteilend. Bis ich plötzlich einen Blick von Mia auffange, woraufhin uns die ganze Nummer erst schrecklich bewusst wird und wir anfangen, über das Bild sehr laut zu lachen.

Und dann sagt er auch noch: »Ähm, kann mir jetzt vielleicht eine von euch einen blasen? Oder beide?«, worüber wir noch mehr lachen müssen. Ich meine, alles, was mit Oralsex zu tun hat, hat ja an sich schon ziemlich viel Witzpotential.

Da klopft es plötzlich wieder an der Tür. Ich mache auf. Diesmal steht ein blondes Mädchen vor uns, mit einem dieser modernen langen Haarponys, die irgendwie jeden Menschen komplett beschränkt aussehen lassen. Und ich wundere mich, dass sie uns so wütend anguckt. Sie schreit: »Wisst ihr eigentlich, dass der Alex 'ne Freundin hat, ihr Bitches? Ihr seid so billig!« Sie stößt mich weg, zieht den Typen an der Hand aus der Kabine, während der in einem Zug versucht, seine Hose hochzuziehen, uns zuzuzwinkern und seinen Drink wieder mitzunehmen.

Mia und ich stehen eine Weile stumm da. Versuchen zu verstehen, was gerade passiert ist.

»Wer sagt denn heute eigentlich noch ›Bitches‹?«, sagt Mia dann, fängt an zu lachen, und wir kriegen uns nicht mehr ein.

**04:23**

Super! Haben gerade entdeckt, dass die an der Bar gar nicht bemerken, wenn wir ihnen statt einer Freidrinkmarke eine Gratisgarderobenmarke geben! Wusste, die sind für was sinnvoll!

## SONNTAG, 3. MAI

### 12:20

Haben alle bei Luise geschlafen. Die ist ein bisschen sauer, dass sie die ganze Nummer verpasst hat und raunt gerade mit ihrer üblichen zigarettenrauchgeschwängerten Sonntagmorgenstimme: »Zeig mir sein Facebook-Profil, und ich sag dir, wie cool er ist.«

Ich nehme ihr iPad. Drücke auf dem Bildschirm rum und versuche, KONTAKT mit dem Ding herzustellen. Manchmal habe ich Angst, dass ich multimedial behindert bin.

»Mann, Heli!«, sagt Luise – drückt den einzigen Knopf, den das Ding hat, der aber so gut ins Design eingearbeitet ist, dass ich ihn übersehen habe. Wischt über den Bildschirm. Zack, zack, zack macht sie und huscht dann von Seite zu Seite, und ich denke nur: wow wow wow.

»Ich hätte ihn nach seinem Nachnamen fragen sollen«, sage ich. »Irgendwie fragt man ja gar nicht mehr nach der Nummer. Das ist viel zu privat. Obwohl, ich meine, noch privater ist eigentlich die E-Mail-Adresse. Irgendwie ist man heute nur auf Facebook befreundet. Ehrlich, da haben wir uns geliebt, und ich –«

»Was heißt hier geliebt? Ich dachte, ihr hättet euch nur geküsst?«

»Im Sinne von gesext«, meine ich.

»Hattet ihr schon Sex, bevor ich kam?«, fragt Mia nun.

»Ich meine gesext im Sinne von sexuell angefasst.«

»Ach so.«

»Schade, dass er das Wochenende nicht überlebt hat.

Hast du ihn schon bei Facebook gefunden?«, fragt Mia Luise.

Hat sie. Wir gucken uns sein Profil an, da wir dank gemeinsamer Freundin zwischen ihm und Luise auf all seine Daten Zugriff bekommen. Wie witzig, denke ich noch, dass ausgerechnet Miriam die gemeinsame Freundin ist, denn es ist ja ein ganz klarer Fall von gesellschaftlichem Zwang, dass Luise ihre Facebook-Freundschaft annehmen musste, nur weil sie sie einmal über mich kennengelernt hat. Wieso sonst würde sie sich mit einem dieser schrecklich verbissenen, kleinwüchsigen, ehrgeizigen Mädchen befreunden, die mit mir zusammen studieren und alle die gleiche rahmenlose Brille von Fielmann tragen und bei denen ich mich immer wundere, dass sie nicht alle Elisabeth heißen.

Und dann haben wir eben festgestellt, dass sie mit Alex zusammen ist. Ich Bitch.

**16:12**

Da sitzen wir Mädchen um den Ecktisch im Schlösschen und sind ziemlich glücklich. Wie das meistens so am Tag danach ist, wenn man nicht richtig tief geschlafen hat, sondern stattdessen einfach immer noch betrunken ist. Frage mich, ob mir die Sache mit Miriam schlechtes Karma geben wird, so nach der Theorie. Aber eigentlich dürfte mir nichts passieren, weil ich ja nicht gewusst habe, dass dieser Alex in einer Beziehung ist!

Plötzlich stellt sich jemand zwischen uns und die Sonne. Gegen das Licht kann ich Flexn erkennen, den Runner aus dem Crocket.

»Wow, Mia, du hier?«

»Hallo Flexn, sieh mal einer an.« Ein fieses Lächeln umspielt ihre Lippen. »Wie du weißt, arbeite ich hier.«

Er setzt sich zu uns. Wir stellen lächelnd fest, dass er komplett gestylt ist, so mit protziger Armbanduhr am Handgelenk und gebügeltem Hemdkragen.

Wir reden einfach weiter und versuchen, so zu tun, als wäre er überhaupt nicht da. Während er versucht, so zu tun, als wäre er einer von uns. Da klingelt plötzlich sein Handy, und er schreit: »Alter, hi! Ich sitze hier mit ein paar Freunden im Schwänchen am Oranienplatz. Komm doch auch vorbei. Voll cool hier!«

Wir gucken uns alle an, und jede denkt wahrscheinlich so etwas wie: NOT, du sitzt hier alleine im Schlösschen am Heinrichplatz! Und kriegen uns nicht mehr ein vor Lachen. Der Arme. Jedenfalls kommt dann tatsächlich sein hässlich links alternativ aussehender Freund an und setzt sich zu uns, so als seien wir in echt alle ein großer Freundeskreis. Die beiden passen so offensichtlich nicht zu uns, dass Mia immer wieder entschuldigende Grimassen in unsere Richtung zieht. Aber ich finde, so immer noch halbbetrunken, dass die beiden ganz witzig sind.

Doch dann fängt der Freund, der vielleicht Karsten heißt, an zu erzählen: Er habe gestern als Kellner bei einer Kunstmesse gearbeitet. So einer richtigen mit Eröffnung, exklusivem Buffet, Künstlern, Promis etc. Unter anderem war auch Hanna Kramsch da, von der man ja weiß, dass sie die meisten Marktanteile an der Artfight-Galerie besitzt und seit neuestem auch japanische Künstler managt. Aber am Eingang wollte sie, dass man eine Eintrittskarte für ihren Ehemann zurückbehielt, der nachkommen wollte. Das ging aber nicht, weil es keine Karten gab, sondern nur eine Gästeliste, wo sie plus eine Person draufstand. Und es hätte ja keiner am Eingang erkennen können, wer ihr Ehemann war. Sie konnte auch nicht angeben, zu welcher Zeit er kommen würde. Auf jeden Fall fing sie fast an zu weinen und die Fassung zu verlieren, was allen sehr unangenehm war. So willigten die Türsteher, die sind auch nicht mehr, was sie mal waren, schließlich ein, ihren Mann hereinzulassen, sobald er kam und seinen Namen sagte. Wohl auch, weil sie so bemitleidenswert aussah: ausgemergelt, verbraucht und alt, auf diese übliche Weise, wenn man Abführmittel und Espressodiät miteinander mischt.

Dann sei sie die ganze Zeit mit zwei Rotweingläsern herumgerannt und habe immer wieder an der Tür nachgefragt, ob ihr Ehemann schon da sei.

Wir schweigen. Wissen wir doch alle, dass sie schon vorletzten Winter von ihrem Mann verlassen wurde, der in Immobilien macht. Eines Nachts traf er die Moderatorin der Morgenshow und verlobte sich noch im darauffolgenden Herbst mit ihr.

Die Geschichte macht uns ganz traurig. Weil, die neue Angst ist ja, statt alleine und vom Schäferhund angefressen erst nach drei Wochen tot aufgefunden zu werden: alleine erfolgreich im öffentlichen Leben zu stehen, und die ganzen anderen wissen, dass man keinen Mann hat. Außer vielleicht mal einen, der einen dann aber wegen einer anderen verlassen hat.

Halt, stop, ich spüre wie die allgemeine Gruppenmoral sinkt. »Lasst euch von so was nicht runterziehen«, sage ich. »Wir machen die neue Power-Freundschaftsnummer aus den Neunzigern. Wir haben doch alles, was man will: sehen gut aus, Karriere!«

An diesem Punkt merke ich, wie die beiden mich irritiert angucken. Überdenke kurz meine Worte. »Na gut, Karriere werden wir noch haben. Aber wir haben schon mal uns. Das ist anders als die ganzen anderen Mädchenfreundschaften! Wir sind nie neidisch, sondern unterstützen uns – und Mann, wir sind so verdammt individuell!«

»Individuell ist irgendwie Schwachsinn, ich meine jeder ist individuell«, wendet Luise ein.

»Ja, dann eben unterschiedlich.«

Die anderen überlegen, bis Mia plötzlich grinst und sagt: »Also, ich hab Bock drauf.«

Luise macht noch immer ein zweifelndes Gesicht, legt dann aber ihre Hand auf meine und murmelt: »Ich hab eh nichts mehr zu verlieren.«

Mia schlägt auch mit ein, und die Sache ist geregelt.

## DONNERSTAG, 7. MAI

### 16:28

Wir sitzen wieder an einem dieser wunderschönen sonnigen Frühsommertage im Schlösschen. Sind in Höchststimmung und immer noch ganz angetan von unserem neuen Powerfreundinnen-Konzept. Höre zu, wie Mia Luise die Bedeutung des Bundesligafinales für uns Mädchen erklärt. »Ich habe einen Artikel gelesen, in dem es hieß, man müsse seine Schwächen zu seinen Stärken machen. Und nun weiß ich auch, was damit gemeint war. Es ist nicht blöd, wenn wieder irgendeine Liga anfängt oder WM ist. Erst dachte ich, na toll, alle Jungs weg und wir Mädchen total ausgeschlossen. Aber dann sah ich das Positive darin: Die Jungs sitzen alle aktiv draußen, haben sich aktiv mit ihren Freunden verabredet, sich aktiv betrunken und wollen bestimmt nichts anderes, als sich passiv von uns verführen zu lassen!«

Luise: »Ja, alleine durch das Bewusstsein, dass man an sich benachteiligt ist, kann man mit besonderer Aufmerksamkeit dagegensteuern. Zum Beispiel weiß ich, seit ich zwölf bin, dass ich das schwache Bindegewebe meiner Mutter geerbt habe, und renne nur deswegen die vielen Kilometer jede Woche. So dass ich nun tatsächlich straffere Haut habe als andere.«

Mia schielt neidisch auf Luises dünne Oberschenkel.

»Ja, da ist was dran«, sage ich. »Vielleicht ist das Bundesligafinale das neue satisfying sexual event!«

»Ja, und selbst wenn ihre Lieblingsmannschaft verliert – dann sind die Jungs geknickt und wollen nichts lieber als von uns getröstet werden!«, brilliert Mia.

Schweigen zufrieden in unserer Gewissheit auf baldigen Sex.

»Wisst ihr noch, meine Freundin Birke?«, beginnt Luise dann. »Ich habe sie vor kurzem getroffen, und sie erzählte mir, dass sie ihr Zimmer umgestellt und ihr Bett irgendwie total zentral hingestellt und zum ernsten Mittelpunkt ihres Zimmers gemacht hat. Von wegen Fokussierung und so. Sie hat also Sex zu ihrem Aim Nummer eins erklärt und all ihre Energie darauf gerichtet. Und dann hat sie zwei Tage später einen netten Sportstudenten kennengelernt und so weiter und so fort, und seitdem kommt sie gar nicht mehr raus aus dem Bett.«

Und Mia sagt: »Wie man sich bettet, so fickt man, das weiß doch jeder. Aber schon komisch, dass man eigentlich schon vorher weiß, wann man Sex haben wird, oder? Da ist dann so 'ne bestimmte Grundaufregung, die da ist.«

»Echt?«, fragt Luise. »Weiß ich gar nicht mehr.«

»Luise, ich meine, du lehnst einfach alle Männer ab. Die Ansprüche, die du an sie hast, kann höchstens ein 35-Jähriger erfüllen! Und die wollen wiederum nicht mit einer so Jungen zusammen sein, und wenn doch, dann ist mit ihnen einiges nicht in Ordnung. Ich meine, du wirst ins Berufsleben kommen und richtige Männer treffen.«

»Aber«, mault Luise, »ich finde diese ganzen jungen Typen halt unattraktiv. Ich will nicht, dass sich einer sofort an meinen Rockzipfel hängt. Ich will jemanden, der mich mal anführt, mir mal sagt, was richtig ist.«

## 18:16

Das wäre dann noch ewig so weitergegangen, aber dann mussten wir das Schlösschen schnell verlassen, weil Mia die minderjährigen Münchner Mädchen am Nebentisch angefaucht hat: »Mann, ihr könnt so viel StilinBerlin kopieren, wie ihr wollt, ihr seid trotzdem nicht MadeinBerlin!!«

Aber anstatt Angst zu kriegen oder wenigstens etwas über die typisch unfreundlichen Berliner zu murmeln, stand das Mädchen, das ganz vorne saß, auf und sagte im allerfeinsten Reinickendorfer Akzent: »Pass mal uff, Mäuschen, wenn du mir und meene Freundinnen noch eenmal beleidigst, kriegste eens uff de Fresse!«

Mia war von dieser Reaktion Gott sei Dank so überrascht, dass sie gar nichts sagte und wir es deswegen schafften, sie wegzuziehen.

## SONNTAG, 10. MAI

### 19:30

Luise skypt mich gerade an und erklärt mir, warum es so schwer ist, mehr Wissen zu haben als andere. Sie geht nämlich jeden Tag denselben Weg von ihrer Wohnung zur S-Bahn. Um zu den Bahnsteigen zu gelangen, muss sie eine lange Brücke überqueren. Sobald sie deren Hälfte erreicht hat, schaut sie nach links runter aufs Gleis, um zu gucken, ob vielleicht gleich ihre Bahn kommt. So hat sie es auch heute Morgen getan. Sie sah dabei, dass die S-Bahn gerade einfuhr, und ärgerte sich fürchterlich, denn sie wusste aus Erfahrung, dass sie es von dort nicht mehr schaffen konnte, sie zu bekommen. So stapfte sie ziemlich wütend weiter und ärgerte sich deswegen noch mehr über das junge Mädchen, offensichtlich eine Touristin und zum ersten Mal in Berlin, das vor ihr in einen Stadtplan vertieft lief und sich dabei immer wieder suchend umschaute. Sie überholte es schnell, ging weiterhin laut fluchend die Treppe hinunter und stellte sich dann bibbernd auf den Bahnsteig. Da kam das Mädchen auf das gleiche Gleis wie sie.

Und plötzlich wurde Luise klar: Sie waren beide in der gleichen Situation. Sie waren zur selben Zeit auf der Brücke gewesen, sie wollten beide die gleiche Bahn nehmen, und sie hatten sie beide verpasst. Aber alleine weil das Mädchen nicht wusste, dass es die Bahn knapp verpasst hatte, sondern sogar froh war, dass es die richtige endlich gefunden hatte, war es in einer ganz anderen Stimmung als Luise! Und da ging es Luise schon viel besser, obwohl sie immer noch zu spät zu ihrem Praktikum kam.

Ich lache und stimme ihr zu. »Weißt du noch, die guten Zeiten, wo man ernsthaft so was gesagt hat wie: ›Komisch, ich habe kaum Hunger. Dabei habe ich heute noch nichts gegessen, nur 200 Gramm Nüsse morgens.‹ Weil man noch nicht gewusst hat, dass man sich damit gute 1200 Kalorien reingeknallt hat?«

Schweigen, wir denken beide an diese gute Zeit. Dann schaltet sich Mia dazu, die bis jetzt in der Dreier-Skype-Konferenz geschwiegen hat, weil sie gerade Schicht im Schlösschen hat und nur wegen ihrem Smartphone die ganze Zeit online ist. »Ja, oder wenn der Partner eine Affäre hat, ist alles gut, solange man es nicht weiß.«

Ich bin ein bisschen irritiert, und da meint Luise auch schon, es gebe einen großen Unterschied zwischen Wissen und Wahrheit, und das Schlimme bei einem Betrug sei, dass der Partner einen die ganze Zeit belüge.

Woraufhin Mia eingeschnappt ist, weil die mangelnde Erfahrung in Beziehungssachen ja ihr wunder Punkt ist, und sagt, sie müsse jetzt auflegen, weil noch Gläser polieren.

## MONTAG, 18. MAI

### 10:16

Ich teile mittlerweile alles in meiner Umwelt in *aktiv* und *passiv* ein. Zum Beispiel meine Schuhe. Aktive Schuhe sind Schuhe, die ich öfters trage. Sie stehen jetzt greifbar in dem Regal neben meiner Tür. Während der Rest in einer Truhe liegt und hoffentlich bald auf 'nem Flohmarkt für richtig viel Geld an englische Touristen verkauft wird, weil die denken, die seien *total Berlin*.

Oh Gott, ich trage so viele Schuhe nicht. Eigentlich habe ich die meisten sogar nie getragen, einfach weil sie untragbar sind! Sie entsprachen mehr symbolisch etwas, was ich damals darstellen wollte. Hallo, kann ich bitte die anthrazitfarbenen Stiefel aus brasilianischem Büffelleder zurückgeben und die 170 Euro wiederbekommen? Ich hatte damals ein verschobenes Selbstbild.

Die Zwölf-Zentimeter-Plateaulederschuhe mit den roten Schleifen obendrauf allerdings habe ich aktiv in meinem Zimmer stehen lassen, weil sie mich aktiv daran erinnern, wie ich sie trug, als ich Philipp kennenlernte. Und das ist ja eigentlich das, was Zwölf-Zentimeter-Absätze tun sollen: Typen wie Philipp abschleppen. Und einen *aktiv* an Sex erinnern.

Aua, wie habe ich das nur damals ausgehalten? Ich finde echt, kein Mensch sollte mit solchen Absätzen laufen müssen. Das ist nämlich einfach nicht möglich!

### 14:42

Luise war gestern Abend weg und hat dabei die goldene Uhr verloren, die sie von ihrer Großmutter vererbt bekommen hat. Sie ist jetzt ganz geknickt, weil sie doch dachte, wir hätten alle Weisheiten der Welt entdeckt und so etwas würde uns nicht mehr passieren. Am Telefon erklärt sie ihr Missgeschick damit, dass sie schon wieder Käse von der Party letzten Samstag geklaut hat, was ihr nun schlechtes Karma gegeben habe.

Aber ich sage ihr, ganz ehrlich, alleine von meinem Gerechtigkeitsgefühl her finde ich das nicht verwerflich, weil ja erstens Leute, die Buffets anbieten, das Prinzip Party nicht verstanden haben. Außerdem besitzen sie zweitens anscheinend genug Geld, um so etwas überhaupt zu veranstalten. Deswegen ist das fast eine ausgleichende soziale Gerechtigkeit. Drittens waren das doch eh alles nur Kokser, die nichts Fettiges essen, und Möchtegernmodels, die Sorte, die sich ihre Setcard-Fotos selbst finanzieren muss, und denen hat sie ja sogar geholfen. Irgendwie.

Ich glaube fast, Weggehen ist das letzte Abenteuer, das uns Stadtmenschen noch geblieben ist. Ich meine, da kann dir alles passieren: Du kannst nicht in den Club reinkommen oder dort deinen Ex mit seiner Neuen treffen, den Veranstalter beleidigen, dich backstage reinschmuggeln, nur um enttäuscht festzustellen, dass der Bereich als Angestelltenkabuff genutzt wird. Deine

Garderobenmarke verlieren, deinen Chef betrunken filmen, dich ausziehen, andere beim Entgleisen beobachten, deine Mitmenschen diskriminieren, total ausfreaken, Gläser kaputtmachen, Gläser klauen, feststellen, dass der Typ, auf den du dich 'ne Woche lang gefreut hast, in echt drogenabhängig, schlecht gekleidet, kleinwüchsig ist. Komische Freunde hat oder 'ne Exfreundin, von der er nicht loskommt, und dass es sich noch nicht einmal lohnen würde, jetzt mit ihm nach Hause mitzugehen ...

### 19:12

Mir ist gerade mal aufgefallen, dass alle, wirklich alle Gläser bei mir im Schrank von irgendwelchen Alkoholmarken sind und ich die aus den Clubs geklaut habe. Mir gibt das zu denken.

## MITTWOCH, 20. MAI

### 21:12

Bin gerade statt beim Bioladen Grüne Rübe beim großen Markendiscounter im Einkaufszentrum, da kann ich nämlich nach acht noch einkaufen. Man hört ja schon an den Worten, dass mein ästhetisches Grundverständnis mir sonst verbietet, dort einzukaufen. Aber Luise und ich haben festgestellt, dass da die bestaussehenden Jungs einkaufen. Außerdem spricht die Uhrzeit dafür, dass sie entweder tagsüber bei einem Praktikum sind oder vielleicht sogar schon einer Arbeit nachgehen. So würde ich um elf Uhr morgens zum Beispiel nur Studenten, Arbeitslose oder Autoren (arbeitslose Studenten) treffen. Genauso wie man mittwochnachts beim Weggehen im Crocket nur Freelancer und Junkies trifft, zum Beispiel meine Freunde aus der Medienwelt.

Überlege dann, dass es tatsächlich immer wieder Lebensmittel gibt, die ich kaufe, weil ich denke, ich könnte sie irgendwann mit einem Typen essen. Also, sollte so eine Situation mal kommen. Dann aber immer wieder feststelle, dass die Aufbackcamemberts, tiefgekühlten Lammfilets, Marmeladen aus Quittenessenz einfach nur die ganze Zeit bei mir zu Hause rumliegen, und die Situation kommt nicht! Sondern nur der Moment, wo ich alles auf einmal aufesse. Donnerstagmorgens, aus dem Crocket wiederkommend. Als ich mich zum Beispiel irgendwann mal in John-den-geilen-Engländer verliebt hatte, da kaufte ich eine Sojamilch Vanille für 1,89 €, oder wie unverhältnismäßig teuer die sind, weil ich wusste, dass er eine Laktoseintoleranz hat. Um nun folgenden logischen Gedankengang aufzuschlüsseln: Wenn er bei mir morgens mal aufgewacht wäre, hätten wir damit den Kaffee trinken können. Gott, ich meine, was ist nur los mit uns Frauen?

Gerade, als ich darüber philosophiere, wo die Sojamilch eigentlich sein könnte oder ob Kati sie vielleicht schon wieder ausgetrunken hat, erkenne ich plötzlich Alex ein paar Meter vor mir. Will auf ihn zugehen, da sehe ich, dass Miriam neben ihm ist! Springe sofort hinter die Tomatenkisten und beobachte sie durch die Gartenkräuter hindurch. Die laufen da nicht rum, die schlendern! Arm in Arm, und Miriam grapscht im Vorbeigehen auch noch immer irgendwelches Gemüse an und legt es dann wieder zurück. Ich hasse solche Leute.

Deswegen renne ich dann los, gebückt, umrunde die Konservenabteilung, nehme den langweiligen Weg am Tierfutter vorbei, den ich sonst vermeide, und flüchte in die Dr.-Oetker-Fertigteigmischungsabteilung. Da ist nämlich nie jemand, weil es sich einfach nicht mehr lohnt, selber zu backen, wo doch jede der sechs türkischen Bäckereien in meiner Straße billiger ist. Und gerade, als ich mir überlege, warum Mondamin eigentlich so eine verstaubte Ostoptik hat, da kommen die zwei an, sich weiterhin zärtlich an den Händen haltend. Ich erstarre. Hoffe, mit Ostoptik zu verschmelzen. Miriam greift zu den Schokoladenstreuseln, an mir vorbei. Sieht mich dann aber doch. Schafft es, so zu tun, als würde sie sich freuen, mich zu sehen. Ich grinse breit, kann in echt aber nicht fassen, dass sie die Schokoladenstreusel in den lustigen Herz- und Blumenformen gegriffen hat, weil das absolut meine Phantasie ist, nämlich zu den Lebensmitteln gehört, die ich kaufe, sobald ich einen Freund habe!

Alex daneben steht peinlich berührt da, hat er doch erst am vorvorletzten Wochenende mich und Mia mit seinem erigierten Penis aufgeteilt. Habe große Lust, penisähnliche Fertigteigrollen vor mir herzuschwenken und Penissituation nachzustellen. Er fragt mich dann, was ich hier mache. Und zwar ganz klar mit einem diskriminierenden *Hier*. So ein *Hier*, in der lustigen Perlen- und Pancakeabteilung sind nur glückliche Familien und andere der Steuerklasse III oder frischverliebte Pärchen wie wir, die nachher einiges mit kandierten Kirschen anstellen werden. Und du, Heloise, Single-in-Ewigkeit, hast *hier* absolut nichts zu suchen.

Ich ignoriere ihn aber, beuge mich stattdessen zu Miriam. »Na ja, du weißt schon, ich habe da so was mit jemandem ...« Stupse sie mit dem Ellbogen an. Sage dann wirklich: »Shaker, shaker.« Zwinkere. »Und heute backen wir was zusammen für seine kleine Schwester. So ...!« Lade mir wahllos ein Riesensammelsurium an Schokotröpfchen, Mokkabohnen und Zuckerblümchen auf die Arme, rufe mit einem lebensfrohen und tiefe Zufriedenheit ausstrahlenden Lachen: »Ciao!« und eile zur Kasse. Jetzt habe ich für 18 Euro lauter Schwachsinn gekauft, nur keine Milch, weswegen ich überhaupt einkaufen gegangen bin. Und das bedeutet wiederum, dass ich morgen früh keinen Kaffee trinken kann, sondern mir im Erste-Klasse-Abteil der Deutschen Bahn eine Scheißkaffeespezialität für einen Scheißeuro kaufen muss, und das ist doch irgendwie nicht fair.

## FREITAG, 29. MAI

### 13:47

Sitzen alle im Café und machen Reisepläne.

»Was hast du eigentlich Geheimnisvolles in Barcelona gemacht?« Luise schaut Mia fragend an.

Die guckt erst weiter auf den Tisch, atmet dann langsam tief ein, blickt kurz aus dem Fenster und dann uns beiden starr in die Augen. »Ich habe mich am Institut del Teatre beworben. Für Schauspiel.«

»NEIN, hast du nicht!«

»Hab ich.« Sie grinst breit. »Und ich bin in die Vorauswahl gekommen. Wenn ich eine Runde weiterkomme, fahre ich in drei Wochen wieder zum Vorsprechen hin. 80 Leute, neun Plätze.«

»Englisch!«, brülle ich hinein.

»Wie bitte?«

»Du hattest Englisch als Leistungskurs!«

»Ja, aber nur, weil ich in der zehnten Klasse in Amerika war.«

»Stimmt, ich meine das Einzige, was du freiwillig in der Schule gemacht hast, war die Theater-AG bei der nach Patschuli muffelnden Frau Hanker-Krölsch. Heißt das, wenn du angenommen wirst, dann gehst du von hier weg?«

Das ist doch unmöglich, Mia ist immer hier gewesen.

»Dann –«, sie zögert. »Ja, wenn ich genommen werde, dann ziehe ich nach Barcelona. Ich muss aus dieser Stadt weg. Ich meine, hier bin ich nur ein Teil der Berliner Arroganz, die nichts anderes geleistet hat, als sich hier gebären zu lassen.«

»Ja, natürlich ziehst du dann nach Barcelona«, pflichtet Luise bei und guckt mich strafend an. »Wir finden das so gut, dass du das machst! Du hast endlich dein Ding gefunden!«

»Ja, natürlich finden wir das so gut«, sage ich verärgert, weil ich von ihr immer in diese Ecke gedrängt werde, von wegen nur emotional handeln und nicht rational denken. »Aber sie zieht auch nach Barcelona, oder nicht? Das heißt: weit weg. Du kommst doch jetzt erst wieder, wir sind gerade erst wieder zusammen. Guckt euch den Spaß an, den wir haben!«

»Und ich hätte aus dir beinahe eine Berliner Barschlampe gemacht«, sagt Mia grinsend und kneift mich in die Wange.

»Ja!«, heule ich los. »Und jetzt werde ich zur Über-Streberin, und Luise wird mich jeden Tag zwingen, zur Uni zu gehen.«

Wir schweigen.

»Was hast du eigentlich vorgespielt?«

»Shakespeare, Hippolyta. Königin der Amazonen.« Sie grinst.

»Oh, wie schön, und musstest du auch was singen?«, sagt Luise.

»Chor!«, schreie ich dazwischen. »Im Chor warst du auch noch freiwillig. Du warst freiwillig in zwei AGs, alleine das Wort Arbeitsgemeinschaft hätte dich sonst kotzen machen wollen! Dass du da nicht eins und eins zusammengezählt hast!«

»Manchmal steht man sich selbst im Weg.« Sie schaut uns an. »Wisst ihr, Luise macht ihr sozialwissenschaftliches Politikstudium, du dein Kulturdingsda. Da war es gar nicht leicht, an etwas zu glauben, das darin besteht, Figuren nachzuspielen.«

»Aber nein, wir lieben Schauspiel! Wirklich!«, schreien wir.

»Ja, wirklich, glaub mir«, sage ich dann, »ich wäre viel lieber einfach nur geilaussehend, anstatt dass ich weiß, wann per definitionem Kunst Kunst ist.«

»Ab wann ist Kunst Kunst?«

»Sobald eine andere Person außer dir das sagt.«

Mia überlegt kurz. »Das ist doch Schwachsinn. Kunst ist dann Kunst, wenn andere Leute gar nicht erst überlegen müssen, ob das jetzt Kunst ist.«

»Ernsthaft. Wir glauben an dich.« Luise legt ihre Hände auf Mias. Ich lege meine obendrauf.

»Also, dann steht es fest: Wir fahren diesen Sommer weg. Dann haben wir noch den ganzen Juni, um zu planen.«

»Na ja ...« Luise zögert. »Eigentlich haben wir nur die nächste Woche, um zu planen. Ich muss noch mal zurück nach London, wegen einer großen Teamparty.«

»Okay, das heißt, wir haben dieses Wochenende schon mal nicht. Also das Wochenende darauf, oder? Dann haben wir ab dann genau eine Woche Zeit zum Planen.«

# JUNI

## SAMSTAG, 13. JUNI

### 13:11

Sind in der S-Bahn auf dem Weg zu einem Rave, der in einem Waldgebiet in Karlshorst, sprich tiefster Osten Berlins, stattfindet, ohne dass das irgendjemand von uns hinterfragt hat. Luise, Mia und ich sitzen einfach nur entspannt da und sehen durchs Fenster, wie die Sonne auf die vorbeiziehenden Industriewerkhöfe scheint. Ich denke darüber nach, wie schön das Wort *cemetery* ist.

Es gibt nur eine Sache, die die ganze Harmonie stört. Eine von Mias Kolleginnen, Melissa, ist mit dabei. Sie plappert munter vor sich hin, ohne Pause und ohne zu bemerken, dass keiner der Erwachsenen ihr antwortet. Sie ist neu in der Stadt, welche Überraschung, denn sie wollte schon immer nach Berlin, und ausgerechnet Mia hat Mitleid mit ihr bekommen, als ich gestern bei ihr im Schlösschen stand und vom Rave berichtete. Denn Melissa hat währenddessen immer wieder nachgefragt und Kommentare eingeworfen, so von wegen: Oh wow, illegaler Rave! Draußen? In der Sonne! Wie schön, da wäre ich so gerne dabei! Und mit ihren scheißbraunen Augen geklimpert. Ich freute mich diebisch, als ich sah, dass Mia den Mund aufmachte, um etwas zu sagen, denn ich dachte, so kleines Zuzo-Mädchen, Achtung, jetzt lernst du mal die Berliner Schnauze kennen. Aber statt dass was Witziges kam und sie das Mädchen voll beleidigte, lud Mia sie noch dazu ein.

Steigen aus an einem Güterbahnhof, der aussieht, als wäre er in Brandenburg – und nicht nur deswegen kaum benutzt. Nun ist er gefüllt mit lauter jungen Menschen, die Bierflaschen in den Händen halten, neonfarbene Kleidung anhaben und Leinenbeutel tragen, aus denen laut Musik tönt. Die Obdachlosen auf der Bank staunen nicht schlecht. Laufen in kleinerer Runde hin zum Rave. Stehen gerade an einer Ampel, da sagt Melissa: »Eltern sollten sich bedanken, wenn man bei Rot stehen bleibt.«

»Was?«, fragt Mia, eher aus Höflichkeit als Interesse.

»Wenn ich an einer roten Ampel stehen bleibe, weil ich sehe, dass gegenüber eine Mutter mit ihrem Kind steht, dann will ich, dass die sich nachher bei mir bedankt! Weil ich mache das ja nur für die!!«

Ich glaube fest daran, dass all diese gutaussehenden Mädchen und auch diese Musen à la Uschi Obermaier, Brigitte Bardot etc. so sind: niederträchtig, dumm, egoistisch bis zum Get-no und im Allgemeinen hundsgemein. Die besitzen gerade die Art von Bauernschläue, Meinungen und Worte anderer aufzugreifen und wiederzugeben, mehr nicht.

Mia weiß auch keine Antwort auf so was, wechselt deshalb das Thema. »Es wundert mich, dass einen auf Raves immer alle fragen, wie es einem geht. Das ist echt die erste Frage: Wie geht es dir? Dabei antworten doch sowieso alle immer nur mit: ›Gut!‹«

Und ich helfe ihr und sage: »Ja, die ganze Ravekultur ist zu einem Scheißwohlfahrtsding geworden, so viele Menschen wie mich nach meinem Wohlbefinden fragen.«

Erstaunlich überhaupt, dass sich gerade die Ravekultur durchgesetzt hat, überlege ich. Als Kind fand ich diese ganzen Ossis mit den gegelten blauen Stachelhaaren und diese dürren Frauen mit solariumgebräunter Haut und dazu noch Plastikblumen im Haar immer schrecklich! Und damals wusste ich noch nicht einmal, wie drauf die waren!

Sind oben auf einem Berg angekommen, überblicken das ganze Gelände. Gefühle von Stolz durchfahren mich auf unsere engagierte Jugend, die etwas so Positives wie sich in der Natur treffen, Musik hören und dazu tanzen zustande bringt, und verdrängen den Satz, der seit einiger Zeit in meinem Kopf spukt, von wegen: Das ist schon verrückt, es ist Samstagvormittag, wir irgendwo in einem Randgebiet von Berlin-Karlshorst, und nun nehmen wir alle Drogen und tanzen so lange, bis die Polizei es auflöst.

Werde dann aber voll mitgerissen von vorherrschender Energie und stürme Mia und Luise nach, die sich schon zu den ganzen anderen halbnackten Menschen in die Grube gestürzt haben. Auf halbem Weg fällt mir noch ein, dass ich auf der Decke von den Bekannten von Mia, wo wir uns kurz niedergelassen hatten, meine Zigarettenschachtel vergessen habe, die so voll war, dass nur noch Platz fürs Feuerzeug. Ist mir dann aber egal, weil seit die Ravekultur zum Wohlfahrtsding mutiert ist, ich mich ja immer durchschnorren kann. Tanzen dann ein, zwei Stunden in der Sonne. Haben Prinzip Rave ja komplett verstanden und angenommen.

»Baby, wir vertanzen gerade unsere Zukunft!«, schreit Mia, einen Erdhügel über mir, mir immer wieder zu. Und ich stehe unter ihr, strecke meine Arme in die Luft und schreie zurück: »Ich weiß, ich weiß!«

Auch Melissa ist übergut drauf, tanzt in ihrem pinken Latex-Sportbody auf einer umgedrehten Blechwanne und teilt allen mit, die es hören wollen, dass Raven das neue Aerobic ist. Ich muss darüber lachen, sie lacht mich an, und da hat Techno es geschafft, mich mit diesem komischen Mädchen zu verbinden.

Kommen erschöpft und mit roten Backen vom Sonnenbrand zur Decke von Mias Freunden zurück. Da sehe ich, dass meine Schachtel am gleichen Platz liegt, wo ich sie Stunden zuvor vergessen habe! Hätte irgendwie gedacht, die ganzen Junkies würden sich nur auf so was stürzen. Ich meine, jeder Alki im Schlösschen hätte das mit Sicherheit gemacht.

Vielleicht sind die Raver der 2000er die neuen Hippies der 70er? Denke ich so in dem allgemeinen *Ist-das-neue-Schwarz*-Jargon, den wir gerade alle reden. Will dann dem Typen mit den verfilzten Haaren und dem einen gelbgeschminkten Auge neben mir mein Karma-Prinzip erklären, von wegen dass du es selbst erzeugst – was heißt, wenn du aus Versehen etwas Schlechtes tust, kriegst du davon kein schlechtes Karma. Wenn du es aber mit Absicht tust, dann wird schon allein dein schlechtes Gewissen dich dazu bringen, dass dir etwas Schlechtes passiert etc. –

Da klingelt mein Handy. Habe sofort ein schlechtes

Gefühl, da ich sehe, dass es Bornerds Nummer ist. Denke dann aber: Es ist Samstag, ich bin freiberuflich, was heißt halb arbeitslos, ich darf hier sein! Außerdem findet er einen Rave wahrscheinlich noch eine gute Sache, von wegen ich soll doch jetzt in Richtung Musikabteilung des *Weltmeisters* gehen.

Und tatsächlich, er sagt, ich solle ein Interview mit Nicolas Night machen. »Du weißt inzwischen, wer das ist, Lise?«

»Äh«, alles bedeutender Laut meinerseits.

»Das ist einer der drei bekanntesten DJs Deutschlands, ja? Seit fünfzehn Jahren aktiver DJ in der Moulan Mongo Crew«, erklärt er mir in einem Tonfall, als sei ich schwer von Begriff.

Na toll, denke ich, ein Junkie. Aber das wird ein leichtes Spiel. Werde morgen den ganzen Tag recherchieren. Heute schaffe ich das nicht mehr, bin zu betrunken von Weißwein und Sonne.

»Also 16 Uhr«, schreit Bornerd gegen den Lärm der Musik in meinem Hintergrund an.

»Heute? Du meinst, jetzt gleich?«, frage ich verwirrt.

»Klar, was dachtest du? Kannst du nicht?« Seine Stimme wird spöttisch. »Fliegt Madame nach Indien?«

»Sehr witzig, klar kann ich!« Dass er da immer noch drauf anspielt! »Dachte nur, ich bräuchte vielleicht ein bisschen Zeit zur Vorbereitung?«

»Wenn dir das zu viel wird, dann frage ich Sharmaine«, ist seine Antwort. »Die ist ganz wild auf DJs.«

Das kann ich mir vorstellen, denke ich. Kann nicht glauben, dass er mich nach zwei Jahren zusammen verbrachtem Arbeitsleben immer noch »Lise« nennt, es dafür aber schafft, sich ihren Namen zu merken, was noch nicht einmal ich kann. Ich meine, Sharmaine, wo kommen wir denn da hin?

»Nein, sims mir die Adresse. Ich mach das«, beende ich schnell das Gespräch, denn auch wenn ich gerade jedes Gefühl für Zeit vertanzt habe, weiß ich, egal wie spät es ist, ich habe jetzt schon zu wenig davon.

»Miiiaaa!« Ich renne los und finde sie direkt vor der Hauptbühne stehend. Neben ihr Melissa, die auf einem kleinen quadratischen Papierfetzen etwas Weißes mit einer Bankkarte zerkleinert. Aber ich habe keine Zeit für Moralpredigten, mir ist eher nach: Gib mir dein ganzes Koks, damit ich schaffe, das jetzt durchzustehen!

Ziehe stattdessen Mia an den Rand der Tanzfläche, sie folgt mir widerwillig und sieht sich dabei immer wieder um, um Melissa im Auge zu behalten. Ich erkläre ihr schnell die Lage.

»Nein! Nicolas Knight! Das ist ja so krass!« Sie blickt mich neidvoll an.

»Findest du?«, frage ich irritiert.

»Heli, du weißt schon, wer das ist, oder?«

Entschuldige mal bitte, könnten wir jetzt alle aufhören, so zu tun, als würden wir DJs ernsthaft als interessante Persönlichkeiten wahrnehmen? Und sich diese bescheuerten Namen merken, als gehöre es zum Allgemeinwissen? Ich meine, es ist ihre Aufgabe, Platten aufzulegen. Jemand, der so etwas als Arbeit tut, hat mit Sicherheit erstens kein Studium, ist zweitens mit vierzig komplett durch, drittens taub und hat obendrein noch 'ne große Chance auf AIDS, denke ich.

»Das ist der von *Rhythm Is River* oder *Feel, Fail, Fall.*« Sie fängt an, eine monotone Melodie zu summen.

»Nee, kenne ich nicht. Wahnsinnstitel. Wann soll das denn ein Hit gewesen sein?«

»Kein Plan, 1997?«

»1997? Da war ich in der Grundschule, und mein Vater fand schon die Backstreet Boys zu kommerziell.« Ich haste weiter. »Auf jeden Fall habe ich jetzt gleich ein Interview mit ihm. Mein Handy hat hier im Scheißosten kaum Empfang, also sag mir, was weißt du über ihn?«

Sie überlegt. »Hmm, ich glaube, der ist in Dortmund geboren, aber schon seit Mitte der Neunziger hier. Er dürfte so um die fünfunddreißig sein. Zusammen mit diesem Model, vergessen wie die heißt, aber man kennt sie aus der Handywerbung.«

Mit Models ist das nämlich auch so, dass da plötzlich alle den Namen wissen. Models und DJs passen echt gut zusammen. Beide ungebildet, nur bis zu einem begrenzten Alter hin arbeitsfähig, mit Sicherheit koksabhängig und im Allgemeinen inkompatibel mit allem, was ich mir als Lebensziel gesetzt habe.

**16:37**

Bin los, fahre ans Paul-Lincke-Ufer. Interview ist anscheinend direkt bei ihm zu Hause. Hätte schwören können, er wohnt in Mitte. Egal, den werde ich einstecken.

Ich suche eine kurze Zeit lang das Haus, in dem es stattfinden soll, bis ich verstehe, dass er in einem dieser Fabrikhinterhöfe wohnen muss. Baue gerade Aggressivität auf, weil er anscheinend eine von diesen Wohnungen hat, wo alle denken, sie seien typisch für Berlin. Diese riesigen Lofts, die lichtdurchflutet sind und drei Euro warm der Quadratmeter kosten. Der Typ kommt aus dem Ruhrpott, kriegt so was, und ich Berliner Mädchen muss hinten im Neuköllner Hermannstraßen-Ghetto mit zwei absoluten Idioten zusammenwohnen!

Da sehe ich im Augenwinkel, außerhalb meines aktiven Sehradius, einen Mann auf mich zukommen. Ich registriere unterschwellig, dass er braune Haare hat, und schaue deswegen zu ihm hin. Das ist der Typ von Silvester, der Handschuh-Mann!

»Der Handschuh-Mann!«, schreie ich ihn an.

Er blickt irritiert, starrt mich eine Weile an, lacht dann auf. »Das Lammleder-Handschuh-Mädchen. Was machst du hier?«

Wir gehen weiter, beide in die gleiche Einfahrt hinein.

»Ach, ich muss so einen dummen DJ interviewen. Ich meine, was ist plötzlich los, dass alle auf DJs stehen? DJs sind nicht das, was die Boygroups in den Neunzigern für uns Mädchen bedeuteten! Sowieso, die sind so was wie die De-Industrialisierung eines CD-Players! Die Rückwärtsorientierung von Maschine zu Mensch!«, setze ich nach und finde mich ziemlich witzig.

Erst kommt keine Reaktion von seiner Seite.

Dann fragt er: »Du arbeitest beim *Weltmeister Magazin*?«

»Boah, woher weißt du das?« Hatte er etwa im Internet nach mir gesucht?

»Hi, ich stelle mich mal vor: Nicolas Knight aka de-industrialisierter DJ bei der Moulan Mongo Crew.«

Arg.

Argh.

Bornerd wird mich feuern.

Außerdem gerade Liebe meines Lebens versaut.

»Na ja, nehmen wir mal Spätis«, redet er weiter. »Die sind ein gutes Beispiel dafür, dass es manchmal Sinn macht, wenn Menschen Maschinen ersetzen. Stell dir mal vor, wir hätten für jedes Produkt in einem Spätkauf einen Automaten!« Er nimmt das ganz locker. Und wie witzig er ist! Kriege dennoch vor Scham erst mal kein Wort mehr heraus.

Gehen beide schweigend hinauf zu seinem Loft, hoch oben im vierten Stock. Dass sich dieses Ostwort *Spätkauf* durchgesetzt hat, überlege ich gerade in meiner üblichen Verdrängungsreaktion, während er die Tür aufschließt. Dann treten wir in seine Wohnung ein.

Da stehen schon eine Menge Leute im Raum. Ich erkenne Stylistinnen, eine Make-up-Artistin – ich beschließe, sie nachher unbedingt zu fragen, woher sie eigentlich die Dreistigkeit nehmen, ein »Artist« an ihren Kosmetikerjob ranzuhängen –, dann noch ein komplettes Kameraset plus Kameramann, ein Yuppie im Anzug mit Handy am Ohr, ganz offensichtlich der Manager, die Pressetante. Man erkennt echt überall die Pressetanten. Die armen, ausgemergelten Mittdreißigerinnen, immer mit einem Riesenhaufen Papier in den Händen, Headset um den Hals und dick überschminkten Augenringen. Mir hat keiner gesagt, dass das Interview aufgezeichnet wird! Muss Bornerd wohl vergessen haben zu erwähnen. Dachte nämlich eher so was in Richtung: Ich mache ein kleines, achthundert Wörter langes Interview mit einem Kerl, der seit zwölf Jahren aktiv Heroin nimmt und kaum einen Satz bilden kann. Und nicht so etwas wie das hier, komplett unvorbereitet, und das auch noch mit dem Mann, von dem ich seit einem halben Jahr denke, dass er der Richtige für mich ist! Was hat Mia noch einmal über ihn gesagt? Alles vergessen! Egal, ich habe vorurteilshaft einen DJ stilisiert, und das hier ist nun die Strafe dafür.

Wir werden einander gegenübergesetzt, ins richtige Licht gerückt, dann fragt man mich, ob ich nicht meine Unterlagen brauche. Ich sage nein. Denn ich habe ja keine. Sitze da. Das Scheinwerferlicht brennt auf mein Gesicht. Ich kann erkennen, wie er mich neugierig mustert. Gott, Heli, denk nach, sei kreativ! Die erste Assoziation, die dir einfällt. Handschuh-Mann, Handschuh-Mann –

»Also, Nicolas, wir machen ein Assoziationsinterview, ja?«

Stille, alle gucken uns an. Sie haben aufgehört zu arbeiten. Der Manager steht auf und fragt: »Ein was, bitte?«

Die Pressetante raschelt nervös mit ihren Unterlagen.

»Ein Assoziationsinterview«, schaffe ich herauszupressen. »Wir legen die Hände aneinander, schließen die Augen, und dann fange ich mit einem Begriff an.«

Ich strecke die Hände nach vorne, schließe die Augen und hoffe, dass Nicolas mitmachen wird. Wenige Sekunden später spüre ich, wie seine Hände meine berühren. Ich blinzle kurz auf und kann erkennen, dass er die Augen geschlossen hat. Und lächle.

Ich fange an. »Silvester.«

Er: »Mit i geschrieben, nicht mit y.«

Ich lache. »Daniela Maischberger«, das war das Playmate des letzten Jahres.

»Zweijährige Tochter zu Hause, weil sie Sex auf der Toilette mit DJ Kraft hatte.«

Ich weiß, alleine für dieses Detail hat sich das Interview schon gelohnt. Mache weiter: »Charlottenburg.«

Er: »Ich, in drei Jahren, Kinder.«

Ich grinse freudig.

Das wird echt genial. Genau die richtige Mischung aus privaten Details und Sex in der DJ-Szene, ohne so platt zu sein wie eine Klatschkolumne. Das geht vielleicht fünfzehn Minuten lang, danach prusten wir mit vor Anstrengung roten Backen los. Der Manager klatscht in die Hände.

Nicolas lacht wieder mit seinem schönen Lachen auf. Grinst mich an und rutscht dann mit seinem Stuhl näher an meinen heran. »Assoziationsinterview, ja?«

»Ha, ja ...« Ich lache auch. »Tut mir leid, ich war nicht richtig vorbereitet.«

»Es war charmant und neu. Ich denke, die Art von Interview wird sich durchsetzen.«

»Was? Meinst du?« Daran hatte ich gar nicht gedacht, also an Erfolg, meine ich.

»Du bist also Journalistin, ja? Ich wollte auch immer schreiben.«

»Echt? Ja, seit zwei Jahren«, sage ich stolz.

»Wirklich, ich wünschte, ich könnte das.«

Wir unterhalten uns weiter, während die anderen alles wieder abbauen. Und er sitzt da, nur mit mir, und wir lachen, und wir reden und kommen von einem Thema aufs nächste. Irgendwann mal kommt sein Manager zu uns und fragt, ob wir uns kennen. Und Nicolas sagt, ja, ich sei eine alte Freundin. Der Manager guckt mich ungläubig an. Und ich grinse glücklich.

## SONNTAG, 14. JUNI

### 09:09

Anruf Luise. Ich gehe besoffen ran.

Sie redet sofort los: »Heloise, habe dich gestern nicht erreicht. Wollte dir nur sagen, Mia hat die komplette Reise für uns rausgesucht! Du wirst es nicht glauben: Castle of Mey, in der Grafschaft Caithness. Schottland, weißt du? Es ist eins dieser alten Schlösser, direkt an einem See. Ich meine, wir werden nur in Baumwollnachthemden rumlaufen. Mia, ich, du, Whiskey.«

»Luise«, unterbreche ich sie wispernd. »Ich rufe dich in einer Minute zurück, ja?«

Lege auf, schiele nach links, ob Nicolas wach ist. Scheint, als ob er noch schläft. Ich schleiche mich leise aus dem Bett, schließe mich im Bad ein. »Luise, ich bin's wieder«, flüstere ich.

»Wo zum Teufel steckst du?«, zischt sie zurück.

»Ich bin bei Nicolas Night.«

»Bei wem?« Ihre Stimme ist nun wieder normal laut.

»Bei Nicolas Night. Dem DJ von der Moulan Mongo Crew!«, sage ich stolz. »Er ist einer der drei bekanntesten DJs Deutschlands!«

»Aha. Und ich kenne alle drei nicht«, sagt sie. »Ein DJ ist ein DJ ist ein DJ.«

Sie hält kurz inne, als würde sie ihren eigenen Worten nachlauschen. »Und was machst du da?«

»Weißt du noch, wir waren doch gestern mit Mia auf diesem Rave. Da rief plötzlich Bornerd an und sagte mir, ich würde als zweite Chance das Music-Special-Interview kriegen! Und das hatte ich dann gestern Abend. Mit Nicolas Night!«

»Und dann bist du gleich mit ihm ins Bett gegangen?«

»Äh, ich ...« So ist das nicht gewesen. Mir fällt nur das Detail nicht ein, das alles ändert.

»Macht man so Karriere bei euch in der Musikbranche?«, fragt sie spitzfindig. »Bei mir würde es nämlich an diesem Punkt aufhören.«

»Ich ...« Mein Gehirn funktioniert eher schwerfällig.

»Heli, hast du eigentlich gehört, was ich davor gesagt habe? Mia fragt, ob sie buchen soll.«

»Ah, er kommt. Ich muss auflegen!«

Vor lauter Panik schmeiße ich das Handy von mir weg. Es fällt scheppernd auf den Boden.

»Alles okay bei dir da drin?«, fragt Nicolas durch die Tür.

»Ja-ha, alles supi!«, zwitschere ich. Verdammt, ich habe vergessen, Luise zu erzählen, dass Nicolas der Handschuh-Mann ist. Das verändert nämlich alles, weil es heißt, dass ich ihn schon mal gesehen hatte, äh, bevor ich dann sofort mit ihm schlief. Öffne langsam die Badtür, schmule hinaus. Er sitzt nun ein paar Meter weiter auf dem Sofa, hantiert mit seinem iPhone. Überlege, ob es irgendwie einen Weg zurück zum Schlafzimmer gibt, wo meine Sachen liegen, ohne nackt an ihm vorbeizumüssen. Gibt es nicht. Ich kneife die Lippen zusammen, damit auch kein Atemstoß mich verrät, und gehe los, leise von Zehenspitze auf Zehenspitze tretend. Genau als ich auf Höhe des Couchtisches bin, blickt er auf. Starrt mich einen Moment lang irritiert an. Ich stehe da. Nackt, mit mittlerweile knallroten Wangen vom Luftanhalten.

»Alles okay?«, fragt er noch mal. Ich muss erst einmal die Luft herausprusten. Kriege ein »Klar« als Antwort herausgewürgt. Aber da blickt er schon wieder auf sein Scheißphone. Hallo? Ich stehe nackt vor ihm! Ich habe vielleicht nicht gewollt, dass er mich ansieht – aber wieder weggucken? Oh Gott, ist er es etwa gewohnt, dass wildfremde Frauen nackt bei ihm rumlaufen?

Nutze die Gelegenheit auf jeden Fall, um locker springend ins Schlafzimmer zurückzukommen und mich anzuziehen. Suche dabei angestrengt nach irgendwelchen Dingen, die mir verraten, ob er noch mit der Model-Freundin zusammen ist oder nicht. Stelle nur fest, dass er erstaunlich hässliche Sonne-Mond-und-Sterne-Bettwäsche hat. Die ist mir gestern gar nicht aufgefallen. Sowieso, irgendwie hat sich die Atmosphäre verändert.

»Hi!« Ich lehne mich locker an den Türrahmen. Versuche, an seiner Körperhaltung zu erkennen, wie es jetzt weitergehen soll.

Er blickt nach einer kurzen Zeit zu mir auf. »Alles okay bei dir, ja?«

Ja, Spast, immer noch alles okay bei mir, denke ich.

Dass jetzt schon wieder diese Scheiß-Wohlfahrts-Ravenummer kommt.

Er guckt wieder weg. Ich bleibe stehen. Er guckt mich wieder an. Offensichtlich irritiert, dass ich irgendwas nicht mache. ABER WAS SOLL ICH DENN JETZT MACHEN? Er entscheidet sich für etwas, von dem er vielleicht denkt, dass ich es will. Steht auf, geht auf mich zu, gibt mir einen kurzen Kuss. Nimmt mein Gesicht in seine Hände. »War schön gestern, ja?«

Man muss nicht Germanistik studieren, um zu erkennen, wie bedeutsam es ist, dass er *war* anstelle von *ist* sagt. Entscheide mich, selber zu handeln. »Du, ich muss jetzt gehen, weißt du? Das Magazin, Univorbereitung?« Setze dann aber noch ein »Oder?« nach.

»Ehm, ja, mach das, klar, verstehe ich. Ich habe auch einiges zu tun«, sagt er zu seinem Handy. »Ach, Scheiße. Ich fliege ja heute nach Monaco.«

»Äh, ja. Na dann.« Ich gehe zur Tür. Kurz bevor ich sie erreicht habe, kommt er mir noch einmal nach und küsst mich.

»Ciao.« Ich lächle ihn an und gehe. Gleichgewicht wiederhergestellt.

»Tschüss, Lise.«

…

Autsch.

*Oh no, he didn't!* Nicht schon wieder die Lise-Nummer.

Stehe überverwirrt am Kottbusser Damm. Wie man sich halt immer fühlt, wenn man total betrunken gewesen ist, wilden Sex gehabt hat und wegen beidem kaum schlafen konnte. Aufgekratzt, überglücklich, am ganzen Körper durchfahren einen Schauer, aber man kriegt keinen klaren Gedanken hin. Schicke erst mal SMS an Mia und Luise mit Notruf, dass ich im Schlösschen sitze und sie dringend brauche.

**10:37**

Luise kommt als Erste. Ich erzähle ihr noch mal im Schnelldurchlauf, was gestern passiert ist.

»Also bist du nun gegangen, oder wollte er, dass du gehst?«, fragt sie und setzt dieses strenge Gesicht auf, das sie schon als Klassensprecherin immer gemacht hat.

»Na ja, die Stimmung war eher nach gehen. Deswegen bin ich gegangen.«

»Also du wurdest gegangen«, stellt sie wissenschaftlich korrekt fest. »Und dann hat er dich auch noch Lise genannt.«

»Bornerd nennt mich auch Lise«, versuche ich Nicolas, meiner Würde und meiner Hoffnung zu Hilfe zu kommen.

»Bornerd ist unser Feind, Heli. Alles, was er tut, ist ein Beispiel für das, was man nicht tun soll. Es ist einfach ein Riesenunterschied zwischen Heloise und Lise«, sagt sie.

Ich gebe ihr recht, Lises sind einfach nicht cool.

Mia kommt rein. Ich spule wieder die Hard Facts runter.

Sie erkennt sofort das Ausmaß der gestrigen Geschehnisse.

»Nein, du hast nicht wirklich mit Nicolas Knight?! Aber er hat doch diese krasse Model-Freundin!«

»Ich weiß!!«

Wir kreischen beide.

»Hallo, kommt ihr mal wieder runter?«, versucht Luise uns zu beschwichtigen. »Erstens ist nichts, was ein DJ tut, irgendwie krass, und zweitens ist es nicht cool, dass Heloise etwas mit jemandem hatte, der in einer Beziehung ist. Außerdem: ›Nicolas Night‹ – kommt schon, wie einfallslos ist das bitte?!«

»Nicolas Knight, mit K, heißt der ja auch«, rotzt Mia zurück, und mir wird bewusst, dass ich seinen Namen die ganze Zeit falsch verstanden habe.

»Wie groß ist sein Schwanz?«, platzt Mia dann heraus, und ich merke ihr an, dass sie es so lange, wie es für sie möglich war, zurückgehalten hat.

Luise verschluckt sich an ihrem Cappuccino. »Oh Gott, kannst du bitte nicht ›Schwanz‹ um elf Uhr morgens sagen?«, fragt sie pikiert.

»Ja, ja, is gut. Also wie ist sein, äh, Penis?«

»Äh, nun ... normal?« Ich habe da immer diesen Schutzmechanismus bei Typen, mit denen ich gerade geschlafen habe. Ich finde, die dürfen erst genital verunglimpft werden, wenn es wirklich vorbei ist.

»Ach, echt, ja?«, fragt sie noch mal nach und scheint dann intensiv über etwas nachzudenken.

Ich finde es irgendwie witzig, dass bei Promis, mit denen jemand von uns Mädchen geschlafen hat, alle normalen Sozial- und Anstandsregeln aufgehoben sind und stattdessen jede gleich fragt, wie die im Bett sind, und das auch noch mit einer Selbstgewissheit, als sei es ihr gutes Recht, das zu erfahren.

»Und das Krasseste ist, er ist der Handschuh-Mann«, sage ich genüsslich.

»Was, der Typ von Silvester war Nicolas Knight?!« Mia kann nicht fassen, dass so ein Leckerbissen direkt vor ihrer Nase gestanden hat.

»Versteht ihr?«, sage ich weiter. »Es war Schicksal, dass wir uns wiedergefunden haben. Und tu das jetzt nicht als Eso-Nummer ab, Mia. Er ist DJ, ich arbeite für ein Musikmagazin. Ich suchte meinen Handschuh und fand seinen. Ich suche seine Wohnung, er begegnet mir in der Hofeinfahrt. Außerdem hat er genau diese braunen Haare mit einer leichten Welle drin, worauf ich total stehe.«

»Hm, ein DJ?« Luise guckt ungläubig. »Ich habe dich irgendwie nie mit einem DJ gesehen.«

»Und glaubst du jetzt, dass er auf dich steht?«, fragt Mia, noch immer mit aufgeregter Stimme.

»Na klar, da war wirklich eine Energie zwischen uns. Schon damals, als er den Handschuh verloren hat. Was glaubt ihr, warum er mich sonst mit nach Hause genommen hat?«

»Na ja, du warst schon da, oder? Ich meine, er hat sich nicht gerade die Mühe gemacht, dich zu suchen, oder?«

Jetzt legt mir Mia vorsichtig die Hand auf den Arm. »Heli, ich glaube dir, dass er auf dich steht. Bestimmt, du bist wunderhübsch und schlau und witzig. Aber er ist ein DJ, und zwar ein wirklich, wirklich bekannter, ja? Ich kenne die, ich kenne die alle. Die bekoksten Schauspieler von irgendwelchen Soaps, Moderatoren, die 1992 Bravo TV gemacht haben, Partyveranstalter. Alles das gleiche narzisstische, arrogante Pack. Weißt du, wo du dich fragst, woher nimmst du Scheißkerl eigentlich dein überzogenes Selbstbild her? Dein blöder Job ist es, illegale Partys in Kellergeschossen zu organisieren. Und trotzdem. Alleine, dass kleine, minderjährige Mädchen sie nach der Gästeliste fragen, gibt ihnen so einen Kick, dass sie denken, sie stehen über dir. Und dann behandeln sie dich schlecht.« Ihr Mund hat ganz harte Züge bekommen.

»Bei uns ist das anders«, sage ich und trinke selbstbewusst den letzten Schluck meines Kaffees aus.

Ich registriere, wie Mia und Luise besorgte Blicke tauschen.

## MONTAG, 15. JUNI

### 14:50

Er hat sich noch nicht gemeldet. War die letzten siebenundzwanzig Stunden in diesem wunderschönen, versoffenen Bumszustand. In dem ich nur lächelte, rumsaß und Wolken beim Vorbeiziehen betrachtet habe, weil ich sonst eh nichts hinbekommen hätte.

Nun die letzte Stunde zehnmal auf Handy geguckt, um zu überprüfen, ob ich auch nicht seinen Anruf verpasst habe. Hatte ich leider nie, hätte aber sein können, weil er ja, rein theoretisch, meine Nummer von seinem Management hätte bekommen können, wegen dem Interview. Mache mich aber nicht verrückt, denn momentan ist er ja immer noch in Monaco! Werde gleich mal Zeitverschiebung googeln. Außerdem die Transkribierung des Interviews machen. Das wird witzig. Er wird es lesen, ich werde erfolgreiche Journalistin, und dann kann er Respekt vor mir aufbauen und mich als gleichwertige Partnerin sehen.

**15:39**

Habe nun gegoogelt, dass Monaco gar keine Zeitverschiebung hat, stattdessen aber seinen Namen eingegeben. Ich wusste nicht, dass er so berühmt ist! Wirklich nicht. Eins der Suchergebnisse zeigt an, dass er bei Facebook ist, weswegen ich nicht lange überlege, sondern mich mit meiner alten Mail-Adresse wieder einlogge, und schwups, muss ich mit ansehen, wie mein altes Profil erscheint und ich wieder dabei bin. Das Ganze hat noch nicht einmal eine Minute gedauert! Wie soll ich das nur Luise erklären? Die war nämlich richtig wütend, als ich mich damals so schnell abgemeldet habe, weil für sie Facebook von London aus einfach eine gute Möglichkeit war, mir zu jeder Zeit random Dinge mitzuteilen.

Er hat eine dieser Facebook-Künstlerpages, die für jeden sichtbar sind, und alleine dort hat er 77 346 Fans! Davon sind mit Sicherheit 66 712 Frauen. Oh Gott, DJs SIND das, was die Backstreet Boys damals für uns Mädchen waren!

Stelle laut jubelnd fest, dass bei ihm unter Beziehung »Single« steht. Er hat also keine Freundin! Wenn ich auch ein bisschen stolz auf den Fakt gewesen wäre, dass er mit mir was gehabt hat, obwohl Model-Freundin. Egal, ein Mann, der bei Facebook seinen Beziehungsstatus einträgt, macht das, weil er auf der Suche ist. Und das ist es, was zählt.

Mache dann aber folgenschweren Fehler und google

mich selbst. So etwas Dummes, heißt denn kein anderes Mädchen wie ich? Da gibt es unter anderem Einsicht in einen Lyrik-Blog, der von Luise und mir in der 12. Klasse emsig betrieben wurde. Und den wir eigentlich nur angefangen hatten, weil wir im Rahmen des schulischen Methodenkonzepts eine Schülerpräsentation im Bereich Neue Medien erstellen mussten. Außerdem war Blog damals voll das neue Ding. Heute ist es leider das Peinlichste der ganzen Weltgeschichte. Denn dort liest man ungefähr das:

*vielleicht bin ich nicht glücklicher ohne dich,*
*aber dafür wäre ich nicht einsam, nur alleine.*
*vielleicht werde ich nicht glücklicher ohne dich,*
*aber dafür müsste ich nicht wegen dir weinen.*

Oder, auch gut:

*warum wir uns streiten?*
*ich weiß es nicht -*
*ich wünschte, ich könnte dir sagen -*
*es wären die sterne.*

Warum ist eigentlich alles, was man früher geschrieben hat, so peinlich? Nur nie dann, wenn man es schreibt, veröffentlicht oder jemandem zuschickt? Dann noch richtig unangenehme Fotos von mir, so zwischen Schulaufführung und Chor-AG. Welcher engagierte Spast von Vater hatte damals eigentlich das Know-how, der Klasse eine Homepage zu bauen? Ich meine, ich bin bald wirklich so weit, dass ich eine dieser Firmen brauche, die einem seine Vergangenheit aus dem Internet komplett löschen! Es ist doch krass, dass ich bei dem, was ich bis dato digital hinterlassen habe, schon jetzt weiß, dass ich nie eine leitende Position in einem großen Unternehmen übernehmen kann. Managerin bei BMW, zum Beispiel.

## DIENSTAG, 16. JUNI

### 13:50

Ich gehe ziemlich selbstsicher mit meinem Interview ins Büro. Setze mich an meinen Schreibtisch und warte auf Bornerd.

»Discha«, nuschelt Musik-Till.

»Was bitte?« Ich bin es einfach nicht gewohnt, dass er spricht.

»Du und 'n DJ, ja?« Er grinst hämisch. Liest dann weiter mein Interview.

Ich: »Woher weißt du …?«

»Ach, Musik-Branche.«

Da kommt Bornerd rein, und auch er grinst. Sagt auf seine typisch sadistische Weise: »Und, Interview lief gut?«

»Hmm.« Ich setze mich ihm gegenüber.

»Hab vergessen, dir zu sagen, dass es aufgezeichnet wird, oder?«

»Kein Problem.«

Mein Lächeln verunsichert ihn. Das ist definitiv nicht die Reaktion, die er sich erhofft hat. »Aber du warst schon da, ja?«

»Oh ja, und wie sie da war«, lässt Musik-Till von hinten in den Raum fallen. Ich gucke ihn mit bösen Augen an.

Bornerd schaut von einem zum anderen. »Kann ich es mal sehen?«

Ich reiche ihm meine Abschrift.

Er liest kurz in den Text hinein. »Was ist das?«

»Das, ähm. Das ist mein Interview. Ein Assoziationsinterview.«

»Ein Assozia-was?« Erstaunlich viele Personen haben mit dem Wort Schwierigkeiten.

»Es ist gut«, sagt Musik-Till.

Bornerd liest weiter. Lacht auf. Lacht noch einmal. Guckt mich ungläubig an, als könne er nicht glauben, dass ich das geschrieben habe.

»Alter, das ist witzig.« Wundert mich, dass er nicht nachsetzt: dafür, dass es eine Frau geschrieben hat. Dann spricht er weiter: »Fräulein, wie wär's mit herzlich willkommen auf Seite elf und zwölf?«

Ich kann es nicht fassen, Seite elf und zwölf ist das Interview, das die gesamte Musikrubrik eröffnet! Musik-Till guckt schockiert, soweit das mit seinen vom Kiffen entspannten Zügen möglich ist.

»Nur. Wir müssen einen anderen Namen finden, Assizo–«, er verhaspelt sich schon wieder. »Das klingt irgendwie nicht richtig. Irgendwas …«

»Warum nicht *A Night with Knight & Heloise*?«, unterbricht ihn Musik-Till und versaut damit all seine Karmapunkte, die er bei mir wegen dem Schildkröten-in-Turnschuhen-Satz vom Januar hatte.

»Ja, das ist gut! Das ist Siebziger! Das ist John Lennon und Yoko Ono im Fuck-for-peace-Bett. Bisschen Hippieschwulenscheiße reinbringen.«

Ich gucke ihn verwirrt an. Merke, dass ich ganz rot geworden bin.

»Was ist los, Lise? Was'n, weil ich Hippieschwulenscheiße gesagt habe? Das meine ich nicht so«, er guckt mich weiter an. »Ach nee, warte mal. Du hast nicht? Unsere kleine Lise hat mit Nicolas Knight ...?« Er pfeift anerkennend durch die Zähne.

Ich arbeite seit zwei Jahren hier. Aber erst seit ich gut aussehe, habe ich meine eigene Interviewreihe bekommen. Und nun kriege ich Respekt von meinen Kollegen, weil ich Sex mit einem DJ hatte.

**15:02**

Habe jetzt rausbekommen, woher Musik-Till es weiß. Er war gestern Morgen mit seiner Schwester in einem Café in der Oranienstraße frühstücken und hat dabei mitgekriegt, wie die eine Kellnerin es der anderen erzählt hat.

»Aber wie erzählte?«, schreie ich ihn an. »Was genau hat sie gesagt?«

»Na ja, was weiß ich? Hab ich doch schon gesagt. Dass die Interviewerin des *Weltmeister Magazin*s das Music-Special-Interview mit Nick gemacht hat und dass ihr euch dann nähergekommen seid.«

»Till, so redet kein Mensch. Besonders nicht irgendwelche Barschlampen.« Ich bin in Rage.

»Na«, er zögert. »Sie haben gesagt: Und gestern hat er schon wieder so ein kleines Mädchen gebumst, die ihn für dieses Werbungsmagazin interviewt hat. Und die andere Kellnerin hat geantwortet: Die ist bestimmt so 'n abgefreakter Fan und hat über ihrem Bett lauter Poster von ihm hängen.«

Überlege kurz, ob ich mich erst über die Verunglimpfung meines Arbeitgebers aufregen soll oder lieber darüber, wie die Mädchen über mich reden.

Entscheide mich für meine Ehre.

»Es ist ernst zwischen uns«, sage ich selbstsicher.

Musik-Till guckt ungläubig. »Bist du sicher? Ich meine, ganz ehrlich, der schläft mit Sicherheit mit 'ner Menge Mädchen, oder nicht?«

Aber ich sage nur: »Pass auf: Sag es keinem, aber wir sind so gut wie zusammen.« Was zwar gelogen ist, aber irgendwie auch gar nicht so unwahrscheinlich.

Überlege nun, wie das mit uns rausgekommen ist. Hat Nicolas es weitererzählt, und wenn ja, was bedeutet es dann? Oder war es nur die blöde PR-Tussi, die beim Interview etwas von der Energie zwischen uns bemerkt hat? Und die hat es dann dem Mädchen erzählt, mit dem sie zusammenwohnt und das Modejournalismus studiert und über einen Onlineshop selbstentworfene Kleider verkauft, die sie aus verschiedenen alten Kleidungsstücken vom Flohmarkt zusammengeschneidert hat, und die hat es dann wiederum ihrer besten Freundin weitergetratscht, die die magersüchtige Kellnerin aus dem Café ist?

**15:20**

Sex mit 'nem Promi hat vom Klatschfaktor her echt eine Umlaufzeit von einer Nacht.

## MONTAG, 22. JUNI

### 10:00

Bin im absoluten Flow. Summe die ganze Zeit. Wache mit einer Energie auf, die ich nicht mehr hatte seit dem Sommer, in dem wir unser Abiturzeugnis bekommen haben. Laufe aus der Tür, strahle meinen Obstmann an. Muss nur noch grinsen! Kurz davor, ernsthaft zu glauben, dass die Sonne heute nur für mich scheint …

Muss in der U-Bahn vor Scham die Augen zusammenkneifen, weil ich andauernd an die Nacht zwischen uns denke. Lache alle an, kriege Komplimente, wie positiv ich plötzlich sei, wie frisch meine Ausstrahlung. Erst ein bisschen irritiert darüber, dass es anscheinend so ein Unterschied ist zu sonst. Ich meine, im Vergleich zu Mia bin ich echt friedfertig. Aber natürlich bin ich übergut drauf, ich kann nicht fassen, dass ich dieses Glück habe. Dass mir das passiert.

### 12:40

Er hat sich noch nicht gemeldet. Aber ich habe die Tourdaten auf seiner Website gecheckt, und er ist einfach die ganze Zeit unterwegs: Spanien, Frankreich, Italien. Gestern war er laut Plan in Berlin, und ich dachte schon, er ruft mich vielleicht an. Hat er aber nicht. Vielleicht hat er meine Nummer wirklich nicht!

Das Ganze mit Mia diskutiert, und die sagte, wenn er mich wirklich hätte erreichen wollen, dann hätte er schon längst einen Weg gefunden. Ich sagte, Mann, ich glaube, du kriegst deine Tage, wobei ich natürlich wusste, dass das ein ganz, ganz blöder Spruch ist. Aber so was sagt man doch nicht zu jemandem, der auf einen Anruf wartet! Wollte dann Luise erreichen, um sie zu fragen, ob sie es okay findet, wenn ich mich als Erste melde. Ehrlich gesagt bewusst sie dafür ausgewählt, denn ich dachte, so ein geschlechteruntypisches Verhalten, von wegen die Frau meldet sich als Erste, würde sie vielleicht unterstützen. Aber nur ihren Vater erreicht, der mir sagte, Luise sei in London.

Bin also ziemlich alleine mit meiner Entscheidung und auch noch wegen des Telefonats mit Mia ziemlich trotzig gestimmt. Beschließe deswegen, mich wirklich als Erste zu melden und schicke ihm, ganz selbstbewusst, die Abschrift des Interviews. Und zwar mit dem Satz: *War schön, hier Interview. Lies bitte durch und gib mir Okay für Veröffentl.*

Für diese dreizehn Wörter habe ich ungefähr eine Stunde gebraucht. Alles hin- und wieder hergeschoben, ausgewechselt und verändert, bis ich es endlich vollendet genug fand, um es abzuschicken. Und wie ich Veröffentlichung abgekürzt habe!

**14:12**

Er hat sofort zurückgeschrieben! Mail per iPhone, er hat also vielleicht wirklich meine Nummer nicht. Er fände es sehr witzig. Und wie schnell ich gearbeitet hätte. Mehr nicht. War erst ein bisschen enttäuscht, weil so unpersönlich. Aber eine Minute später bekam ich per Facebook eine Einladung zu seinem nächsten Auftritt in Berlin.

Rufe sofort wieder Mia an. »Nicolas hat sich bei mir gemeldet!«, schieße ich heraus.

»Was? Er hat angerufen?«

»Nein«, sage ich. »Er hat mir eine Partyeinladung per Facebook geschickt. Zu seinem nächsten Konzert im Selection.«

Stille auf der anderen Seite der Leitung.

»Ich meine, nicht eine Masseneinladung. Sondern als Nachricht.«

»Ja, aber findet du das nicht komisch?« Sie zögert. »Versteh mich nicht falsch. Ich meine nur: Ihr habt miteinander geschlafen, er meldet sich nicht mehr, und dann schickt er dir eine Partyeinladung?«

»Nein, das war anders«, gebe ich trotzig zurück. »Ich habe ihm nämlich eine Mail geschrieben.«

»Ha, also hast du dich zuerst gemeldet!«, platzt Mia dazwischen.

»Ja, also nein. Ich habe ihm nur die Abschrift des Interviews geschickt. Das musste ich tun, das ist meine Arbeit.«

»Na klar«, sagt Mia. »Und ich trage auch einfach nur so ausgeschnittene Shirts bei der Arbeit, und nicht des Trinkgeldes wegen. Ganz ehrlich, ich finde das 'ne ziemlich schwache Leistung von ihm. Sich erst nicht mehr zu melden und dann, nachdem du es getan hast, dir 'ne Partyeinladung über Facebook zu schicken! Außerdem ist das Selection 'n absoluter Prollschuppen, da sind nur bekokste Immobilienmakler und Marketingschlampen.«

**14:21**

Habe Gespräch schnell beendet. Ich meine, das kann man natürlich so auslegen, aber es klingt einfach nur so! Ich denke, er hat nur gerade Schwierigkeiten, sich richtig auszudrücken. Die Hauptsache ist nämlich, dass er mich wiedersehen will!

Das ist so ähnlich wie die Geschichte, die ich von Luises Nachbarin gehört habe. Von wegen ihr Mann bastelte ihr plötzlich einen Brautring aus dem Alupapier, das um den Döner war, den sie gerade gegessen hatte, und hielt dann um ihre Hand an. Da könnte man meinen, er habe nichts für sie ausgeben wollen oder so. Aber gleichzeitig bedeutet so ein Aluring vielleicht viel mehr als ein 10 000-Dollar-Diamantring, der einem von jemandem geschenkt wird, den man gar nicht liebt!

Will trotzdem lieber die Diamantring-Nummer. Vor allem, weil Zeichen dafür, dass er vorher darüber nachgedacht hat, bevor er mir den Antrag gemacht hat, und es nicht nur eine von gutem Wetter hervorgerufene Laune war.

## FREITAG, 26. JUNI

### 20:02

Es gibt eigentlich nichts Besseres als ein Date, das noch eine Woche entfernt ist. *Seven days to change your life.* Obwohl man dann natürlich auch viele Erwartungen aufbaut. Nehme mir vor, gut auszusehen und das Maximum mit Zwang durchzusetzen, und steige auf null Kalorien um.

Kann man schon um acht ins Bett?

## 23:09

Ich erinnere mich beim Einschlafen, was ich nicht kann, weil ich mir den Kopf darüber zerbreche, was ich anziehen werde, wieder an die Theorie, die uns Luise eines betrunkenen Abends unterbreitet hat. Und zwar, dass es alleine schon glücklich macht, sich auf ein Date vorzubereiten und dass es dann an sich gar nicht mehr so wichtig ist, wie es eigentlich verläuft. Alles, was man braucht, um glücklich zu sein, ist, sich alle drei Wochen einen neuen Fixpunkt zu suchen. Sprich einen Kerl, auf den man seine romantischen Gefühle projizieren kann und den man, rein theoretisch, morgens um fünf betrunken anrufen könnte.

Als sie uns die Weisheit mitteilte, fanden wir drei sie richtig gut, auch wenn wir alle gerade so was nicht hatten. Und Mia schrie immer betrunken rein: »Meinst du Fickspunkt, ja? Fickspunkt, ja?«

Bis Luise einschreiten musste und sagte: »Mia, jaaa, wir haben deinen Wortwitz auch beim ersten Mal schon verstanden. Das war echt sehr witzig. Kannst du mir jetzt den Scheißwein nachgießen?« Wir waren wirklich sehr betrunken.

Rein rational betrachtet schöpft man ein Date so hoch ökonomisch aus und profitiert zu hundert Prozent davon. Und es stimmt, allein der Gedanke, dass ich ihn treffe, macht mich glücklich. Was ich wiederum ausstrahle, deswegen besser aussehe, noch mehr Komplimente kriege, so dass es letztendlich egal ist, wie das Date verlaufen wird.

Ist es natürlich nicht. Das war die Theorie. Ich will nämlich unbedingt, dass es toll wird. Ich wage nicht wirklich, darüber nachzudenken, aber ich kann mir echt vorstellen, mit ihm zusammenzukommen.

Verdammt, irgendwie kann ich nicht einschlafen.

## MONTAG, 29. JUNI

### 11:37

Sitze in Uni, kann ich mich nicht konzentrieren. Überlege, wie das Date ablaufen wird. Wird er mir vom Pult aus zuwinken? Wird er mich auf die Bühne heben lassen, und ich kann mit dem Kopf zum Takt nickend hinter ihm stehen? Es ist alles so blöd, weil ich damit ganz alleine bin. Luise ist immer noch in London, und Mia werde ich ganz bestimmt nicht fragen.

Ich schwanke zwischen Traumbild – ich mit unserer süßen Tochter, die grüne Lärmschutzkopfhörer trägt und Papa beim Auflegen zuguckt – und Horrorgedanken daran, dass er tatsächlich immer unterwegs ist, Tausende von abgefreakten Fans hat, die mit ihm immer und überall Gangbang machen wollen, und dass ich weiß, dass er wirklich ein Drogenproblem hat!

### 12:00

OMG, Models sind gar nicht dumm! Sie haben nur einfach keine Kraft zu sprechen!

# JULI

## FREITAG, 3. JULI

### 22:50

Habe mich heute schon nach dem Aufwachen nicht gut gefühlt. Es war das gleiche Gefühl, das ich immer vor Prüfungen habe. An diesen Tagen schrecke ich morgens panisch auf, aus Angst, ich hätte die Klausur verschlafen, in echt sehe ich dann aber, dass der Wecker erst in einer Stunde geklingelt hätte.

Außerdem saßen meine Haare nicht. Auch nicht, nachdem ich das ganze Programm durchgemacht hatte, mit Kur, Rundbürste und Kopfüberföhnen. Habe mir dann lange Zeit den Kopf zerbrochen, was ich anziehen könnte, denn alles, was ich hatte, sah sehr, sehr langweilig aus. Ich meine, was ist die passende Kleidung für ein Date mit einem DJ? Was will so einer? Sexy? Cool, modisch, Kopfhörer um Hals als Accessoire? Muss die letzten zehn Trends dieses Jahres verpasst haben. Gott, ich meine, ich habe noch T-Shirts, die ich getragen habe, als ich sechzehn war! Dann hektisch sämtliche Modeblogs nach dem aktuellen Trend abgescannt, um ein Gefühl dafür zu bekommen, was gerade angesagt ist. Anscheinend immer noch Minderjährige mit antrainierter Essstörung. Hört das denn nie auf?

Bin dann verzweifelt zum Kudamm gefahren. Nur um mich dann wieder daran zu erinnern, dass ich es hasse, da einzukaufen. Ich bin echt ein friedfertiger Mensch, aber was machen die Touristen da? Sie laufen in großen, aus undurchdringbarer Masse bestehenden Gruppen rum, in einem Tempo, dass man meinen könnte, sie würden gar nicht vorwärtskommen, und schwenken dabei anderthalb Quadratmeter große Stadtpläne. Hatte sofort richtig schlechte Laune, ich meine, ich bin auch absolut marketingaffin und lasse mich gerne von jeder Werbung verführen, aber das hier waren nun wirklich ganz typisch langweilige Geschäfte, wie es sie auch in jedem ihrer Scheißdörfer gibt! Habe aber vermieden, jemanden zu schubsen, weil ich dachte, ich könnte alle Karmapunkte der Welt gebrauchen.

Schließlich doch fröhlich summend nach Hause gefahren, weil ich glaubte, ich hätte 'ne ganz gute Wahl getroffen mit einem Kleid, das anscheinend fünf Euro der Quadratzentimeter kostete. So eine Mischung aus Babydoll – hey, das ist die Lösung für Bauchansatz, nicht Sit-ups – und Dekolleté, immer gut, in den crazy Farben der Saison: rosa und grau. Spontan noch kurz ins Solarium, was ich sonst nie tue. Sechzehn Minuten Turbo XL Ganzkörperbräuner gewählt. Rausgekommen. Und ich war schwarz.

Kleid angezogen. Guckte in den Spiegel. Sah aus wie ein 90er-Jahre-Cowgirl aus einem verdammten texanischen Kasino, das von perversem Pädophilen gezwungen wurde, in Babysachen rumzulaufen. Das ging gar nicht. Grau und Rosa waren schon immer eine hässliche Kombination. Man kann das auch nicht unter der Rubrik

»witzige Kleidungsstücke« verbuchen. Meine Bräune machte alles noch billiger. Es war aber auch schon zu spät, um noch was anderes zu kaufen. Hatte eigentlich auch alles anprobiert, was es gerade an Ware gibt. Bin einfach nicht en vogue. Die schließen tatsächlich eine ganze Sparte an Mädchen aus und sagen, so, ihr müsst jetzt alle superdünn und blass aussehen, also hungert! Diese Scheißnazis. Bin außerdem pleite.

Jetzt in der S-Bahn, unterwegs in den blöden Osten, obwohl eigentlich ganz klare Regel von uns, dass alles hinterm Alexanderplatz verbotene Zone ist. Weil erstens Osten mit seinen Riesenscheißalleen, in denen man sich nie zurechtfindet, wo alle Straßen eintausend Hausnummern haben, die völlig ohne Logik abbrechen, nur um dann wieder mit der Zahl eins anzufangen. Außerdem fast Prenzlauer Berg, was echt gar nicht mehr geht, mit all seinen ehrgeizgetriebenen Ex-Karrieremüttern, die ihre Kinder zwingen, mit drei Jahren Chinesisch zu lernen, und was man sonst noch so hört. Kurz bevor ich die blöde Strandbarloungeclubkaribikscheiße gefunden habe, komme ich in einen Platzregen. Mitten im Juli. Ich merke, alles läuft falsch, aber umkehren kann ich nicht mehr. Meine Kreditkarte gibt definitiv keine Chance auf erneutes Date plus passendes Outfit her.

Dann endlich am Eingang entspinnt sich folgendes Gespräch: »Hallo, mein Name ist Heli, bei DJ Nicolas Knight.« Sage ich tapfer zu einem Mädchen in meinem Alter, das die Haut voller Pickel hat und gefühlte vierzig Kilo wiegt.

Sie antwortet mit einer Stimme, die in mir unverzüglich das Verlangen weckt, ihr mit der flachen Hand auf den Hinterkopf zu hauen: »Nöö, stehst nicht drauf. Haste 'nen Spitznamen?«

Äh, das ist schon der Spitzname? Steht da irgendwo kleines, naives Mädchen drauf?

Aber dann wird sie abgelenkt durch den Typ, der hinter mir reinwill und schon voll auf irgendwas ist, weswegen sich sein ganzes Gesicht in spastischen Bewegungen verrenkt und er immer wieder versucht, einen Geldschein aus seinem Portemonnaie zu ziehen. Seine Hände zittern aber so, dass er immer wieder danebengreift und daraufhin einen Lachanfall bekommt, der nicht mehr aufhört. Ich gehe also einfach rein.

Werde ziemlich schnell mitgerissen von der Atmosphäre. Denke, vielleicht habe ich mich ja geirrt und nun wird alles gut. Lauter halbnackte Menschen tanzen barfuß im Sand. Glückliche Sandys und Mandys voll drauf in ihren neonfarbenen Sportanzügen. Fast genau mein Ding. Fange langsam an, mich zu entspannen.

Und dann sehe ich ihn. Er guckt mich an, kommt direkt auf mich zu. Ich bleibe wie erstarrt stehen und warte darauf, was er als Nächstes tun wird. Er küsst mich, drückt mir einen richtigen Kuss auf den Mund, wuschelt durch mein Haar und sagt: »Ich habe dich gleich erkannt!«

»Es ist ja auch erst drei Wochen her«, murmle ich. In denen du es nicht geschafft hast, mich zu treffen, denke ich weiter.

Aber er zieht mich einfach mit durch die Masse bis hin zum DJ-Pult. Ich registriere die ersten neidvollen Blicke anderer Mädchen. Er zeigt auf einen Platz unterm

Tisch, wo ich meine Sachen ablegen kann. Ich ahne, es ist ein Privileg, das in der Clubwelt einiges bedeutet, und grinse stolz. Er fängt an, CDs zu sortieren. Stehe daher etwas unentschlossen hinter ihm, entscheide mich dann aber, selbst aktiv zu werden. Kletterte runter vom Pult und begebe mich in die davor tanzende Menge. Richtigstellung: zu den davor tanzenden Mädchen. Er fangt an zu spielen. Ich tanze, versuche dabei zu gucken, ob er einen Titel vielleicht extra für mich aufgelegt hat, komme aber nicht direkt darauf. Gucke ihn an, man guckt ja eigentlich immer automatisch den DJ an, und freute mich total, wenn er mich angrinst. Bemerke bemitleidenswert die Groupies um mich herum, die verzweifelt versuchen, seine Aufmerksamkeit zu erhaschen. Denke, die Armen, wenn die wüssten, dass er mit mir schläft, und: Gott sei Dank bin ich keine von ihnen. Er spielt und spielt. Raven ist Hochleistungssport, das wird manchmal vergessen, und wenn man von wegen Fairplay auf Doping in Art von Speed, Koks etc. verzichtet, dann sind die Wettbewerbsbedingungen relativ ungleich verteilt. Mache aber tapfer weiter, bis ich bemerke, dass er das erlösende Abschiedslied spielt. *Bye, I haven't slept for days, now I will till Thursday night.*

Keinen Plan, was er jetzt machen wird. Ich entscheide mich einfach, ganz passiv die Augen zu schließen und mich darauf zu verlassen, dass er als Nächstes was unternimmt. Bewege mich im Rhythmus der Technomusik. Nichts passiert. Ich blinzle vorsichtig, falls er schon dicht vor mir steht. Aber er steht weder dort noch hinterm Pult. Schiele unauffällig nach links und rechts: nur die Mädchen. Und ich kapiere, dass er weg ist. Warte weitere gefühlte zwanzig Minuten. Er kommt nicht mehr. Sitze dann zwei, drei Stunden auf einer dieser blöden Bierbänke und trinke zu viel schales Bier. Ab und zu kommt ein schwitzender Druffi auf mich zu und bietet mir seine Drogen an. Nette Leute, diese Ossis. Dann kommt einer und sagt, ich solle mich einfach mal entspannen. Und haut mir dann auch noch auf die Schulter. Ich explodiere. Ich meine, ich hasse das generell schon, wenn Leute einem das sagen. Denn es gibt keine schlechtere Methode, sich zu entspannen, als wenn du denkst, dass andere dich beobachten und dabei bemerken, dass du total unentspannt wirkst.

»Haltdeingottverdammtesmaulundverpissdichindeinscheißhellersdorfzurück!«, schreie ich ihn an.

Er schaut erschrocken. »Alta, auf was is die denn?«, stößt er hervor und verschwindet dann wieder in der Menge.

Laufe dann später ziemlich verloren nach Hause. Den ganzen weiten Weg von Mitte nach Neukölln. Regen hat die Schwüle des Sommers verdrängt, ein feiner Wind weht mir ins Gesicht. Es ist eine dieser wunderschönen Sommernächte, nach denen ich mich so gesehnt habe, und nun laufe ich alleine durch die Straßen. Was hatte mich nur dazu getrieben, meinen besten Freundinnen nicht zu glauben?

Schmeiße mich unabgeschminkt ins Bett und falle irgendwann mit Tränen in den Augen in einen unruhigen Schlaf.

## SAMSTAG, 4. JULI

### 10:11

Wache auf und bin völlig ohne Energie. Habe keinen Hunger, will noch nicht mal Kaffee. Rufe deprimiert Luise an, die heute Morgen wieder aus London gekommen ist, schildere kurz, was passiert ist. Sie sagt, sie packe noch kurz ihren Koffer aus, werde dann Mia anrufen, und wir würden uns alle in einer Stunde im Schlösschen treffen. Will erst protestieren, weiß aber, dass ich eigentlich nichts mehr brauche als Mia, die mich mit ihren ein Meter achtzig umarmt und mit ihrer dunklen Raucherstimme auf alle Männer schimpft.

### 12:20

»Wisst ihr, was ich falsch gemacht haben könnte, ist meine Unterwäsche!«, klage ich, als wir endlich zu dritt um den Tisch sitzen. »Komischerweise habe ich gestern Abend nämlich einen Bauchweg-Hipster getragen und dazu einen schwarzen Plastik-BH. Der sieht so prollig aus und hat dann noch ein dickes, eingesticktes Rosenmuster auf der Außenkante!«

Das ist das Ding, denke ich, ich ziehe mich an, um Jungs zu gefallen – aber ich würde niemals auch nur daran denken, dass sie mich später in Unterwäsche sehen. Denn, ganz ehrlich, wer seine Vergangenheit kennt, weiß seine Zukunft, ist meine Weisheit, und deswegen ziehe ich völlig wahllos meine Unterwäsche an, wenn ich weggehe, weil ich aus Erfahrung weiß, dass ich nachher alleine schlafen werde. »Glaubt ihr, daran liegt das?«, beende ich meinen Monolog.

»Nein, Heli.« Mia schüttelte den Kopf. »Ich denke nicht, dass es daran liegt, dass deine Unterwäsche prollig war.«

Luise überlegt. »Ich meine, prominent in Berlin zu sein, ist spätestens seit Einführung des iPhones und des Web 2.0 nicht mehr cool! Versuch da mal, deine Freundin zu betrügen, ohne dass du am nächsten Tag auf zehn Fotos verlinkt bist. Außerdem mag dich keiner, solange du ein B-Promi bist.«

»DJs generell!«, schreit Mia da schon. »Ich meine, der würde dir zum Jahrestag eine 6-Gigabyte-USB-Compilation schenken, und du müsstest dich fragen, welcher der 500 Songs ihn wohl an dich erinnert?!«

Ich muss lachen. Dann sinken meine Mundwinkel wieder nach unten.

Auch Mia wird ernst. »Heli, wir wissen, DJs sind heutzutage so etwas wie der berühmte Prinz, der irgendwann auf seinem weißen Pferd daherkommt und das arme Mädchen befreit und zur Prinzessin macht.«

Und Luise setzt bestätigend nach: »Ja, die Freundin von einem DJ zu sein, bedeutet gesellschaftliche Akzeptanz. Weil die ja echt die freie Wahl an Mädchen haben. Sie verdienen ihr Geld mit diesem unglaublich attraktiven Bohème-Charme. Leben von Tag zu Tag, also von Nacht zu Nacht, wissen nie, wo sie nächste Woche sind. Sie können dich auf Reisen in kleine Dörfer mitnehmen, in die du sonst nie gekommen wärst. Aber er ist trotzdem einfach ein Idiot«, beendet sie ihre Theorie.

Ich muss über die Vehemenz lachen, mit der meine Freundinnen einen DJ fertigmachen. »Meint ihr echt? Ich habe mich also nur in etwas hineingesteigert?«

»Schatz, ja, tut mir leid«, sagt Luise mitleidig. »Das passiert uns allen manchmal.«

»Weißt du, was wir jetzt machen?«, mischt sich Mia ein und klingt dabei so bestimmt, dass ich schon denke, sie wird gleich auf den Tisch hauen.

»Hasch in heißer Schokolade mit Sahne auflösen?«, frage ich hoffnungsvoll.

»Nein«, lacht sie. »Wir werden jetzt den Urlaub buchen!«

Und das machen wir dann spontan. Laufen in den Späti neben dem Schlösschen, die haben ja alle Internet mittlerweile. Beeindruckt mich immer wieder, wie gut die jetzt ausgestattet sind! Mit über dreißig verschiedenen Sorten gekühltem Bier, Kondomen in verschieden Größen, Haarfärbemitteln, biologischer H-Milch …

Wir buchen aufgeregt die Reise, was superschnell geht, weil Mia das ja schon vorher rausgesucht hat. Jubeln, als wir einen erstaunlich billigen Flug nach Schottland bekommen. Dann logge ich mich bei Facebook ein, weil noch freie Restminuten, und sehe, dass ich eine neue Nachricht bekommen habe:

*Hi Heli,*

*sorry, war letztes mal voll im stress. Hast du vielleicht lust mit mir in nächster zeit was essen zu gehen? Ich melde mich wegen genauer zeit.*

*;) Nico*

»Ha!«, ich kreische aufgeregt.

Mia und Luise bleiben stumm.

»Na klar, versteht ihr?«, sage ich zu den beiden. »Er

war einfach nur völlig verwirrt, weil seine Arbeit so stressig ist! Er ist nun einmal DJ, und das war sein natürliches Arbeitsumfeld. Ich meine, wenn er mich bei der Arbeit besuchen würde – dann würde ich auch schreiben und telefonieren und recherchieren und möchte dabei am liebsten nicht gestört werden!«

»Das ist Schwachsinn. Immer wenn ich auf einen Kaffee komme, freust du dich wie Bolle«, sagt Mia nüchtern.

»Er hat einen Smiley gemacht.« Luise verzieht das Gesicht vor diesem so offensichtlichen ästhetischen Frevel.

»Was soll ich schreiben?«, japse ich aufgeregt.

»Äh, vielleicht, dass du Lust hast, essen zu gehen?«

»Meinst du? Aber soll ich überhaupt zurückschreiben?«, sage ich zweifelnd.

»Ja, warum denn nicht?«, fragt Luise erstaunt. »Du willst doch mit ihm essen gehen, oder nicht?«

»Ja, aber darum geht es doch nicht«, gebe ich zurück und wundere mich über ihre Unsensibilität. »Sondern ob ich das auch schreiben soll, meine ich? Soll er wissen, dass ich mit ihm essen gehen will, ist doch die eigentliche Frage.«

Luise macht den Mund auf, um etwas zu sagen, aber Mia gibt ihr mit einem Tritt gegen das Schienbein zu verstehen, dass sie ruhig sein soll.

Ich überlege weiter: »Was heißt denn ›in nächster Zeit‹?«

»Ganz egal, was das heißt, für mich heißt das: in nächster Zeit, bevor wir in den Urlaub fahren. Also soll der Typ sich lieber ein bisschen beeilen«, poltert Mia.

Die Hochstimmung, die eben noch spürbar war, ist ein bisschen verschwunden.

Ich werde alles an Weisheit nutzen müssen, was wir die letzten Monate erworben haben. Dank der Fokussierungstheorie werde ich meine Energie auf nächsten Freitag bündeln. Und aktiv an allem arbeiten, was sich, voll im Flow, auf den Fickspunkt richtet.

## DIENSTAG, 7. JULI

### 12:20

»Hmm, ich würde am liebsten in so ein kleines, superteures Restaurant im Grunewald. Wo es Wachtelbrust mit Jägersoße gibt und zum Nachtisch Fürst-Pückler-Eisbecher mit Sahnehaube. Bin gespannt, was er sich aussucht.«

Sitze bei Mia am Tresen und schlürfe eine Cola light. Mia poliert Gläser und sagt nichts weiter. Aber ich gebe nicht auf. »Ich verstehe gar nicht, warum diese Sahnehaube immer noch so präsent auf den Speisekarten ist? Dabei ist sie doch eindeutig ein Nachkriegsrelikt. Und eigentlich schmeckt sie noch nicht mal gut mit Eis, wenn man das mit den Kalorien vergleicht, die man dafür aufnehmen muss.«

»Kalorien, ja?« Mia guckt abschätzig auf mein Diätgetränk.

Da ich endlich ihre Aufmerksamkeit habe, wechsle ich schnell zu dem Thema, das mich eigentlich beschäftigt. »Was meinst du, was meint er, wenn er sagt, in nächster Zeit? Was heißt das für ihn? Fängt bei einem DJ die Woche am Montagmorgen an? Soll ich etwa die ganze Zeit bereit sein, immer rasiert?«

Ich weiß nämlich, ich bin nicht eins der Mädchen, das man spontan anrufen kann, um mit ihm essen zu gehen. Und das dann sagt, fahr schon mal los, ich habe noch mein Negligé an, bin aber gleich fertig. Nein, ich brauche Zeit, viel Zeit. Ich muss genau die Location wissen, am besten vorher mit Zielgruppenanalyse und Lichtverhältnissen. Mia muss mich mit dem Outfit beraten. Ich muss mir Sätze ausdenken, mit denen ich das Gespräch beginne. Außerdem witzige, schlagfertige Antworten auf mögliche Fragen ausdenken, die er mir vielleicht stellen wird.

»Mach dir keine Sorgen. Da das bei euch ja schicksalhafte Liebe ist, wird das mit Sicherheit einfach laufen«, ist Mias sarkastische Antwort.

Lasse mich aber nicht beirren, sondern plappere munter weiter und sage dann: »Ich hätte wirklich gerne so sieben vorgefertigte Outfits mit abgestimmten Accessoires und Taschen, die ich einfach nur noch anziehen muss.«

Aber das hätte ich lieber nicht sagen sollen, denn nun wird Mia richtig böse und grollt vor sich hin: »Jetzt wünscht sie sich schon, dass man ihr die Mündigkeit wegnimmt und sie als Püppchen behandelt.« Und den Rest, den sie sagt, verstehe ich nicht mehr, weil sie sich wütend eine Zigarette angezündet hat.

## DONNERSTAG, 9. JULI

Komisch. Er hat sich immer noch nicht gemeldet.

## FREITAG, 10. JULI

Heute auch nicht.

## MONTAG, 13. JULI

This day was a total waste of make-up.

## DONNERSTAG, 16. JULI

### 13:30

Ich tue mittlerweile so viele coole Dinge in Situationen, um zu beschwören, dass Nicolas anruft. Gestern habe ich zum Beispiel die Riesen-Pappmaché-Eistüte mit Gaffer Tape geflickt, die immer vor dem Schlösschen steht, sobald die Eissaison begonnen hat. Dabei hat mich Bernd, der alte Stammtrinker, zugelabert, und ich dachte nur die ganze Zeit, wenn der Nicolas jetzt anruft, wie witzig wäre das denn! Wenn dann noch Bernds Stimme im Hintergrund ertönt. Aber er hat nicht angerufen. Bemerke, dass ich selbst Gespräche mit anderen mittlerweile so führe, als würde er zuhören. Oder dass ich mich ständig selbst beobachte, damit ich ihm jederzeit erzählen könnte, in was für einer witzigen Situation ich gerade bin.

## DONNERSTAG, 23. JULI

### 14:39

Bin mittlerweile umgestiegen auf neuen Plan und bin so viel wie möglich bei Luise zu Hause, die wohnt ja gleich bei ihm um die Ecke.

Lief außerdem des Öfteren heute vom *Weltmeister*-Büro, das in der Straße links von seiner Wohnung ist, zum gelb-roten Markendiscounter, der auf der anderen Seite der Brücke liegt, um mich dann wieder in das Café zu setzen, das unten bei ihm im Haus ist. Um ihn zufällig zu treffen. Mia meint, das sei ein Paradox, aber Luise unterstützt mich und sagt, sie finde auch, für manche Sachen müsse man kämpfen. Nicolas aber nicht getroffen, worüber ich dann ganz deprimiert war.

Ging ins Büro, weil ich sonst nichts mit mir anzufangen wusste, und sortierte meine iTunes-Bibliothek. Man muss mir meinen Stimmungswechsel angesehen haben, denn sogar Marvin aus dem Marketing kam an, der ja wirklich ein großer Egozentriker ist, sagte: »Heli, dass er jetzt noch mal geschrieben hat, ist eine ganz einfache Form von Sexting, okay? Das machen wir alle in der Medienbranche, da wir von acht bis zehn Uhr abends arbeiten und nicht die Zeit haben, ständig in Bars zu gehen, um neue Miezen aufzureißen. Ich schreibe zum Beispiel gerade der geilen PR- – wie heißt sie? – … Nancy, von diesem Energydrink, den wir gerade promoten. Natürlich will ich PR-Nancy nie wieder treffen, aber ich nutze sie als Projektion für meine Phantasie.«

Ich hätte ihm nicht als Erste schreiben sollen. Man muss einfach die normalen Date-Regeln befolgen, so aufgeklärt wir auch alle tun. Neuigkeit haut mich komplett um! Ich wusste nicht, dass Männer auch so gut im Sich-selbst-Täuschen sind. OMG! Ich bin Opfer eines Sextings!

Es bedeutet, ich war die ganze Zeit, in der er mir geschrieben hat, nur ein Lückenfüllding für ihn, wenn die Bahn sich verspätet hat! Und da wundert sich die Deutsche Bahn, dass sie Imageprobleme hat.

**19:47**

Positive Gedanken pro Sekunde in Megabites: null.

## DIENSTAG, 28. JULI

**19:30**

Habe ihm eine Freundschaftsanfrage für sein privates Facebook-Profil geschickt. Fand, das war sowieso schon lange überfällig. Obwohl, wenn ich mir anschaue, wie Mia mit ihren ehemaligen oder aktuellen Affären umgeht, weiß ich, dass man nicht automatisch auch bei Facebook miteinander befreundet ist, nur weil man miteinander schläft. Also ist so eine Freundschaftsanfrage gar nicht so arglos, wie man vermuten könnte. Das merkt man auch daran, wie wütend Leute reagieren, denen man im realen Leben begegnet und von denen man mal eine Anfrage abgelehnt hat.

Wenn er meine Anfrage nicht annimmt, dann ist das die größte Demütigung überhaupt. Ich meine, er hat über 5000 random Freunde!

Nun genervt von diesem kleinen roten Zeichen, das immer aufleuchtet, sobald eine neue Aktion stattgefunden hat. Weil ich immer denke, es bedeutet, dass er meine Freundschaft angenommen hat, da aber jedes Mal nur so etwas steht wie: *Max Hagener hat den von dir kommentierten Link kommentiert. Schau dir jetzt an, was er geschrieben hat.* Muss ganz dringend Einstellungen ändern, so dass ich nicht bei jeder Reaktion auf eine meiner Aktionen dieses dämliche rote Zeichen bekomme. So läuft die Aktion-Reaktion-Weisheit nämlich nicht.

Mein Leben in Rausch und Browse sieht irgendwie nicht gut aus. Zwölf verlinkte Fotos, so zwischen Magazin-Party und Uploads von Mias Blackberry: Zum Beispiel Mia, Luise und ich in dicken Mänteln frierend in einer Menschenreihe stehend. Im Hintergrund erkenne ich die von Autoabgasen dunkel gefärbten Backsteine des Crocket. Wir lachen, Schnee fällt, Mia steht in der Mitte zwischen uns, hebt die Arme in die Luft. Luise, mit einer Sektflasche in der Hand, sieht so aus, als würde sie entweder gerade nach vorne fallen oder sich vor Lachen den Bauch halten. Ich stehe daneben, die Hände tief in den Muff um meinen Hals vergraben, gucke lachend zu Mia auf. Ich liebe dieses Foto.

Klicke mich gerade wahllos durch irgendwelche Profile, habe ja sonst nichts zu tun. Staune, wie diese Mädchen ab Jahrgang 1995 ihr Profil hinkriegen. So richtig mit jeder Menge professionell wirkender Fotos und siebenhundert Freunden. Die können einfach alle mit Photoshop umgehen. Und ich bin immer noch der Typ: ein unscharfes Urlaubsfoto von vor zwei Jahren, wo ich finde, dass ich ganz gut aussehe, so eine Mischung aus erholt und braungebrannt. Theoretisch könnte es aber auch jede andere sein.

**20:50**

Heute auf Nicolas' Seite geguckt: 11 Mal

Videos, die er gepostet hat: 3

Davon witzig oder mit guter Musik: 0

Personen, mit denen er sich heute befreundet hat: 49

Davon Frauen: 42

Davon Frauen, die so aussehen, als hätten sie sofort mit ihm geschlafen: 23

Davon Frauen, mit denen er wahrscheinlich wirklich geschlafen hat: 5

Das bedeutet zwangsläufig, dass er online gewesen ist, aber meine Freundschaftsanfrage nicht angenommen hat! Warum nicht, was ist da schiefgelaufen?!

**22:04**

Liege jetzt seit einer Stunde im Bett und habe folgende Gründe erarbeitet, warum er so komisch reagiert:

Er hat eine neue Freundin.

Er schläft gerade mit einer Messehostess.

Dazu noch mit zwei Promotiongirls, solchen mit einer Setcard im Internet, für die sie selbst zahlen mussten.

Er hat eine Midlife-Crisis und meldet sich völlig wahllos bei Mädchen, will sie dann aber gar nicht treffen.

Er ist wieder mit seiner Ex zusammen.

Er hat mich im Internet gegoogelt.

Er denkt, ich bin die Liebe seines Lebens, will aber erst clean werden (unwahrscheinlich).

Er hat mich vergessen, wird sich aber, sobald er bereit ist, wieder bei mir melden, und wir werden Kinder zusammen kriegen (möglich).

Er steht einfach nicht auf mich.

Er steht auf mich, denkt aber, dass ich nicht die Richtige für ihn bin.

Er ist so ein Junkie, dass er mich einfach vergessen hat.

## FREITAG, 31. JULI

### 10:02

Wenn er sich heute nicht meldet, dann ist es eigentlich zu spät. Am Montag fliegen wir schon los, und danach sitze ich zwei Wochen lang auf irgendeiner gottverdammten Ritterburg fest, ohne Internet, ohne Warmwasser oder sonstige Bequemlichkeiten, und Luise wird mich jeden Tag bei fünf Grad Außentemperatur zu irgendwelchen Touristen-Moortour-Attraktionen zwingen.

## 13:30

Sitze im Büro und suche zusammen mit Sonja von der Mode die besten Fotos vom monatlichen *Music Shooting* raus, was die wahnsinnig innovative Idee von Bornerd ist, einen Musiker in die neueste Mode zu stecken.

Wie viel teuren Chanel-Nagellack ich verschwendet habe, denke ich nun und schaue auf meine sorgfältig rot lackierten Nägel herab. Das macht mich ganz traurig. Dabei war ich mir ohnehin nie sicher, ob ich mehr Typ *Dark Red* oder doch eher *Barcelona Blood* bin.

Da kommt plötzlich Bornerd rein und reicht mir den Telefonhörer. »Für dich.«

Hat dabei ein ganz merkwürdiges Lächeln drauf, so ein anzügliches Grinsen, aber ein ganz grausam verzerrtes, als seien es seine Gesichtsmuskeln nicht gewohnt, sich auf diese Weise zu bewegen, gemischt mit dem üblichen Ausdruck von Gemeinheit, den er immer trägt. So dass ich zuerst denke, er hätte vielleicht Kaugummi oder so an die Hörmuschel geklebt.

Vergewissere mich kurz, dass dem nicht so ist, und gehe mit meiner typischen Elf-Uhr-morgens-und-ich-gelangweilt-im-Büro-Stimme ran. »Hallo, Heloise hier.«

»Heloise, hi! Hier ist Nicolas.«

»Hallo Nicolas! Hier ist Heloise ...«, stottere ich.

»Ja.« Er lacht. »Das ist gut, die wollte ich nämlich sprechen. Sorry, dass es bisher nicht geklappt hat. Aber was hältst du von nächstem Mittwoch?«

»Ja. Klar«, stoße ich hervor, ohne nachzudenken.

»Also, fünfter August, gegen zwanzig Uhr?«

Fünfter August. Das Datum lässt etwas in meinem

Gehirn sich regen. Fünfter August – das ist Mias Geburtstag! Den wir in Schottland feiern wollten.

»Äh, pass auf. Ich weiß nicht genau, ob ich da Zeit habe.«

Bornerd haut sich als Reaktion auf diese Antwort mehrmals den Zeigefinger mit voller Wucht gegen die Stirn.

»Ich melde mich.« Und lege auf.

Marketing-Marvin pfeift anerkennend durch die Zähne, schüttelt aber dabei ungläubig den Kopf. »Da hätt ich jetzt 'ne andere Reaktion erwartet, Mäuschen.«

Ich schaffe es gerade so, halbherzig zu lächeln. Denn ich weiß, was für eine schwere Entscheidung vor mir liegt.

**16:12**

Ich sitze meinen Mädchen gegenüber. »Mia, Luise, ich werde euch jetzt etwas sagen, und es wird schlimm werden. Aber ich brauche euer Verständnis.«

»Du kommst nicht mit.« Mia fixiert mich mit einem kalten Blick.

»Ich ...« Sie hat mich überrumpelt. »Ich kann nicht anders. Er hat sich jetzt doch bei mir gemeldet und will nächsten Mittwoch mit mir essen gehen!«, stoße ich hervor. All diese bescheuerten Sätze, die ich mir vorher überlegt hatte, von wegen ich will, dass sie erwachsen reagieren, meinem Instinkt vertrauen, meine freie Entscheidung respektieren etc., lasse ich fallen. Was für ein Schwachsinn im Angesicht meiner beiden besten Freundinnen, die mit mir unsere letzte gemeinsame Zeit verbringen wollen! Und ich sitze hier und sage ihnen eine Tag vorher ab. Wegen einem Mann?

»Mittwoch ist Mias Geburtstag!« Luise guckt mich entsetzt an.

»Ich weiß«, murmle ich kleinlaut, schaue auf den Tisch.

»Du kommst nicht mit wegen ihm?« Mia spricht die Worte scharf aus.

Ich antworte nichts.

»Glaubst du wirklich, er ist der Richtige für dich?«

Ich blicke wieder zu ihr auf. »Ja …« Ich ziehe die Luft laut ein. »Ich kann mir wirklich vorstellen, dass er der Mann für mich ist.«

»Dann«, Mia legt mir kurz die Hand auf den Arm, »wünsche ich dir alles Gute. Ich hoffe, wirklich, dass er es ist. Und ich hoffe auch, dass ich mich irre, wenn ich glaube, dass du das alles ganz bitter bereuen wirst.«

Sie steht auf, schiebt sich an meinem Stuhl vorbei, ohne mich zu berühren, und geht mit schnellen Schritten aus dem Schlösschen. Ich sitze da, traurig und verunsichert.

»Mannomann«, murmelt Luise. »Das hätt ich jetzt echt nicht erwartet.«

Wir bleiben noch eine Weile sitzen, ich nippe schweigend an meinem Kaffee. Bis Luise aufsteht, sagt, sie müsse jetzt gehen, um zu packen. Dann umarmt sie mich, und ich bin alleine.

# AUGUST

## MITTWOCH, 5. AUGUST

### 09:33

Diesmal ist etwas anders. Bin gerade aufgewacht und stelle nun nach einem Blick auf den Wecker erstaunt fest, dass es schon halb zehn ist. Wahnsinn, ich habe fast neun Stunden geschlafen! Fühle mich auf eine ungewohnte Weise erholt und voller Kraft. Denke nun darüber nach, was für ein komplett anderer Mensch ich wäre, wenn mir das jeden Morgen so gehen würde! Wahrscheinlich würde ich freiwillig in meiner Freizeit Sozialarbeit absolvieren.

Spüre außerdem leichte Vorfreude auf Essen heute Abend. Was ja auch nicht Standard ist. Meistens denkt man doch kurz vor einem Date: Warum habe ich mich nur darauf eingelassen? Das wird ganz, ganz schrecklich werden. Wir werden uns gegenübersitzen, und dann werden wir beide bemerken, dass wir uns gar nicht verstehen, werden uns überhaupt nichts zu sagen haben, und selbst wenn wir uns dazu durchringen würden, miteinander zu schlafen, würde das auf diese ganz leise und unangenehm bewusste Art passieren, bei der einem jedes Stöhnen peinlich ist.

Aber jetzt habe ich echt ein gutes Gefühl.

Mache das, was ich morgens so gerne tue, wenn ich mal die Zeit habe, es zu tun. Mittwochmorgen erstaunlich gute Zeit dafür, weil sowohl Clemens als auch Kati in der Uni sind, was mir bis jetzt als nahezu unmöglich zu erreichender Zustand erschien. Setze also Kaffee auf, kuschle mich in das abgewetzte, grüne Ledersofa und versuche, mich in eine alte Zeitung reinzulesen, weil ich es aus schlechtem Gewissen nie schaffe, sie ungelesen wegzuschmeißen. Was aber nicht so richtig Spaß macht, weil ich die Zukunft ja schon kenne und deswegen weiß, dass Hertha es auch nach dem Spiel gegen Bremen nicht schafft, wieder in die Erste Liga aufzusteigen. Obwohl, nachdem sich gerade eh alle einen auf diese Stadt runterholen, tut es Berlin vielleicht ganz gut, mal irgendwo nicht Erster zu sein.

Traue mich dann sogar, das Radio anzumachen. Fürchte morgens echt nichts mehr als das: Jazz zu erwarten, und dann plärrt mir stattdessen die Werbung von einem Elektrofachmarkt entgegen, mit einer Grobheit und Lautstärke, die mich bis ins Mark erschüttert. Ich meine, echt, wenn mich jemals jemand fragen sollte, was ich wirklich hasse im Leben, dann sage ich natürlich zuerst: Nazis, Krieg, Modelwahn und alle zukünftigen Freundinnen von meinem Ex, aber dann sofort: Radiowerbung. Das ist nämlich echt mit Abstand das, was mir am schnellsten schlechte Laune für die nächsten 68 Stunden macht.

Schalte jetzt aber Radio an, und es kommt schöne brasilianische Irgendwasmusik. Suche dabei Wäsche zusammen, schneide Früchte in meinen Joghurt. Komme langsam in Schwung und wage beim Zähneputzen den ersten wirklichen Blick in den Spiegel. Nichts, alles okay. Meine Haare sitzen, so dass ich mir beinahe überlegen kann, sie einfach so zu lassen, anstatt sie zu waschen. Entscheide mich dann, heute Abend den blauen Stiftrock zu tragen, kombiniert mit einem weißen Tanktop. Alles ausgewählt ohne Mias Hilfe, und ich weiß ein bisschen aus Erfahrung, dass mir das den Charme einer heißen Sekretärin gibt, und das ist nie verkehrt. Außerdem kommen meine Brüste zur Geltung, und ich kann vorne beim Rock die Hände in die Taschen stecken, was ich als eine sowohl lässige als auch nützliche Geste empfinde.

**20:02**

Ich stehe vor dem Restaurant. Folgende Wörter stechen meinem ästhetischen Grundverständnis ins Auge, die in locker-flockiger Art mit Kreide auf eine Tafel geschrieben wurden: *Mood Food, Soul Cocktails, Breakfast Deals*. Mia hätte sofort gesagt, sie will hier raus, sie kriegt hier Kotzenwollen. Denke auch, wer immer dieser dreiste Kerl ist, der so was in Berlin eröffnet hat, der hat Berlin definitiv nicht verstanden. Auch wenn das vollständig gefüllte Restaurant jetzt ein bisschen gegen meine Theorie spricht. Beobachte gedankenverloren durchs Fenster die da drinnen essenden Menschen. Wo kommen plötzlich diese ganzen gutaussehenden Frauen her? Und seit wann haben eigentlich alle lange Beine??

Konzentriere mich lieber wieder auf mein Spiegelbild. So überprüfe ich zum Beispiel zum hundertsten Mal, ob meine Haare links über die Schulter herumgelegt besser aussehen als rechts herum. Entscheide mich für rechts herum, bin mir aber bewusst, dass es sich bei der nächsten Bewegung eh wieder ändern wird. Blicke dann auf mein Handy. Fünf nach acht. Er ist zu spät. Versuche mich davon nicht total verunsichern zu lassen, spüre aber trotzdem langsam Angst in mir aufsteigen, alle Selbstsicherheit vernichtend. Nicht, dass er mich wie beim letzten Mal sitzenlässt! Habe das Gefühl, meine Kehle drückt sich von selbst zusammen. Er kommt wirklich nicht. Ich warte weiter. Den Tränen nahe. Natürlich kommt er nicht, er wollte sich gar nicht erst mit mir treffen! Stehe da, entblößt und voller Scham, dass ich ein weiteres Mal auf ihn hereingefallen bin.

Da kommt er dann. Mit strahlendem Lächeln, als wäre nichts gewesen. »Sorry Süße«, säuselt er. »Ich habe kein Taxi bekommen.«

Küsst mir auf seine üblich schmatzende Weise auf den Mund, die mir mittlerweile schon bekannt ist. Dann tu ich es schon wieder! Du Arsch hast mich warten lassen, denke ich, sage aber: »Nein, das macht doch nichts!«

Aber es macht wirklich nichts, ich bin einfach froh, ihn zu sehen. Wir suchen uns einen schönen Tisch im hinteren Winkel des Restaurants. Ich setze mich auf den Stuhl ihm gegenüber. Mir fällt absolut nichts ein, was ich ihn fragen könnte. Oder ihm erzählen. Oder Kluges in den Raum werfen. Also sage ich nichts. Bin mir auch sicher, wenn ich jetzt etwas sagen würde, hätte meine Stimme eine merkwürdig hohe, quietschende Stimmlage. Gucke stattdessen weiter angestrengt in die Karte.

Ich weiß nicht, was mit mir los ist! Ich bin so aufgeregt, dass meine Hände zittern und ich nur hoffen kann, dass er das nicht am Wackeln der Karte bemerkt. Welcher Idiot fand es eigentlich cool, die Speisekarte mit den original koreanischen Bezeichnungen zu schreiben, ohne irgendeine Beschreibung, der Rassist? Ich versuche festzustellen, ob mir was bekannt vorkommt. Aber alles verschwimmt vor meinen Augen. Ein Gefühl, das ich zuletzt beim Abitur, Mathe mündlich, hatte.

Bemerke dann aber, dass ich aufhören muss zu denken, um mich stattdessen mit meiner tatsächlichen, aktiven Umwelt zu beschäftigen. Das ist schon fies, diese Panikreaktion, in der das Gehirn einfach sofort in eine Parallelwelt flüchtet. Ich blicke auf, merke, dass er mich anguckt. Sehe sein schönes Gesicht. Er lächelt schelmisch. »Gut siehst du aus.«

Größtes Grinsen meinerseits, hallo Realität!

»Wollen wir einfach 'ne gemischte Platte nehmen?«, schlägt er vor. »Ich habe keine Ahnung, was all die Sachen bedeuten. Und was trinkst du gerne, Weißwein?«

Er bestellt sofort. Hmm, ich mag es, wenn Männer mich bevormunden, ehrlich. Wir fangen an, uns zu unterhalten, langsam entspanne ich mich. Der Wein kommt und mit ihm wieder dieses Gefühl, dass es immer so weitergeht, nie aufhört, ich mich ohne Angst einfach fallen lassen kann.

Und er ist so witzig! Erzählt, wie er einmal bei einer etwas größeren privaten Geburtstagsfeier eines befreundeten Musikproduzenten einen Refrain von Tom Jones in einen Jingle reingemixt hat. Das Ganze lief dann als Erinnerung unter dem Titel *Thomas wird 37!*

bei YouTube und hatte vielleicht 300 Aufrufe. Ein paar Tage später rief dann das Anwaltsbüro von Jones an und forderte Lizenzgebühren!

Ich lache. Registriere freudig die Aufmerksamkeit, mit der er mich die ganze Zeit schon umgibt, indem er mich intensiv anguckt, alles von mir und meinem Leben wissen will, nach meinen Freundinnen fragt, Wein nachschenkt. Wein nachschenkt. Hatte ich das schon erwähnt? Ich bemerke, dass ich mittlerweile richtig betrunken bin. Zum Beispiel ist mir gerade der Ellbogen vom Tisch gerutscht, woraufhin ich mich, anstatt vor Scham im Boden zu versinken, lauthals kreischend kaputtlachte. Gott sei Dank er auch. Wir sind einfach beide ziemlich betrunken, und ich denke nur, wir fallen auf, so zwischen den ganzen schicken Menschen um uns herum, die hier ihre Geschäftsessen haben.

Die koreanischen Vorspeisen stehen kaum angerührt zwischen uns. Das ist dummerweise bei mir so: Wenn ich trinke, will ich nicht essen. Dann will ich Sex. Verdammt, sieht der gut aus.

»Noch 'ne Flasche hier vom guten, ähm, Dingswein«, schreit Nicolas gerade durch den Laden. Ich schlüpfe auf fast elegante Weise aus den Stiefeln mit den Zehn-Zentimeter-Absätzen, streiche über seine Hose nach oben, lande an der Stelle, wo die Hosenbeine zusammengehen. Er guckt irritiert auf, grinst mich an. Ich hebe wieder den Fuß und tippe sanft an die Stelle zwischen seinen Beinen. Streichle langsam darüber, verstärke den Druck. Spüre, wie sein Penis hart wird. Lehne mich über den Tisch, schiebe meine Ellbogen so geschickt unter die Brüste, dass sie prall aus meinem

Top hervorstehen. Er guckt mir weiterhin unentwegt in die Augen. Lässt dann, ohne seine Haltung zu verändern, seinen Arm zu mir rübergleiten, berührt meine Brust. Nestelt meine Brustwarze aus dem Tanktop hervor, die jetzt hart, spitzbübisch, klein und braungebrannt herausguckt. Ich habe meinen Fuß weiter in seinem Schritt. Dann beugt er sich über den Tisch und küsst mich. Lange und verdammt gut. So dass ich gar nicht mehr aufhören will.

»Geh ins Bad, ich komm gleich nach«, raunt er mir heiser ins Ohr. Ich kichere, schaffe es irgendwie, wieder in meine Schuhe zu kommen, und stolpere beschwipst in die ungefähre Richtung vom Klo. Schließe die Tür zum Vorraum hinter mir, lehne mich an die gekachelte Wand. Atme einmal lang aus, um mich zu beruhigen, aber es endet nur in einem heiseren Gekichere. Riskiere einen Blick in den Spiegel und sehe, was ich erwartet hatte zu sehen, weil ich aus Erfahrung weiß, wie ich betrunken aussehe: rote Wangen, wirre Locken, meine Augen blitzen mich vergnügt an. Aber wie egal! Denn wenn ich in meinem Zustand etwas noch sicher weiß, dann, dass es keinen Mann gibt, der an diesem Punkt einen Schritt zurück machen würde.

Und da ist er auch schon. Mit einem Schwung fliegt die Tür auf. Er fixiert mich, grinst wieder, legt seine Hand an meinen Hals, presst mich an die Wand. Küsst mich, schiebt langsam von hinten seine andere Hand unter meinen Rock, streichelt über meinen Po. Ich fasse ihm wieder in den Schritt, schaffe es irgendwie, die Topträger runter auf meine Taille zu ziehen, presse meine Brüste an ihn. Er macht seine Hose auf, zieht seinen steifen Penis heraus. Ich gucke ihm wieder in die Augen. Gehe dann runter. Knie mich vor ihn hin. Fasse seinen Penis mit beiden Händen an, will gerade –

Da fliegt die Tür auf. Wie erstarrt gucken Nicolas und ich uns um, er mit heruntergelassenen Hosen, ich weiterhin seinen Penis mit beiden Händen fest umklammernd.

»Bornerd?«

»Lise?« Mein Chef guckt mich an.

»Das ist Nicolas Knight«, sage ich, nicke mit dem Kopf nach oben.

»Äh hi«, sagt Nicolas und streckt Bornerd die Hand entgegen. Der guckt immer noch mich an, dann wendet er seinen Kopf langsam zu Nicolas hinüber. Blickt auf die ihm entgegengestreckte Hand und hält kurz inne, als wüsste er nicht, ob er sie wirklich schütteln soll. Tut es dann doch.

»Bornerd, *Weltmeister Magazin*.« Er guckt wieder zu mir.

»Lise«, sagt er, tippt sich an eine unsichtbare Hutspitze und geht zur Tür wieder hinaus. Wir fangen hektisch an, uns anzuziehen.

»Ich hoffe, das wird keine Probleme für dich geben?«, fragt Nicolas.

Ich lache. »Oh nein, glaub mir. Ich habe gerade eine Lohnerhöhung von 5 Cent pro Wort erhalten.«

Nicolas klemmt seinen immer noch harten Penis im Hosenbund ein, indem er ihn einfach nach oben klappt, und dann laufen wir leise kichernd in Schlangenlinien zurück zum Tisch.

Seine Wangen sind gerötet. Er steckt sich eine Zigarette an, bietet mir auch eine an. Wir rauchen beide, gucken uns lächelnd an. Entspannt lehnt er sich im Stuhl zurück, rüttelt seine Hose noch mal zurecht, lässt seinen Blick durchs Restaurant schweifen. Plötzlich entgleiten ihm alle Gesichtszüge. Ich gucke mich nach dem Punkt um, auf den er wie gebannt starrt. Eine Frau kommt auf uns zu. Nein, Richtigstellung: Sie geht nicht, sie schreitet mit ihren langen Beinen durchs Lokal. Die anderen Gästen blicken sich verstohlen nach ihr um. Ich komme mir vor wie in einer Werbung – hat die 'nen Scheißföhn, der ihr die Haare die ganze Zeit nach hinten weht, oder was? Man sieht sofort den Unterschied zwischen Model und normalem Menschen, denke ich, aber da hat sie auch schon unseren Tisch erreicht. »Hi, Nicolas.«

»Rebecca!« Er springt hastig auf. Steht dann etwas unbeholfen vor ihr. Ich bemerke, dass er ein gutes Stück kleiner ist als sie. Er küsst sie eine Note zu lang auf beide Wangen. »Was machst du denn hier?«

»Ooh«, sie zieht den Laut lang. Dann verweilt sie wie zum Ausklang mit zu einem O geformten Lippen. »Ich bin hier mit den Artfight-Leuten.« Da! Schon wieder dieser langgezogene Vokal und anschließend der erstarrte Blasemund. Die ist total bescheuert, schießt es mir durch den Kopf, komplett durchgeknallt. Sie zeigt hinter sich. Ich sehe in der Ecke eine Menge stylischer Frauen und Männer sitzen, die alle irgendwie extrem individuell aussehen. Er steht immer noch wie erstarrt vor ihr und wirkt plötzlich gar nicht mehr cool.

»Hi, ich bin Heloise«, stelle ich mich selbst vor. Sie guckt auf mich herunter – so gefühlte zwei Meter über mir –, und dann macht sie es tatsächlich: Sie winkt von oben auf mich herab.

»Ja, das ist Heloise, vom *Weltmeister Magazin*«, bestätigt Nicolas. Nuschelt »Interview …« hinterher, wie zur Entschuldigung.

»Na dann will ich euch nicht stören«, sagt das Model. Blasepuppenmund.

Dann schwebt Rebecca zurück zu ihrem Tisch.

Stimmung hinüber. Er winkt den Kellner heran, packt hektisch seine Sachen zusammen, gibt kein Trinkgeld. »Gehen wir?«, fragt er, wohl rhetorisch.

Denn ohne meine Antwort abzuwarten, steht er auf und zischt aus dem Laden. Ich bin immer noch total verblüfft. Laufe dann aber artig hinter ihm her, obwohl ich mich fühle wie ein Kind, das nicht versteht, was gerade um es herum passiert. Er hat ein Taxi angehalten. Fragt mich schon wieder nicht, ob ich mitwill oder nicht, lässt nur die Tür offen. Ich steige also ein.

Da sitzt er dann neben mir, in Trübsinn versunken, als wäre ich gar nicht da. Überlege, wie ich ihm helfen kann. Denke dann daran, wie bekannt mir dieses Gefühl ist, dass nur ein einziger anderer Mensch zählt. Denke an die ganze Trennung zwischen mir und Philipp.

»Ich hatte auch mal so 'nen Freund …«, sage ich und will hinterherschieben, wie lange ich gebraucht habe, bis ich darüber hinweggekommen bin, aber auch, dass ich es geschafft habe.

Doch da unterbricht er mich unwirsch: »Na, das ist aber schön für dich.«

Ich weiche vor der Härte in seiner Stimme zurück, als hätte er mich geschlagen, und denke: Verdammt, komm mir nicht so! Wenn man sich als 35-jähriger Mann so aufführt wegen einer Frau, die höchstens der Sexphantasie eines Fünfzehnjährigen entspricht, dann sollte man darüber nachdenken!

Sitzen den restlichen Weg schweigend nebeneinander. Ich registriere, dass wir in Richtung Stadtmitte fahren und nicht zurück nach Kreuzberg. Halten irgendwo Friedrichstraße, vor einer Stahl-Glas-Beton-Konstruktion. »Da wohnt ein Freund von mir«, sagt er erklärend.

Als ich die Treppe vor ihm hochlaufe, stelle ich erleichtert fest, dass er seine Hand wieder unter mein Kleid gleiten lässt. Vielleicht hat ihn die Ex nur kurz erschreckt, und nun können wir da weitermachen, wo Bornerd uns unterbrochen hat?

Und tatsächlich, kaum sind wir in der Wohnung, schiebt er mich auch schon ins Schlafzimmer. Schubst mich sanft aufs Bett, zieht seine Hose mit einer Gewalt runter, als könnte er es gar nicht erwarten. Legt sich auf mich, schiebt meinen Rock hoch. Nestelt sich dann mit seinem dummen steifen Penis an meiner Unterhose vorbei. Und schläft mit mir. Einfach so. Ohne mich zu küssen. Er bewegt sich auf und ab, sein Kopf immer wieder schräg an meinem vorbei. Ich starre an die Decke. Bewege mein Gesicht nach links, um mir das Zimmer anzugucken. Schon wieder ein Gesamtdesignkonzept! Wo bin ich überhaupt gelandet – in einem DJ-Puff?

Doch da kommt er auch schon, mit einem kurzen, gepressten Stöhnen. Rollt sich von mir runter. Blickt kurz in mein Gesicht, wie um meine Reaktion auf das eben Geschehene zu überprüfen. Ich denke, er sah allerhöchstens einen Ausdruck von Erstaunen. Sonst nichts, ich meine, das war alles so schnell! Er zerrt nun aggressiv an der blauen Satinbettdecke, die unter ihm liegt, um danach mit vielen unnötigen, spastisch aussehenden Bewegungen, bei denen er die Arme und Beine wild fuchtelnd von sich wirft, darunterzukriechen. Wendet mir den Rücken zu. Ich bleibe noch einen Moment liegen, versuche, mich zu sammeln. Stehe dann auf, um hastig meine Kleider zusammenzusuchen. Knalle die Tür zu und ziehe mich erst im Flur notdürftig an.

Renne die fünf Stockwerke hinunter, renne weiter die Straße lang und bleibe erst stehen, als ich merke, dass ich schon mitten auf der Friedrichstraße bin. Halte inne. Höre, wie meine Lunge gierig nach Luft ringt. Laufe noch ein Stück die Straße lang. Und werde plötzlich richtig wütend! Darauf, dass ich jetzt wegen ihm auf dieser Scheißstraße bin und auch darauf, dass ich nie weiß, ob es links runter zur Französischen Straße geht und rechts zur Torstraße oder genau umgekehrt. Und auch darauf, dass man nachts einfach kein Mädchen alleine in Mitte lässt! Weil einfach jeder Mensch, den du rein theoretisch nach dem Weg fragen könntest, ein verdammter Scheißtourist aus Scheißitalien ist!

Dann überwältigt mich die Wahrheit mit ihrer ganzen Wucht. Krampfhaft zieht sich meine Brust zusammen. Er hatte mit mir geschlafen, einfach weil er mit jemandem schlafen wollte. Oder noch schlimmer, er hatte mit mir geschlafen, weil er eigentlich mit seiner Exfreundin schlafen wollte! Wie gemein!, heule ich laut auf. Ich meine, klar haben auch wir Mädchen schon mal mit jemandem geschlafen, weil wir etwas erreichen wollten.

Zum Beispiel, um endlich einen Freund zu bekommen. Gegebenenfalls vielleicht auch wegen einem Praktikum, Job oder einfach deswegen, weil der andere einen abgelehnt hat (Mia). Aber er? Er hat mich einfach nur benutzt! Das ist zu demütigend.

**00:41**

»Heli?« Mia ist offensichtlich verwirrt, dass ich sie mitten in unserer Streitphase anrufe. Eigentlich ist es 'ne klare Regel, dass wir beide so lange nicht miteinander reden, stur wie wir sind, bis eine von uns nachgibt. Was meistens ich bin, weil ich entweder vergessen habe, warum wir uns gestritten hatten, oder einfach, weil ich keine Lust mehr habe, so zu tun, als wäre ich sauer, obwohl ich es gar nicht mehr bin.

»Mia, er hat einfach nur mit mir geschlafen!«, schreie ich ihr durchs Telefon ins Ohr. Manchmal glaube ich, ich werde wie mein Vater, der nämlich auch anfängt, je weiter die Entfernung zwischen uns ist, desto lauter in den Hörer zu brüllen.

»Was soll das heißen, er hat einfach nur mit dir geschlafen?«, fragt sie vollends verwirrt und ja auch noch immer halb verschlafen.

»Er hat einfach nur mit mir geschlafen, weil er mit jemandem schlafen wollte! Er hat mich noch nicht mal geküsst –«, rufe ich entrüstet, »sondern dabei an seine Exfreundin gedacht!«

»Nicolas hat einfach nur mit Heli geschlafen und dabei an seine Exfreundin gedacht«, gibt Mia die Information gut zusammengefasst an Luise weiter.

»Was für'n Arsch!«, höre ich Luise laut rufen.

Nun ist auch Mia richtig wach und voll in ihrem Element. »Wie kann dieser kleine Dreckswichser einfach nur mit dir schlafen und dabei auch noch an seine Exfreundin denken! Erst diese Scheißessensnummer, und dann alles geheuchelt, oder was? Nur weil er merkt, dass er plötzlich Bauchansatz bekommt, fängt er jetzt an, sich wahllos Jüngere zu suchen, wie?!«

Luise von hinten: »Frag sie mal, wie sie damit umgegangen ist.«

»Äh ja ...« Mia versucht runterzukommen. »Wie gehst du damit um?« Ihre Stimme hat wieder diese mütterliche Wärme, die ich so liebe. »Hast du dem Scheißpenner in die Säcke gehauen, oder was?«

»Ich bin einfach rausgerannt, ich war so geschockt«, gebe ich zu.

»Sie ist einfach rausgerannt«, knurrt Mia Luise zu.

»Na ja, immerhin hat sie sofort verstanden, dass das mal gar nicht geht. Und wie geht's ihr jetzt? Frag sie«, sagt Luise.

Ich antworte sofort, da ich ja beide hören kann. »Ich bin sauer. Ich bin so sauer, wenn ich diesen Kerl noch einmal sehe, dann kotze ich!«

»Zu Recht!«, schreit Mia.

»Und was ist ihre Konsequenz daraus?«, fragt wieder Luise.

»Deine Konsequenz?«, gibt Mia mir halbernst weiter.

»Meine Konsequenz: nie wieder Jungs, nie wieder Scheißkerle. Ehrlich! Ich habe genug von denen! Wenn ich mich noch einmal auf einen einlassen sollte, dann lasse ich mich sofort von ihm schwängern und zwinge ihn dann, mich zu heiraten. Zwei Jahre Schonfrist, in der Zeit kann man sich noch leicht trennen, und dann werde ich mich schlecht benehmen, für immer!« Höre Mia und Luise leise kichern.

»Schön, dass du wieder da bist«, sagt Mia erleichtert. »Die Heli, die sich total verbiegt für einen DJ, war nämlich ganz schön anstrengend.«

Nun lache auch ich. »Ich vermisse euch, ich wünschte, ihr wärt hier«, gestehe ich.

»Ja, meine Süße«, sagt Mia. »Wir dich auch. Wir haben dich auch sehr lieb und sind bald wieder ...« Der Empfang wird immer schlechter.

»Mia, Mia?«, brülle ich noch mal in die Leitung. Ich höre, wie sie abgehackt irgendwas sagt, Luise von hinten was schreit, aber dann – Stille. Die beiden sind weg.

## SAMSTAG, 15. AUGUST

### 10:12

Der Sommer ist bald vorbei. Pünktlich zum Wechsel meiner Laune begann gestern ein kühler Wind zu wehen. Mir recht, bleiben endlich die Pärchen zu Hause und verstopfen nicht mehr auf ihre total unökonomische und egoistische Weise, nämlich immer an der Hand des anderen zu laufen, die Gehwege! Sollen sie sich gegenseitig an Käsenockerl ersticken und mindestens zehn Kilo zunehmen.

Mias und Luises Urlaub müsste heute enden. Aber ich weiß, dass Mia jetzt direkt nach Barcelona fährt, um sich dort eine WG anzugucken und am Recall teilzunehmen. Bin mir sicher, es heißt nicht »Recall« in der Kunstbranche da, aber mir fällt tatsächlich kein anderes Wort dafür ein.

Und Luise fährt nach London, denn da gibt es diese große Abschiedsparty für die ganzen Trainees, die den Sommer über da auch gearbeitet haben, und da muss sie hin oder will. Vielleicht wittert sie eine Chance, wieder Käse zu klauen.

## 20:40

Ich weiß nicht, was passiert ist. Bin irgendwie weg vom Vor-mich-hin-Trauern, hin zu böses, sarkastisches Weib, das nur noch am Tresen sitzt und alles abwinkt. Weiß nicht, ob das eine gute Veränderung ist, aber eigentlich ist jede Veränderung eine Stufe über dem Zustand der Stagnation.

Ich meine, nichts berührt mich mehr, nichts tangiert mich! Ich sitze hier einfach nur noch am Tresen im Schlösschen. Da, wo ich immer sitze und Mia beim Kellnern beobachte.

Jetzt läuft da diese blonde Schnepfe Melissa lang, heute in Hotpants und mit längst outem Sidecut, die außerdem, seit ich sie das letzte Mal gesehen habe, einige Tattoos mehr hat. Mann, denke ich, ich dachte echt, das wäre so Neunziger, das macht keiner mehr! Wen will sie damit denn noch beeindrucken, das wird noch nicht einmal ihre Kleinstadteltern aus Krefeld erschrecken, falls ihr Kind mal wieder dahin zurückgeht, endlich wieder dahin zurückgeht, meine ich! Jetzt hat sie also einen Adler am Nacken, dessen Federn am linken Flügel so geformt sind, als würde er einen Daumen hochrecken. Und da hängt dann über seinem Kopf eine Sprechblase mit folgendem Inhalt: *Cool Cat!*

Ich gratuliere ihr, sage, Adler kommen in Deutschland nie aus der Mode, da müsse man einfach nur mal an die deutsche Vergangenheit denken oder auch an die alten Fünfmarkmünzen. Erwarte gar keine Reaktion von ihr, und da kommt auch keine, denn sie quiekt auch schon weiter, darüber, dass sie sich gestern die Haare in einer anderen Blondnuance gefärbt hat. Ehrlich, sie sagt wirklich: »andere Blondnuance«. Und dann sagt sie noch, es gebe genau zwei Dinge, die sie schon immer machen wollte, erstens, sich jede Woche die Haare in einer anderen Farbe zu färben, und zweitens, dass sie schon immer nach Berlin wollte! Macht mich jetzt ganz fertig, dass sie sich da einfach zwei Lebensziele gesetzt hat und die dann auch noch erreicht.

Da ich aber gerade nicht so viele Leute zum Reden habe, gehe ich darauf ein und sage tonlos: »Aufregend, nicht?« Bin mir nicht sicher, ob ich Berlin meine oder die andere Blondnuance.

Was aber ein Fehler ist, denn nun fängt sie wirklich an zu plappern und hört gar nicht mehr auf. »Oh ja«, quiekt sie. »Berlin ist so krass!«

Sie würde ja in einer Riesen-WG in Friedrichshain wohnen, und nächstes Jahr wolle sie sich an der UDK für Modedesign bewerben, aber jetzt merke sie gerade, dass sie eigentlich noch total jung sei und eigentlich erst mal Spaß haben wolle! Werfe immer wieder Laute des Unglaubens ein, die echt so unecht klingen, dass sie wirklich merken müsste, wie ich mich über sie lustig mache!

Bemerkt sie aber nicht. Ich meine, das sind echt die Schlimmsten. Diese ganzen rheinischen oder von mir aus auch westfälischen Frohnaturen, an denen alles abprallt. Du kannst denen kommen, mit was du willst, die denken, du bist freundlich zu ihnen! Und als ich ihr Angst machen will, von wegen wie sie denn mit Modedesign jetzt noch Geld verdienen wolle, der Zug sei doch schon längst abgefahren, da sagt sie einfach: »Na, dann schnapp ich mir 'nen Mann!« Und meint das auch noch völlig ernst, und ich weiß auch noch, dass sie damit recht haben wird und bestimmt mehr Erfolg als einige andere.

Frage dann, was sie denn meine mit »Spaß haben«, einfach nur, um den Dolch noch tiefer in mein Herz zu bohren, und denke, sie erzählt mir gleich was von Affären mit irgendwelchen Jungschauspielern. Aber da antwortet sie: Ach so, sie teile sich die Schichten immer so ein, dass sie von Donnerstag bis Montag freihabe, denn da würden sie und ihre Freunde immer ins Golden Gate gehen und danach ins Crocket und dann ein bisschen Schlaf, hierbei zwinkert sie mir zu, warum, weiß ich auch nicht, dann weiter ins Berghain. Manchmal dann noch Montag in den Kater, aber eigentlich brauche sie den Tag immer, um klarzukommen für ihre Arbeit, womit sie das Kellnern im Schlösschen meint.

Und da lache ich sie an. Das erste echt gemeinte herzliche Lachen heute, schlage auf die Bar und sage: »Mensch Melissa, ich finde auch, dass man *Spaß* haben sollte, wenn man jung ist!«, und lade sie auf einen Kurzen ein. Und danke nun im Geheimen Gott, Dr. Motte, Scooter und den anderen Technogrößen, dass es diese ganzen Institutionen wie Berghain, Crocket, Watergate etc. gibt. Denn die saugen gleich am Anfang alle Zuzos, Touris und Junkies, die hier ankommen, mit einem Schluck auf und lassen sie nie wieder frei, und die verlieren sich dann in der Szene. Und wenn man sich Melissa anguckt, dann bemerkt man das auch: Da ist echt nach zwei Monaten ein kleines Nordrheinwestfalen-Mädchen, oder wo auch immer Krefeld liegt, zur übelsten Junkiebraut mutiert, die sich wirklich dieses ganze Zeug reinzieht. Und damit meine ich, wirklich im Sinne von sich wirklich den ganzen Shit reinziehen, tagelang auf Afterhours zu chillen und überhaupt nicht mehr klarzukommen, und nicht nur so etwas Lächerliches wie Exfreund anrufen/Gläser klauen/den Weg vom Club nach Hause zu Fuß zu laufen, wegen dem manche Mädchen ihren Freundinnen zu Hause dann erzählen, wie krass Berlin ist. Freue mich aber schon auf den Moment, wenn sie Weihnachten nach Hause zurückfährt, und wie geschockt die Eltern sein werden, wenn sie sehen, was mit ihrer Kleinen passiert ist. Die ihnen dann beichten muss, dass sie Ausbildung/Praktikum gleich am Anfang abgebrochen hat und all die monatliche Unterstützung, die sie von ihnen bekam, ausgegeben hat für mit Waschpulver gestrecktes Koks.

Schon bin ich von der Angst befreit, dass eines dieser Mädchen mir irgendwas wegnehmen könnte oder gar Mias Platz einnehmen.

## SAMSTAG, 22. AUGUST

### 18:18

Mache gerade meinen üblichen Single-Samstagnachmittagseinkauf beim Bioladen Grüne Rübe. Stehe da mit lauter jungen Single-Männern an der Kasse und denke dann, an sich ist das der perfekte Platz, um jemanden kennenzulernen! Lehne aber natürlich gleich alle Gutaussehenden ab, weil wenn die jetzt immer noch Single sind, dann ist mit denen sicher einiges nicht in Ordnung.

Lege jetzt das Folgende aufs Band: 80 Gramm abgepackten Schweizer Käse im praktischen Single-Format, 250 Milliliter fertige Tomatensuppe in fröhlicher Single-Verpackung, 125 Gramm Biohimbeerjoghurt, ewig haltbar – was machen die mit meinen Biokühen? –, zwei Flaschen trockenen Rotwein, diverse koffeinhaltige Aufpusher ohne Zucker. Und ich gebe zu, ich kann nicht anders und muss auch einen Lavendelstrauch ohne Übertopf kaufen, um den Männern bei mir in der Schlange vorzutäuschen, ich sei in einer Beziehung. Früher machten wir das ja mit Kondomen, aber das ist mir mittlerweile zu teuer. Nehme zum Ausgleich für den ganzen Betrug noch das eingeschweißte Blattspinat-Family-Pack und werde heute Abend erst einmal genüsslich meine Gabel in das Auge der blonden Mutter piksen.

Finde mich ja, ganz ehrlich, unglaublich witzig, wie ich so polternd und schlechtgelaunt durchs Leben laufe. Wirklich, es gibt ja diese ganzen Möglichkeiten um mich herum, die Open Airs, die jetzt hinter jedem Busch in der Hasenheide stattfinden. Und ja, dieser Moment, in dem die Sonne durch die Wolken bricht und die tanzende Menge trifft, ist bezaubernd. Auch beim dritten Mal noch, aber irgendwann ist doch mal gut. Dass wir wirklich alle wie wild irgendwo hinrennen, nur weil ein kleiner Typ, der bis vor zwei Jahren noch Reggae gehört hat, dort Dubstep auflegt! Dabei wird das Ganze eh nach einer Stunde von der Polizei aufgelöst.

Denke weiter darüber nach, dass ich mir gar nicht mehr sicher bin, ob meine Situation wirklich noch als »witzig« zu bezeichnen ist oder nicht doch eher einfach nur in Richtung völliger Rückschritt und sozial total fertig geht, so von wegen da geht ja einfach gar nichts mehr, weder nach vorne, noch ist da irgendein nützlicher Rückschritt. Denn eigentlich bedeutet ja jeder Rückschritt automatisch, dass man wieder ein Ziel hat, nämlich das zu erreichen, was man schon mal hatte. Aber bei mir ist einfach nur totale Stagnation. Auch wenn ich sie bewusst gewählt habe.

Da klingelt mein Handy, was es schon seit einer Ewigkeit nicht mehr getan hat. Bornerd ruft an. Was ich jetzt mal als Beweis sehe, dass es um mich lauter Möglichkeiten und Chancen gibt. Gehe also ran.

»Heloise!«

Ich halte irritiert inne. Auch er scheint über etwas zu stocken, seinen eigenen Worten nachlauschend. Hat er meinen Namen gerade wirklich richtig gesagt?

»Heloise«, fängt er noch mal vorsichtig von vorne an. »Hast du vielleicht Bock auf 'n Interview in deinem Style mit ›Totale Katastrophe‹?«

Seit er denkt, ich hätte etwas Festes mit Nicolas, denn immerhin hat er gesehen, wie ich ihm beim Szenekoreaner einen blasen wollte, das konnte ja nichts anderes heißen, fragt er bei allem höflich nach, ob ich auch Bock habe, was immer diese Phrase heißen soll. Frage mich, ob ich die Interviewreihe behalten werde, sobald er erfährt, dass da nichts mehr zwischen uns ist und auch nie wieder sein wird.

»Hiphop, mal nicht Berlin Randbezirk. Ich meine, die Jungs sind echt anders«, gibt er zu bedenken.

»Hardcore, hm, ja, oder was?«, frage ich rhetorisch nach. Es ist manchmal gar nicht so einfach, sich seinem Jugendslang anzupassen. »Ich mach's. Morgen? Heute?«

Er ist schon wieder irritiert, diesmal, dass ich einfach so drauf eingehe, ohne mindestens einen Laut der Panik zu äußern. Aber, ganz ehrlich, mich haut ja nichts mehr um. Da kann kommen, was will.

»Gut, Nancy schickt dir dann alles.«

»PR-Nancy vom Energydrink?«

»Äh, ja, die, äh, arbeitet jetzt hier. Glück für Marvin«, gibt er verlegen zu. »Weißte, manchmal wird aus einem Sexting ein Bestthing, das weißt du besser als ich. Nicht wahr, Heloise?« Er lacht.

Ich verstecke mein Würgen in einem lachähnlichen Laut. Er weiß es also noch nicht.

## SONNTAG, 30. AUGUST

### 11:16

Handy klingelt wieder. Oh Gott, kann ich bitte wieder zurück in mein langweiliges, einsames Leben, in dem mein Handy nicht dauernd klingelt, nur um mir zu beweisen, dass ich lauter Möglichkeiten um mich herum habe?

»Heli, hiii.« Oh Gott II, langgezogener Laut.

Für einen kurzen Augenblick habe ich die Befürchtung, Rebecca hätte von Nicolas meine Nummer erbeten, um mich anzurufen und mich persönlich zu ihrer beider Hochzeit einzuladen oder so. Aber nein, es gibt noch andere Mädchen, die genauso bescheuert sprechen wie sie!

Denn PR-Nancy sagt: »Hi, Heli, hier ist Nancy vom *Weltmeister Magazin.*«

Das stimmt nicht, denke ich. *Ich* bin Heli vom *Weltmeister Magazin. Du* bist höchstens PR-Nancy vom Energydrink oder allerhöchstens die neue Schnitte von Marketing-Marvin, und ich weiß nicht, was schlimmer ist.

»Duhu, ich soll dir alles schicken für das Interview mit Totale Katastrophe. Aber nicht abschleppen, ja?« Sie kichert.

Oh Gott III, PR-Nancy macht schmutzige Witze über mein Sexleben! Irgendwas läuft gewaltig schief in meinem Leben.

»Du, sag mal, wie ist er denn so?«, fragt sie. Marketing-Marvin? Das muss sie doch wissen, nicht ich, denke ich, sie schläft doch mit ihm. Aber dann wird mir klar, wen sie meint.

»Nicolas? Ganz ehrlich – ein Arsch ist er. Und einen kleinen Penis hat er auch noch!«, schreie ich hinterher und lege dann eilig auf. Oh Gott IV.

Fünfzehn Minuten, in denen ich wie versteinert auf

meinem Sessel sitze und Oh Gott fünf bis hundert denke.

Und dann habe ich mich entschieden. Ich muss ganz dringend diese ganzen ›Totale-Katastrophe‹- und Label-Night-Record-Release-Partys aus meinem Leben rausbekommen. Ich will das gar nicht! Ich habe keine Ahnung von Elektromusik! Ich möchte meine Kolumne wieder. Und ich möchte mit Mia Schnaps trinken. Und mit Luise um den Grunewald laufen, und sie soll mir dabei ihre Sicht der heutigen Politik erläutern, und selbst wenn ich Fragen hätte wie: »Ja, aber sind die SPDler jetzt die *Bösen*? Und wenn ja, sind die Grünen immer noch die *Guten*?«, würde sie immer noch ruhig bleiben und mir das weiter erklären.

Also schreibe ich eine Mail an Nancy, in der ich ihr mitteile, dass ich die Music-Special-Interviews nicht mehr machen will, und schicke sie an mich selbst. Dann lese ich sie noch mal durch, streiche alle Vorsilben, die »Scheiß-« lauten, weg und sende sie an PR-Nancy vom *Weltmeister Magazin*.

# SEPTEMBER

## DIENSTAG, 8. SEPTEMBER

### 18:41

Es ist ganz verrückt. All die Sachen, die mir Philipp geschenkt hat, gehen jetzt kaputt. So als hätte ich jedes Recht darauf verloren. Musste vorhin die grüne Tischlampe im Stil der dreißiger Jahre anmachen, die wir mal auf dem Flohmarkt in Schöneberg zusammen gekauft haben, da Berliner Herbst in diesem Jahr anscheinend aggressiv beginnt und gleich mal von Nachmittagslicht zu purer Dunkelheit skipt. Drehte also in gewohnter Weise zierlich gestalteten Anmachknopf herum, aber anstatt anzugehen und mir Licht zu schenken, damit ich die Steckdosenleiste unterm Bett finden konnte, um dann Lichterkette in Steckdosenhalterung zu stecken, um damit wiederum romantische Grundstimmung zu erzeugen, knallte es ganz, ganz laut, schlug wie wild Funken, und seitdem geht gar nichts mehr.

Sitze jetzt da im Dunkeln und wünschte, die Lampe hätte Garantie und ich könnte bei der Service-Hotline anrufen und arme studentische Aushilfe, die für den Job acht fuffzig brutto bekommt, anschnauzen, was für ein Scheißprodukt sie anbieten. Gehe dann missmutig die Treppe runter, um zu gucken, ob es im Bioladen vielleicht reduzierte Gemüsewaren gibt, und habe dabei die Attitüde eines Dreizehnjährigen, der nichts so richtig mit sich anzufangen weiß. Bin kurz davor, aus purer Destruktivität Putz aus Treppenhauswand zu treten.

Brauche also für die zwei Stockwerke circa zehn Minuten. Schlurfe dann zum Briefkasten. Erwarte nichts. Ich meine, heutzutage kriegt man ja so wenig Post, dass ich schon das Keine-Werbung-Schild abgenommen habe, damit überhaupt irgendwas eingeworfen wird. Finde nun darin aber einen an mich adressierten Brief! Sehe schon an der Adresse auf dem Umschlag, dass er von Luise sein muss, die hat nämlich diese bemerkenswert krakelige Handschrift, über die ich seit Jahren immer wieder staune. Ich meine, sie war doch die Klassenbeste und beim Argumentieren so gut, und dann so was!

Bin ziemlich baff über Briefform, denn das ist keine übliche sinnlose Urlaubsgrußkarte, das weiß ich sofort. Die sind ja seit den ähnlich sinnlosen Facebook-Posts völlig nutzlos geworden. Das ist etwas ganz anderes. Bemerke, heutzutage kriegt man echt so selten private Post, dass es einen richtig erschreckt, wenn es dann mal wirklich passiert. Und ich ahne das Schlimmste, als ich den Brief öffne.

*Allerliebste Heli,*

*ich schreibe dir, weil mir das Unglaublichste passiert ist. Auf einer Party letzten Freitag, von einem dieser komischen niederländischen Mädchen, die mit mir zusammenarbeiten. Wusste also, sie ist die absolute Idiotin, und ihre ganzen komischen Freundinnen sind die absoluten Idio-*

*tinnen. Diese (Un-)Art Mädchen, die Mangas lesen, sich die Haare aubergine färben und T-Shirts mit der Aufschrift tragen »ich bin schizophren«, und auf der Rückseite steht dann »ich auch«. Ich höre schon auf mit dem Lästern, Fakt ist einfach, sie entsprechen zu hundert Prozent unserem Feindbild, wenn sie nicht gleichzeitig so bemitleidenswert wären. Entschloss mich trotzdem hinzugehen, denn die Niederlande verbinde ich größtenteils mit Käse.*

*Zog mich also bewusst nachlässig an, um allgemeine Abneigung zu zeigen. Und tatsächlich, als ich hoch zu ihrem Zimmer ging, erwarteten mich schon drei andere, besonders hässlich ausgeprägte Exemplare!*

*Gab also schnell alle Erwartungen auf und setzte mich direkt neben das Buffet. Mit jedem Erdnussflip mehr fand ich, dass ich selbst eigentlich auch der absolute Loser bin. Bis plötzlich Tim das Zimmer betrat. Tim Reintges, der aus der C-Klasse, der in der Schulband die Gitarre gespielt hat, mit den braunen Haaren. Ich glaube, Mia fand ihn immer »ganz süß«, so auf diese putzige, tapsige Weise, ähnlich wie einen frisch geschlüpften Vogel. Er erkannte mich sofort. Und dann fingen wir an zu reden. Und die anderen gingen, glaube ich, aber wir saßen weiter auf dem Sofa, über uns das schräge Dach, Tim hatte die Rolling Stones eingelegt.*

*Jetzt sind wir zusammen. Offiziell, als Paar. Wäre ich aktiv auf Facebook, ich würde es sofort eintragen. Ich liebe ihn. Das wusste ich ab Sekunde drei.*

*Melde dich, schnell.*

*Luise*

Ich bin sprachlos, Tränen kullern mir über die Wange.

Rufe sie sofort an.

»OH MY GOD!«

»OH MY GOD!«

Wir kreischen beide.

»ICH KANN ES NICHT FASSEN!«

»ICH WEISS!«

»WIE KRASS IST DAS DENN??«

»Luise, ich«, ich stocke, »ich freue mich so dermaßen für dich, wirklich! Das ist das Schönste, was ich dieses Jahr gehört habe!« Was nicht schwierig ist.

»Ich weiß. Danke, Heli.«

»Ach, hör auf, dich zu bedanken!« Ich lache und weine immer noch. »Aber magst du jetzt Tim, oder was?«

Nun lacht sie. »Ich liebe ihn.«

Aua. Da ist das Wort. Und gesagt von meiner Luise, die sonst so nüchtern ist.

»Heli, ich weiß, wie schlecht es dir gerade geht. Und es tut mir leid, dass ich jetzt mit so was komme, obwohl das mit dir und Nicolas nicht geklappt hat.«

»Ach Quatsch! Bin selber schuld, das ich mich auf den Penner eingelassen habe. Mach dir um mich keine Gedanken«, murmle ich tapfer, beiße mir aber auf die Lippe, um nicht wieder zu weinen anzufangen. »Das ist alles so krass, nicht? Alles wird sich verändern. Du kommst wieder und bist jetzt Teil eines Paars?«

»Ich weiß, Heli, ich bin bald wieder da, und, ja, auch Teil eines Paars. Aber das wird nichts ändern, ich werde immer für dich da sein.«

Wir schweigen. Versuche, Stimme in meinem Kopf zu ignorieren, die schreit: Das stimmt nicht!

»Ich meine, was machte Tim da eigentlich in London, Freitagabend auf dem Dachboden eines komischen niederländischen Mädchens?«, frage ich irritiert. Damit hat ja keiner rechnen können. Wenn die Jungs jetzt auch noch anfangen, völlig auszurasten und unkontrollierbar zu handeln, dann null Chance für mich auf irgendeine gemeinsame Zukunft mit ihnen. Plötzlich gehen sie auf Sit-ins von sechs dicken niederländischen Mädchen, oder was?

»Er hatte an dem Tag ein Gespräch mit Off Put Records, dem drittgrößten Plattenlabel überhaupt, und da arbeitet eine der komischen Manga lesenden Holländerinnen!«

»Nein!«

»Doch, und er hat einen Vertrag«, sagt sie stolz.

»Nein!« Ich staune. »Aber du und ein Musiker? Das entspricht nicht unserer Theorie. Nicht, dass jetzt unser ganzes Weltbildsystem zusammenbricht!«

»Ich weiß«, sagt sie, als wäre sie genauso überrascht darüber wie ich. »Und es war auf einer Zuzo-Party! Jeder weiß, auf Zuzo-Partys sind nur andere Zuzo-Idioten!«

»Wo es Buffet gab! Wer auf Partys isst, hat sich mit Sicherheit schon aufgegeben!«, werfe ich ein.

»Ich war schlecht angezogen, ich hatte schon 3000 Kalorien Erdnussflips gegessen.«

»Du musst dich miserabel gefühlt haben«, weiß ich aus Erfahrung. »Und du kanntest Tim schon, und ich wette, nach dem Abi hat er nichts anderes gemacht als Musik, richtig? Und ich weiß, du hasst dieses kreative Rumgeplänkel und die ganze modeaffine Berlin-Mitte-Künstlerszene.«

»Ja, dieses ganze Larifari, die Schlaffheit!« Sie kichert.

»Du meinst also, unsere Theorie stimmt gar nicht?«

Wir lachen beide. Und dann schweigen wir wieder.

»Mia weiß es schon, nicht?«, frage ich.

»Klar weiß sie es schon, ruf sie an! Du kennst Mia, die ist schon längst nicht mehr sauer.«

Ich verabschiede mich, sage noch mal, wie krass ich das alles finde, und entscheide mich dafür, tatsächlich bei Mia anzurufen. Wenn dieser Tag schon mit so einer Wahnsinnsnachricht begonnen hat, kann ich auch das ganze Paket auspacken.

Ich beende das Gespräch mit meiner Freundin in London und rufe meine andere Freundin an, die in Spanien ist. Hallo Handyfirmen, könnt ihr eure Preispolitik auch an das *Feeling Globally, One World One Love* anpassen, das ihr propagiert?

»Wir haben unsere Beste verloren.«

Stille.

Dann höre ich sie mit ihrer tiefen Stimme knurren: »Ich weiß, an einen kleinen Kiffer.«

Steige darauf ein. »Der denkt, er könne mit Musik seinen Lebensunterhalt finanzieren!«

»Der mir gerade mal bis an die Titten geht und der beim Bierkauf mit Sicherheit noch seinen Ausweis vorzeigen muss!«

»Mann, an Tim, ey!«, hetze ich nun weiter. »Den du an guten Tagen an die Wand geklatscht hast!«

Schweigen. Ich weiß, nun ist der Moment gekommen, in dem ich mich entschuldigen kann. »Mia, es tut mir so leid! Ich …«

»… du warst verliebt«, beendet sie meinen Satz. »Hey,

Heli, ich wollte nur, dass du die Eier hast, mich anzurufen und dich zu entschuldigen. Alles wieder cool.«

Gott, ich liebe Mia für diese Unkompliziertheit. Können nicht alle Mädchen so sein?

»Ich – danke! Wirklich. Sag, wie geht's dir? Hast du schon vorgesprochen?«

»Ja, habe ich. Ich bin in der letzten Runde.«

»OH MEIN GOTT, echt? Heißt das …? Ich meine – was heißt das? Gib mir Zahlen, Statistiken!«

Sie lacht. »Das heißt von den ehemals achtzig sind gestern noch mal fünfzig nach Hause gefahren. Heute Morgen waren wir nur noch neunzehn. Jetzt sind wir noch elf. Und morgen wird sich entscheiden, welche acht studieren dürfen.«

»Oh my God, das ist so krass! Wie gehst du mit dem Stress um, kiffst du die ganze Zeit? Oder machst du kleine, unberührte Mädchen fertig?«

»Nein, ich bin nicht unsicher. Ich wiederhole gerade meinen Text«, sagt sie und klingt dabei so erwachsen, dass mir schon wieder die Tränen kommen.

»Mia, ich bin so stolz auf dich!«

Sie stößt ein lautes Hintergassenhurenlachen aus, aber ich weiß, wie viel ihr die Worte bedeuten.

Dann schreit sie plötzlich: »KANNST DU BITTE DEN SCHEISSWASSERKOCHER DRAUF LASSEN?«, hinter sich in den Raum. »Da steht ›mit nicht mehr kochendem Wasser übergießen‹ und nicht mit ›noch nicht kochendem Wasser‹!! Dumme Schlampe«, murmelt sie, nun wieder mir zugewandt.

Na ja, hätte mich auch gewundert, wenn sie nicht aufgeregt gewesen wäre.

»So, das hätten wir geklärt«, seufzt sie. »Heli, das mit dir und Nicolas tut mir so leid. Wie der Arsch dich runtergezogen hat. Du hast einfach alles vergessen: was du bist, deine Weisheiten, dein Yoga, deine Freundinnen. Wie toll du bist, was dich ausmacht!«

»Es tut so weh. Wenn ich daran denke, muss ich vor Scham die Augen zukneifen. Ich bin so blamiert!«

»Nein, das bist du nicht. All deine Hoffnungen und Träume um ihn herum hat er nämlich gar nicht mitbekommen. Für ihn warst du einfach ein sehr cooles Mädchen, das mit ihm geschlafen hat, obwohl es wusste, dass er seine Exfreundin zurückwill.«

»Mia, das ist das Problem. Es ist nicht cool, mit jemandem zu schlafen, der dabei an ein Handy-Model denkt.«

»Jungs sind da anderes, Heli, glaub mir.«

Ich bin mir nicht so sicher, denke dann aber, hey, wenn ich mir vorher schon alles immer gedanklich zurechtgebogen habe, dann kann ich damit jetzt auch weitermachen.

Sie sagt mir dann, dass sie viel an mich gedacht hat und auch nächste Woche wieder da sein wird. Wir verabschieden uns, und ich sage ihr noch, dass ich mir aus vollstem Herzen wünsche, dass das bei ihr klappt. Auch wenn es bedeutet, dass sie dafür Berlin verlassen muss.

Dann lege ich mich ins Bett und versuche zu schlafen. Aber der Gedanke, dass Mia tatsächlich angenommen werden könnte, beunruhigt mich total! Sie wird nach Barcelona ziehen. Luise ist mit Tim zusammen. Ich bin alleine.

## DONNERSTAG, 17. SEPTEMBER

### 16:40

Wir reden wirklich lange über Tim. Und über Tim und Luise. Und Luises frühere Sicht auf Tim. Unser Bild von Tim früher. Wie Tim ist, in echt/bei ihr/vor seinen Freunden. Was er macht, was sie zusammen machen. Ich glaube, wir beide, Mia und ich, sind erstaunt darüber, unsere Luise so zu sehen. Wie sie da vor uns sitzt und mit vor Begeisterung roten Backen von ihm erzählt. Und plötzlich hat sie ganz mädchenhafte Züge, sie kichert, gluckst, schlägt sich die Hände vor die Augen, als könne sie selbst nicht glauben, dass gerade ihr das alles passiert.

Ich muss zugeben, dass ich ein bisschen Angst hatte, die ganze Nicolas-Sache würde unter den sich neu ergebenden Umständen untergehen. Aber dass Luise nun einen Freund hat, ist eindeutig ein Erlebnis, das die ganze Aufmerksamkeit von uns dreien erfordert.

Sensibel wie sie ist, fragt sie mich natürlich trotzdem, wie es mir geht. »Was war zum Beispiel heute dein positivstes Erlebnis?«

Ich überlege. »Es hat mir riesige Befriedigung gegeben, Nicolas' Song *Blue Blizzard* immer und immer wieder anzuhören. Aber dann –«, jetzt kommt der Clou, »habe ich es immer weggedrückt, ganz genau bevor der Chorus kommt! Ha!« Gucke beifallheischend in die Runde.

Mia und Luise tauschen schnell einen besorgten Blick aus.

»Sieh mal«, sagt Luise dann. »Du hast alle Phasen der

Trauer durchschritten. Die erste Phase war das Nicht-Wahrhaben-Wollen, dass Nicolas einfach nichts von dir will. Dann kam die Phase der aufbrechenden Emotionen. Du warst deprimiert, traurig, wütend. Dann die dritte Phase, wo du ihn gesucht hast. Ich nehme an, du bist vor seinem Haus hin und her gelaufen?«

Ich gucke etwas beschämt auf den Tisch.

»Und jetzt kommt die vierte Phase, okay? Der neue Selbst- und Weltbezug, oder? Mia, sag doch auch mal was! Was sie da heute gemacht hat, na, das war doch auf jeden Fall positiver Dekonstruktivismus in die richtige Richtung, oder nicht?!«

»Ganz ehrlich, sie steckt noch mitten in Trauerphase zwei«, meint Mia trocken.

Ich sitze jetzt ein bisschen deprimiert zwischen den beiden. Seit ich eine Ahnung davon bekommen habe, wie es sich anfühlen wird, wenn die beiden nicht mehr da sind, ist meine Wut versiegt, und es ist einzig ein Gefühl von Verlust und Einsamkeit geblieben. Plus Hoffnungslosigkeit vielleicht noch.

»Heli, du hast uns zwei so beflügelt mit deiner ganzen Energie am Anfang des Sommers, und nun sitzt du da, ganz deprimiert, nur wegen eines dummen DJs? Weißt du nicht mehr, was du gesagt hast, dass wir nur uns brauchen?«

»Aber ihr seid weg!« Meine Stimme hat einen weinerlichen Unterton.

»Ich bin nicht weg«, sagt Mia böse. »Selbst wenn ich angenommen werde, bleibe ich ganz klar weiterhin deine beste Freundin und haue jedem auf die Fresse, der dir Böses will!«

»Und ich ziehe gerade erst wieder hierher«, meint Luise. »Und nur weil ich mit Tim zusammen bin, heißt das nicht, dass ich weg oder anders bin, hast du das verstanden?«

Wir schweigen nachdenklich, bis Mia nach einer Weile sagt: »Was ich mich eh immer gefragt habe, was hättest du von einem alten Junkie gewollt?«

Die Antwort darauf weiß ich genau. »Wir hätten alles von ihm kriegen können – Freidrinks, Gästeliste, Festivals. Oder andere B-Prominenz«, sage ich in Mias Richtung, die gleich darauf ein bestürztes Gesicht macht.

»Der hätte bestimmt sogar Gratisgarderobenmarken gehabt«, meint sie dann leise und schüttelt den Kopf. Wir schweigen und denken, jede für sich, über den uns entstandenen Verlust nach.

»Du meinst, er war für dich wie einer dieser Heuschrecken-Hedgefonds?« Luise kichert. »Du hattest also vor, alte Junkies wie die Wertpapiere finanzschwacher Emittenten zu einem Zehntel des eigentlichen Preises aufzukaufen? Aber nicht, um am operativen Geschäften des Unternehmens zu verdienen, sondern um beim Verkauf von Unternehmensanteilen Gewinne zu erzielen? Du bist so schlau, Heli«, grinst sie und lacht. Ich lache auch. Nur Mia hat wohl nicht zugehört. Sie guckt aus dem Fenster.

Mir fällt auf, dass sie schon das ganze Gespräch über erstaunlich ruhig gewesen ist. Dass sie auf die Antwort der Universität warten muss, nagt an ihren Nerven. Sie hat alles auf eine Karte gesetzt: sich eine neue Wohnung gesucht, vorläufig im Schlösschen gekündigt, in ihrem Enthusiasmus allen davon erzählt. Wenn die Antwort jetzt negativ ist, muss sie vor allen ihre Niederlage eingestehen.

## MONTAG, 28. SEPTEMBER

### 12:04

»Schlösschen *jetzt!*«, kriege ich als SMS von Mia. Mir wird angst und bange. Ich weiß, das bedeutet entweder, dass ich sie heulend mit Bernd im Arm antreffen werde, weil sie eine Absage bekommen hat, neben sich die große Jägermeisterflasche, oder strahlend und auch sturzbesoffen, weil sie angenommen wurde, und Bernd dafür grimmig darüber, dass er seine Trinkpartnerin verlieren wird. Simse Luise an, aber die hat die gleiche Nachricht bekommen und weiß auch nicht mehr.

Wir kommen beide gleichzeitig in der Straße an. Schon aus hundert Metern Entfernung hörten wir die Musik der 4 Non Blondes laut über die ganze Straße klingen. Wie schreien auf! Uns ist klar, wenn Mias Lieblingsrandalemusik läuft, dann ist sie angenommen worden!

Wir rennen das letzte Stück auf sie zu. »Du hast es! Du hast es!«, ruft Luise immer wieder.

»Ich studiere, ich studiere!«, schreit Mia immer wieder zurück. Sind jetzt endlich bei ihr angekommen und fallen ihr in die Arme. »Ich studiere Scheißschauspiel«, japst sie.

»Ich kann es nicht fassen!«, schreie ich.

»Bernd, lass mal den Rotkäppchen rüberwachsen!«,

ruft Luise nach hinten ins Schlösschen rein. »Lokalrunde!«

Lokalrunde! Das Wort lässt die müden Gesichter, das die Vier-Uhr-nachmittags-Kunden gern mal aufsetzen, wenn draußen die Sonne scheint und sie an all das Schöne erinnert, was sie im Leben nicht haben, strahlen. Alle rappeln sich auf, drängen sich um das Brett an der Wand, das die verschiedenen Getränke anzeigt, als würde nicht jeder von uns sie auswendig kennen.

»Ich zieh nach Barce, werde Schauspielerin, fange an zu studieren«, sprudelt Mia seit Minuten. »Oh Mann! Ich muss mich um tausend Dinge kümmern. Abmelden, Sachen packen, umziehen, …«

Wir stehen draußen um sie herum, angesteckt von ihrer guten Laune. Jede von uns hat einen Plastikbecher voll mit warmem Sekt in der Hand. Ich habe gerade nicht zugehört, und Mia stupst mich an, damit ich auf sie aufmerksam werde. »Ich sagte, du kannst ja dann in meine Wohnung ziehen?«

»Ich, wieso? Ach so, was, weil du wegziehst?« Das stimmt ja! Das ist die beste Nachricht seit langem. Nicht gerechnet Mias Studium und Luises Freund. Ich freue mich wie Bolle, und die anderen lachen, als ich vor Freude mehrere Male um Bernd herum im Kreis laufe.

Und da stehen wir drei dann. Glücklich mit dem Leben, wie es gerade läuft, dass wir uns alle haben und wie sich irgendwie doch alles noch zum Guten gewendet hat. Und ich weiß, wir drei sind lange nicht mehr zum gleichen Zeitpunkt so glücklich gewesen.

# OKTOBER

## MITTWOCH, 7. OKTOBER

### 14:22

Ich bin viel in Mias alter Wohnung, helfe ihr ausräumen. Man könnte sagen, die Bude habe diesen gewissen Altbaucharme, den man an Berlin ja so schätzt. Das stimmt aber nicht. Um ehrlich zu sein sieht es in echt so aus, als hätte ein gottverdammter Alkoholiker sein Leben lang hier gewohnt. Bis er dann starb, um erst nach drei Wochen gefunden zu werden, weil es auf dem Flur so unangenehm roch. Das sage ich Mia natürlich nicht. Denn in den heutigen Zeiten, in denen man, egal in welchem Kontinent man gerade ist, von jedem Erdbewohner hört, dass er demnächst auch nach Berlin zieht, muss man über jede mietpreisgebundene Wohnung froh sein, die man kriegt.

Es stellt sich jetzt als sehr nützlich heraus, dass Mia mal mit halb Berlin geschlafen hat. Dauernd kommt irgendein Kerl vorbei, der dann hilft, etwas vom Keller hochzutragen oder Regale an den Wänden abzuschrauben. So mit dieser »Da brauchen wir eine Sechskantschraube mit Feingewinde«-Attitüde, die uns Frauen ja tatsächlich total beeindruckt.

Und sie lieben Mia, alle! Stehen da, hängen an ihren

Lippen. Aber sie – knallhart! Wenn sie lacht, dann wirft sie den Kopf in den Nacken und strahlt so ihr ganzes Glück in die Welt hinaus. Nur um den Typen im nächsten Moment schon wieder abweisend den Rücken zuzudrehen.

Als wir gerade eine Kaffeepause machen und Espresso aus Plastikflaschen trinken, die wir oben gekappt haben – da wir nämlich dummerweise schon ganz am Anfang unserer Umräumaktion die Tassen und Gläser sicher in Zeitungspapier eingepackt haben und nun den Karton nicht mehr finden, obwohl da ziemlich deutlich *Achtung Glas, zerbrechlich!* hätte draufstehen müssen –, da klingelt es schon wieder.

Und Mia sagt: »Lieber Gott, lass den mal breite Schultern haben, dann kann er mir meine Schminkkommode in den Keller tragen.«

Sie drückt also den Türsummer und schmeißt sich zurück zu mir aufs Sofa, das wir in weiser Voraussicht beschlossen haben, noch nicht in Schon-Plastikfolie zu verpacken, sondern es so in dem kleinen Flur zwischen Schlafzimmer und Wohnungstür stehen zu lassen, dass es jedes Wegtragen von Kisten und Möbeln zu einem Ding der Unmöglichkeit macht. Nicht, dass eine von uns auf die Idee gekommen wäre, es woandershin zu schieben.

Dann hören wir kräftige Schritte. Jemand, ganz offensichtlich ein Mann oder ein sehr großes, dickes Mädchen kommt die Treppen zu uns hoch. Da steht dann ein Kerl. Groß, wirklich groß. Meine magische Akzeptanzgrenze von einem Meter siebenundachtzig um einige Zentimeter überragend. Grüne Augen, die mich freundlich mustern, und dunkelblondes Haar, das sich halblang hinter seinen Ohren kräuselt.

»Lui, du hier! Welch schöne Überraschung«, sagt Mia. Der Ton ihrer Stimme ist plötzlich voller Wärme und Zuneigung und lässt mich aus Erfahrung wissen, dass sie jemandem gefallen will. Der arme Kerl, ob der wohl weiß, dass die Katze gleich im Sack ist, denke ich gerade hämisch. Aber dann kriege ich mit, wie sie mich mit der völlig unnötigen Beleidigung »Das ist meine Single-Freundin Heloise« vorstellt und auf mich zeigt, als wäre das eine Berufsbezeichnung oder so. So wie: »Das ist Katrin, die ist Kindergärtnerin.« Oder: »Das ist Melanie, die macht Marketing.« Und ignoriert damit auch noch völlig meine These, dass es ja den Status Single gar nicht gibt. Sondern man ist entweder Teil einer Beziehung, oder man beschließt, gerade keine zu wollen, dann ist man Junggesellin. Und alles andere ist einfach nur »frustriert auf der Suche sein«.

Unter normalen Umständen wäre mir das also ziemlich peinlich gewesen, diese Vorstellung, meine ich, weil das ja ganz klar so eine Freundinnenverkuppelnummer ist, und die sind immer peinlich. Sowieso für das Mädchen, das verkuppelt werden soll, in diesem Fall mal wieder ich, wie auch für den Jungen, der dann das richtige Taktgefühl aufbringen muss, erstens mir zu verklickern, dass er nichts von mir will, und zweitens, was noch viel peinlicher ist, klarzumachen, dass er eigentlich auf das andere Mädchen steht, sprich Mia, die versucht, ihre hässliche Freundin zu verkuppeln, sprich wieder mich.

Aber nun macht es mir nichts mehr aus. Ich stehe da

in der alten Latzhose von meinem Papa, die er getragen hat, als er noch nicht offiziell schwul war, das waren die Neunziger, das waren die selbstgegründeten Schülerläden und Jutetaschen, und ich weiß, ich muss gar nichts sagen, meine Körperhaltung alleine wird schon genug Abweisung ausdrücken. Hebe dann aber doch die Hand und mache eine leicht autistisch wirkende, knapp an Schwachsinn grenzende Geste, wobei ich ihm nicht in die Augen gucke, sondern starr daneben blicke. Das ist das Netteste, was ich seit langem an sozialer Interaktion hinbekommen habe. Denn immerhin ist Mia an ihm interessiert, und des Weiteren brauchen wir ihn für die Kommoden-Keller-Sache. Mir doch eh alles egal.

Ich stehe weiter am Fenster, rauche eine nach der anderen, während die beiden nebenan wohl intensiv miteinander reden, und dann rieche ich, dass Mia ihm sogar Kaffee gemacht haben muss, obwohl sie es hasst, außerhalb ihrer Arbeit im Schlösschen andere zu bedienen.

**16:52**

»Das ist ja unglaublich, Heli«, sagt Mia plötzlich zu mir. Wir weichen gerade die Tapete mit Seifenlauge ein, um sie nachher leichter abschaben zu können. Lui hat ein, zwei Stunden mitgeholfen und dann gesagt, er müsse jetzt gehen, er habe jetzt Sport, und ist gegangen.

»Die Männer stehen ja alle auf dich! Du hast einfach mittlerweile den Charme einer Junkie-Brigitte-Bardot-Ausgabe erreicht, den in unser Wohlstandsgesellschaft nur wenige hinkriegen. Lui hat mir ungefähr 25 Fragen nach dir gestellt, während wir die Scheißkommode runtergetragen haben.«

»Quatsch.« Ich winke ab. »Die stehen alle immer noch auf dich, wie eh und je. Außerdem, kein Interesse. Ich meine das ernst: Ich lasse mich nicht mehr auf irgendwelche random Jungs ein, solange es nicht Liebe ist.«

»Liebe …« Mia pfeift verächtlich durch die Zähne.

Wir arbeiten eine Weile schweigend weiter. Nehme mir vor, nie, aber auch wirklich niemals auf die Idee zu kommen, einen alten Bauernhof in der Uckermark zu kaufen und zu denken, ich könnte ihn selbst renovieren.

»Das ist so raffiniert von dir.« In ihrer Stimme klingt Anerkennung mit. »Dass du denen sagst, du willst keinen Freund. Und du weißt genau, gerade das macht sie so heiß auf dich!«

Ich muss erst mal kurz innehalten und überlegen, wem ich was gesagt habe, bis ich es verstehe. Denke dann, ich weiß ja, dass Mias Logik so funktioniert. Also, dass sie wirklich glaubt, ich würde herumerzählen, dass ich keinen Mann will, um durch diese Masche einen zu bekommen! Was absurd ist. Sage also: »Aber ich will wirklich keinen!«

Sie guckt mich zweifelnd an, und es ist ein bisschen so, als würde ich ihr ein Geheimnis oder sonst einen Magic Trick nicht verraten wollen. Dann muss ich lachen. »Ist es so etwas Seltenes, keinen Freund haben zu wollen? Immer wenn ich sage, dass ich keinen mehr haben will, kommt als Antwort: Ja, ich denke, das ist die beste Methode, einen zu finden.«

»Dieser Lui ist irgendwie auch komisch«, sagt sie

nach einer Weile zu mir. Was mich erst einmal wundert, weil ich mir doch sicher war, dass sie gerade noch um ihn geworben hat. Aber dann wird mir klar: Jetzt, da sie tatsächlich denkt, dass er etwas von mir will, ist seine Schonfrist abgelaufen.

Und so gebe ich zur Antwort: »Ja, Mann, das ist mir auch schon aufgefallen!«

Und sie schon voll so weiter: »Mit dem ist doch was nicht in Ordnung! Ich meine, wer kommt denn freiwillig an einem sonnigen Mittwochnachmittag hier vorbei, nur um zwei Stunden Möbel in den Keller zu schleppen? Und um sich dann zu verabschieden mit den Worten: ›Ich muss jetzt zum Sport‹?!«

»Wie uncool ist das denn!«, bestätige ich.

»Ich meine, wer gibt denn noch zu, dass er zum Sport geht?«, fragt sie rhetorisch und ist nun voll in Fahrt.

Vereint in dem Wissen, dass alle Männer echt komisch sind, arbeiten wir besonders zügig weiter und haben am Abend die gesamte linke Wand der Küche von vier Lagen Raufasertapete befreit.

## SONNTAG, 11. OKTOBER

### 15:43

Es ist nun echt noch einer dieser typischen Oktober-Monate geworden. Dabei hatte ich mir Sturm, Sintflut und Lava gewünscht. Die Sonne hängt den ganzen Tag dick, schwer, fruchtbar und goldgelb am Himmel. Das Wetter ist angenehm warm, und erst abends zieht ein kühler Wind durch die Luft und erinnert einen daran, dass der Herbst kommt.

Sind immer noch die meiste Zeit in Mias Wohnung. Unterteilen ihren Kram in Kisten, die hier verstaut werden, Dinge, die sie mitnehmen will, und Sachen, bei denen wir vorhaben, sie für viel Geld an englische Touristen zu verscherbeln. Gleichzeitig nimmt die Vorstellung meiner ersten eigenen Wohnung, die ich in den langweiligen Stunden meines selbstgewählten Junggesellinnenlebens entworfen habe, langsam Gestalt an. Die Wand in der Küche ist fertig verputzt, wir haben sie mit Pigmentfarben in sanften Beigetönen getüncht.

Ehrlich, wie viele Freunde und vor allem Freundinnen Mia hat! In Scharen kommen sie gerade bei ihr vorbei. Die ganzen Kreuzberger Kids, da wo die Jungs immer skaten und die Mädchen kellnern, als gäbe es nur das eine oder das andere, und die sich alle als Szene empfinden. Und noch schlimmer, die Yuppies aus Mitte, die nichts mehr haben, als dass ihre Eltern berühmt sind, und die alle echte Drogenprobleme haben, im Sinne von jetzt schon in ihrem Alter abhängig, und die ihr ganzes Geld in Mode investieren. Ich war mir sicher, die lehnen wir einfach alle voller Abneigung ab, die finden wir so bescheuert, dass wir die noch nicht mal grüßen!

Aber jetzt stürmen diese ganzen Mädchen in kleinen Truppen bei Mia herein, bewaffnet mit Starbucks-Kaffeebechern und Clutch-Taschen. Und ich lerne einen weiteren Teil ihres perfiden Systems kennen, weil sie plötzlich auch mich alle mit Küsschen begrüßen, als würden sie mich schon ewig kennen, denn ich bin nun auch akzeptiert, da sich Mias Status automatisch auf mich übertragen hat. Kotz. Es kommen sogar welche, die mit uns zur Schule gegangen sind, die ich seit Jahren nicht mehr gesehen habe und schon fast vergessen. Diese ganzen kleinen Ann-Christins und Ninas und Katharinas, das Heer der unberührten blonden Mädchen, und ich bin fast schon peinlich berührt, dass es anscheinend noch einen so regen Kontakt gibt zwischen den alten Klassengemeinschaften. Dabei war ich mir doch sicher, dass wir schon in der neunten Klasse alle anderen für immer aus unserem Freundeskreis ausgeschlossen hatten, weil wir wussten, dass wir keine anderen brauchten als uns drei.

Und siehe da, es war ein Denkfehler. Ich habe wirklich geglaubt, dass ich niemanden brauche außer Mia und Luise! Die sind doch alles für mich, meine Basis, meine Familie, meine Rückversicherung, meine Zukunft. Und nun bricht das alles auseinander. Schabe grimmig weiter die Tapete ab und denke, ganz ruhig, alles eine Sache von Fokussierung, alles die gleiche Energie. Es liegt nur an mir, ob ich sie in so etwas Negatives wie Hass stecken möchte und gleich anfangen werde, diverse, mit Sicherheit nicht subtile Beleidigungen in das Gespräch einzustreuen, oder ob ich einfach alle Wut an der viermal mit Raufasertapete überklebten Wand auslasse.

## MITTWOCH, 14. OKTOBER

### 12:02

Es ist so weit. Mia mietet sich einen Cargo Hopper Nummer III, lädt mit uns und all ihren Exaffären ihre Unmengen von Kisten und Kartons ein. Sie hilft mir, meinen Kram von meiner alten Wohnung rüberzuschaffen. Dann küsst sie mich zum Abschied auf beide Wangen. Guckt mir ernst in die Augen und sagt: »Maus, ich bin jetzt weg. Ich bringe meine Sachen nach Barce.« Kann sie bitte nicht »Barce« sagen, so als wäre sie schon immer Spanienfan gewesen? Das ist sie nämlich nicht. »Bleibe dort ungefähr eine Woche, dann komm ich wieder, hörst du?« Das alles spricht sie so langsam aus, als wäre ich geistig behindert und sie wüsste nicht, ob ich es auch wirklich verstehe. Ich nicke.

Dann sagt sie noch: »Und mach keinen Unsinn, ich habe Lui deine Nummer gegeben.« Sie lacht. Springt schnell in den Wagen, damit ich nicht anfangen kann zu meckern.

Oh Mann, das hat sie nicht wirklich! Dieser Lui ist doch einer dieser Obermacker der Kreuzberger Szene, das habe ich sofort gesehen! Ich weiß, der steht zu hundert Prozent nicht auf mich. Weil er erstens einfach der Typ ist, der nur sich selbst liebt, und zweitens höchstens auf kleine, blonde, geile Mädchen steht, die nichts anderes wollen, als komplett von ihm abhängig zu sein. Der Arsch.

## DONNERSTAG, 15. OKTOBER

### 08:50

Auch heute wieder außergewöhnlich warmer Tag, habe richtig gute Laune. Beschwingt und mit dem richtigen Kick an konstruktiv-kreativem Aktivismus. Ändert ja doch einiges, wenn du in deiner eigenen Wohnung aufwachst mit dem Wissen, dass gerade keiner das Klo besetzt. Und dann stehst du auf, und du kannst nackt sein oder auch nur in Birkenstock-Sandalen und in die Küche laufen, und alles ist deins! Dein Kaffee, deine Biomilch, deine Wahl des Radiosenders. Alleine wenn ich daran denke, wie Clemens immer diese Angewohnheit hatte, meine Milch auszutrinken, nur um sie dann wieder in den Kühlschrank zu stellen, so dass ich dachte, ich hätte noch Milch, in echt hatte er aber nur einen Schluck dringelassen!

Rufe also sofort nach Kaffee Luise an. Ignoriere, dass sie ganz verschlafen klingt, ich habe nämlich immerhin bis halb zehn gewartet, und schlage ihr sofort, ohne lange Einleitung, folgende Aktionen vor: »Erstens, wir stylen uns auf und reißen in einschlägigen Cafés Väter mit kleinen Kindern auf. Zweitens, laufen hinterstes Stück des Kudamms lang, machen die Alter-Westen-Berlins-Nummer und täuschen vor, bei Chanel, Tasche mit passendem Portemonnaie im Wert von 2000 Euro erwerben zu wollen. Drittens ...«, Pointe, Höhepunkt des gesamten dialektischen Aufbaus, »... hauen uns bei dir auf'm Balkon in die Sonne und trinken Weißweinschorle, deklariert als kohlensäurehaltiges Erfrischungsgetränk!« Finde alles drei grandiose Ideen.

Aber sie sagt: »Also der Tim und ich gehen jetzt gleich seine Mutter besuchen, die hat nämlich für uns Sauerbraten gemacht!« Jetzt hat sie schon diese schwäbische Attitüde von ihm, Behinderung meine ich, dass sie vor alle Namen einen Artikel hängt. »Später kommt noch die Michaela dazu«, plappert sie in vergnügtem Singsang weiter. »Die kennste doch von früher aus Tims Klasse, die kommt mit ihrem Freund Björn. Und dann machen wir alle Pommes selbst!!!«

Das Ganze sagt sie mit einer Aufregung in der Stimme, dass man die drei Ausrufezeichen richtig hören kann. Und als ich schon denke, alles sei überstanden, fügt sie hinzu: »Und später gucken wir alle zusammen die Highlights des *Eurovision Song Contest*. Hast du auch Lust, zu kommen?«

Was bitte? Das ist ja wohl die lahmste Veranstaltung von allen. Da hat sogar das sonst so marketingschwache Erste Deutsche Fernsehen eine Zielgruppe für sich festgelegt, und die liegt ganz klar bei 50 plus!

Aber dann kommt das Allerschärfste, und sie haut raus: »Ich hab eigentlich schon Lust, abends wegzugehen, aber ich glaube, der Tim ...« – Da, sie macht es schon wieder! – »... soll heute einfach nicht weggehen, der war nämlich schon gestern feiern, weißt du? Und deswegen machen wir heute Abend einen ruhigen.«

Nein, weiß ich nicht, wer spricht da mit mir?

»Das freut mich aber für Tim«, murmle ich böse und habe große Lust, einfach aufzulegen. Ich weiß, so etwas macht man nicht. Aber, argh! BITTE gebt mir meine coole Luise wieder.

Ich meine, Luise war einfach die, die immer Single

war, und dazu noch der verlässlichste, am meisten klarkommende, positivste und aktivste Mensch in meinem Umkreis! Und außerdem noch auf eine fast hassenswerte Weise naturliebend, was in diesem Fall, an einem Tag wie heute, mindestens bedeutet hätte, dass sie mich unter großem Widerspruch meinerseits in den Grunewald geschleift hätte. Wo ich dann mit ihr eine Stunde maulend um den See gelaufen wäre und die ganze Zeit darüber geflucht hätte, dass mir immer Stöckchen im Haar hängenbleiben oder dass der See komisch riecht, und sie hätte sich dafür über die Schönheit der neu sprießenden Knospen und die Verschiedenheit der Moose an den Bäumen ausgelassen, und wir hätten beide gewusst, wie wir es genießen! Und am Ende hätten wir dann im Jägerstübchen gegessen: ich Schnitzel mit Pilzsoße, man hat ja sonst nicht mehr die Chance auf deutsches Essen, sie Eierkuchen.

Ich meine, sie hasst Sauerbraten, was immer das sein soll, denn sonst ist sie der ayurvedische Gemüsecurry-Typ. Sie hasst Pommes selbermachen, weil sie erstens nicht gerne kocht und zweitens McDonald's boykottiert, seit sie vier Jahre alt ist. Sie war sogar das einzige Kind, das nicht wollte, dass man da seinen Geburtstag feiert. Das muss man sich mal vorstellen! Und sie hasst Björn. Auch wenn ich ihn nicht kenne, eines kann ich sagen: Kinder heißen nicht ohne Grund Björn. Damit reihen sie sich ganz automatisch in die Reihe der Spastennamen ein. Mann, das haut mich echt um. Würge also so schnell wie möglich das Gespräch ab, was bei ihrer guten Laune gar nicht so einfach ist. Denke nun, da werden Menschen Teil einer Beziehung, und schwups sind sie andere Personen. Das ist genauso wie Mädchen, die anfangen, die Pille zu nehmen, und dann sind sie plötzlich die Über-Zicken.

### 12:24

Mann, habe gerade Mia angerufen. Wollte ehrlich gesagt, dass es ihr schlecht geht, nur ein kleines bisschen. Ich meine, immerhin hat sie ihre Heimatstadt verloren und dann auch ihre zwei besten Freundinnen, die nun alles zu zweit machen. Was nicht stimmt, denn Luise ist ja immer bei Tim, was bedeutet, dass nur ich diejenige bin, die immer alleine ist, aber das weiß ja Mia nicht. Aber stattdessen fängt auch sie an, höchst vergnügt vor sich hin zu schnattern. Ich kann richtig hören, wie ihre Stimme vor Zufriedenheit gurrt. »Die Leute in meinem Sprachkurs sind so toll!! So positiv! So frei und offen, alle machen Kunst –« Was das heißen soll, führt sie aber nicht aus. Ich meine, in Berlin-Prenzlauer Berg machen ja auch alle Kunst, und das fand sie nie toll. »Abends sitzen wir bis spät in die Nacht zusammen in Cafés. Trinken Vino, und am Ende gibt es immer jemanden, der die ganze Rechnung für alle zahlt, ohne dass es Probleme gibt! Das musst du dir mal vorstellen!« Kann ich aber nicht, denn ich wohne in Berlin, und da gibt es so was nicht. Das macht ja auch keinen Sinn. »Und meine Mitbewohner, Alejandro und Juan, sind so überwitzig! Wir gucken zusammen spanische Soaps! Und kochen zusammen ...«

Muss das Gespräch nun auch schnell abwürgen, bin mittlerweile richtig gut im Talk-Bouncen. Das hält doch kein Mensch aus. Ich dachte immer, es wäre ganz natürlich: Die Leute gehen aus Berlin weg, nur um dann festzustellen, dass überall anders auf der Welt die Mieten das Zehnfache kosten, keiner die Deutschen als Volk besonders mag und die einzige Reaktion, wenn man sagt, woher man kommt, Sausages/Oktoberfest/Hitler ist. Außerdem sehen alle Südländerinnen immer besser aus und beherrschen dann auch noch die Sprache perfekt, die man gerade mühsam versucht, bei einem Sprachlehrer zu lernen, der nicht ohne Grund sein Pädagogikstudium nicht geschafft hat. So ein Auslandsstudium dient doch nur dazu festzustellen, was man eigentlich an Berlin hat! Aber anscheinend stimmt auch das nicht. Meine Weltbilder werden hier eins nach dem anderen zerstört.

Ich denke, ich bin one step before frustrierte Alte mit Alkoholproblem und genau das Mittelding zwischen Junggesellin und jemandem in einer Beziehung geworden. Und mit Mittelding meine ich nicht den Zustand, in dem man sich von einer Phase in die nächste bewegt, sondern eher: Die anderen zwei sitzen auf Stühlen, und ich selbst in der Ritze dazwischen.

**17:57**

Irgendwie muss ich eingeschlafen sein. Gelingt einem ja sonst nachmittags selten, vor allem, wenn man sich wünscht, einen kurzen Power Nap einzulegen, um fit für den Abend zu sein. Aber als ich aufwache, ist es draußen schon stockdunkel, und ein kurzer Blick auf mein Handydisplay verrät mir, dass es schon kurz vor sechs ist. Sehe, dass Mia dreimal versucht hat, mich anzurufen. Ich habe also beinahe vier Stunden geschlafen.

Bemerke, dass ich richtig wach bin! Da fällt mir wieder die Sache mit Mia ein. Oh nein, ich habe nicht ernsthaft einfach aufgelegt? Denke, ehe ich bei ihr anrufe, kann ich ihr vielleicht über Facebook eine einleitende Nachricht schreiben, damit sie auf jeden Fall sofort den versöhnlichen Grundton meines Anrufes versteht …

Da sehe ich, dass sie mir schon geschrieben hat. Nur kurz, aber sie sagt, dass sie verstehen würde. Dass ich mir keinen Kopf machen solle, dass es unsensibel von ihr war, mir zu erzählen, wie glücklich sie sei, und mich nicht einmal zu fragen, wie es mir gehe. Dabei wisse sie doch, in was für einer Scheißsituation ich gerade sei. Sie habe jetzt Schauspielunterricht, wir würden morgen telefonieren.

Ich bekomme gute Laune. Wenn man erst mal akzeptiert hat, dass man in einer Scheißphase ist, wenn es sogar andere Menschen über einen sagen, es einmal ausgesprochen, zu einem Begriff geworden ist, dann kann man viel leichter damit umgehen. Alles, was man benennen kann, kann man auch lösen, sagt Luise immer. Oder so was Ähnliches.

Außerdem fällt mir ein, dass heute Donnerstag ist, das heißt perfekter Tag, um auszugehen, und plötzlich macht es ja Sinn, dass ich den halben Tag verschlafen habe, um nun quietschfidel zu sein, und ich bekomme wahnsinnige Lust darauf. Beschließe, Luise auf hart prollige Weise an die Pinnwand zu schreiben, damit sie mich ja nicht ignorieren kann! Außerdem sehen es so auch die anderen, und vielleicht ergibt sich daraus eine neue Verbindung.

*Hallo Lieblingspärchen,*

*da ihr als solches der unsicherste Faktor in meiner Partywelt seid – warum nicht einfach Kuscheln/Film/Käsespätzle –, nun die Frage: SEID IHR BEREIT FOR TONIGHT?*

*Heute irgendein Kunst-Elektro-Bla in irgendeinem Gebäude, das früher einmal der SED-Hauptsitz war.*

*Heli*

Luise ruft fünfzig Minuten später an, in denen ich mich schon fast mit dem Schicksal meiner Scheißsituation abgefunden hatte und kurz davor war, aus Trotz einfach wieder einzuschlafen. Sie sagt, Tim und sie kämen natürlich mit, als sei es eine Selbstverständlichkeit. Lasse das mal unkommentiert, um allgemeine Hochstimmung zu erhalten.

»Und weißt du, was das Beste ist?«, platzt sie heraus.

»Na, was? Haben wir Gratisgarderobenmarken?«

»Nein, der Tim bringt seinen Freund Lui mit.«

Ich schweige. Ahne schon, in welche Richtung das gehen wird, bleibe aber weiter auf sachlicher Ebene. »Das freut mich aber für Tim.«

»Ich glaube, da freut sich noch jemand ganz anderes. Und zwar dich wiederzusehen«, sagt sie. »Heli«, bettelt sie dann, als von mir keine weitere Reaktion kommt, »der ist super! Über einsfünfundachtzig groß, außerdem fast braune Locken, und dann diese grünen Augen, da stehst du drauf!« Das ist keine Feststellung, das ist ein Befehl. »Außerdem – jeder mag ihn.«

»Ha! Das ist genau die Sache«, erwidere ich. »Da ist doch was faul dran. Ich misstraue grundsätzlich jedem, der von allen gemocht wird.«

Es gibt echt nichts Demütigenderes, als von seinen Freunden immer wieder auf diese platte Weise verkuppelt zu werden, nur um dann nachher, vor den Augen aller, wiederholt abgelehnt zu werden, weil der Typ gemerkt hat, dass er und ich zusammen einfach mal gar nicht gehen. Da ich aber anscheinend nicht drum herumkomme, beschließe ich, dass es das Beste ist, es einfach anzunehmen. Immerhin besteht größere reelle Chance auf gratis Alkohol diverser sponsoringaffiner Biermarken, und so frage ich, um meine Kooperativität zu zeigen: »Was macht der eigentlich so?«

»Er ...« Sie zögert. »Keine Ahnung?«

Keine Ahnung? Wenn Luise was bei Männern interessiert, dann ist es ihre berufliche Laufbahn, und so langsam kriege ich eine Ahnung, dass Mia von Barcelona aus die Fäden gesponnen haben muss, denn Luise kennt Lui anscheinend gar nicht. Was heißt, Mia hat Luise angerufen, die wiederum trug es an Tim weiter, Tim fragte Lui, Lui sagte okay. Da sagte Tim Luise, dass Lui okay gesagt habe, und die fragt nun mich, ob ich okay sage, nur um es, wenn ich zustimme, gleich wieder Mia, Tim und Lui zu erzählen, und nachher tun wir dann alle so, als sei es zufällig entstanden.

»Sport!«, stoße ich hervor, weil mir wieder einfällt, dass er damals irgendwas mit Sport gesagt hat. »Ich wette, der ist ein Sportstudent! Und du weißt ja, was Sportstudenten sind? Das sind die Blondinen der Männer«, beantworte ich meine Frage selbst. »Ich meine, was macht ein Berliner Sportstudent, wenn er Ski läuft in den Schweizer Alpen?«

»Ein Auslandssemester«, gibt sie geschlagen zurück.

Will noch etwas sagen, doch ich unterbreche sie: »Und was macht ein Sportstudent, wenn er läuft??«

»Praktische Erfahrung. Ich weiß das! Heli, tu mir den Gefallen. Tim und Mia haben sich echt Mühe gegeben«, fleht sie. Und bestätigt damit meine eben aufgestellte Vermutung.

Ich willige dann tatsächlich ein.

## 22:40

Jetzt laufe ich also die Straße lang. Neben mir der Idiot von Mensch, Luise und Tim gehen, sich umarmend, vor uns.

»Und was magst du an Frauen so, Lui?«, frage ich, einfach mal so, um gleich von Anfang an klarzumachen, dass mir genau bewusst ist, in was für einer Scheißverkuppelungsaktion wir uns hier befinden, und von wegen, dass ich hier die Frau spiele und er den Mann. Beinahe ohne zu überlegen, so als wäre ihm die Frage schon des Öfteren untergekommen, antwortet er: »Ich mag es, wenn ich mir vorstellen kann, dass sie eine gute Mutter ist.«

Was ist denn das für ein Typ? Soll das ein Kompliment sein? Ist das der neue Euphemismus für Frauen mit Kurven?

»Weißt du, dass Schwachsinn eine medizinisch korrekte Bezeichnung ist, Lui?«, frage ich nun, obwohl das natürlich keinen Sinn macht und man das als Antwort eigentlich nicht hätte geben können. Aber ich will ihn so gerne beleidigen, auf raffinierte und doch subtile Weise, was nun nicht so genau hingehauen hat. Aber dafür habe ich seinen Namen bewusst französisch ausgesprochen, so *Louis*, um ganz genau zu zeigen, dass ich keineswegs denke, er würde mir gefallen. Er guckt mich an, irritiert über die Wut, mit der ich ihm die Sätze entgegengeschleudert habe. Ich halte seinem Blick demonstrativ stand. Muss aber zugeben, dass ich schon ein bisschen erstaunt bin, wie unglaublich attraktiv er aussieht.

Aber saudumm! Der ist doch saudumm und ungebildet, das sehe ich doch sofort, rufe ich mich zur Ordnung. Luise guckt besorgt zu uns hin. Ich recke den Daumen nach oben: Thumbs up. Danke Luise!

Und antworte den ganzen Weg wie ein trotziges Kleinkind nur einsilbig auf Luis Fragen. Denn er lässt nicht locker. Der ist nämlich so ein Typ, der sich gar nicht vorstellen kann, dass ein Mädchen einfach mal nicht auf ihn steht! Dieser naive, dumme Kerl, der jetzt auch noch denkt, dass er charmant ist.

Kommen gerade noch pünktlich zur Eröffnungsfeier der Lichtinstallationskunst mit Originalvideos der 90er-Jahre, die mit dem Playback anderer Musiker unterlegt sind. Stehen zusammen in dunklem Raum, um die Stimmung auf uns wirken zu lassen, den der Videoauftritt der Prinzen erzeugt, zu dem Madonnas *Frozen* läuft. Ich beobachte heimlich meine beste, engste und liebste Freundin. Sehe, wie sie vor Glück strahlt, und das alles wegen einem Jungen, den sie kennt, seit sie elf war. Das Glück lag so nah, was hat sie nur die ganze Zeit gehindert? Ich beiße mir auf die Lippen, um nicht gleich zu weinen anzufangen, und muss mir eingestehen, ich kann die beiden, sie und Tim, nicht ertragen. Ich bin der einsamste Mensch auf der ganzen Welt. Schiele trotz allem vorsichtig nach allen Seiten, um zu entdecken, wo sich mein Date gerade aufhält. Kann Lui aber nirgendwo sehen. Phantastisch. Stehe also peinlich berührt einsam in der Mitte des Raumes und hoffe, dass Luise und Tim nicht aufgefallen ist, wie ich es tatsächlich nach zwanzig Minuten geschafft habe, dass jemand nichts mehr mit mir zu tun haben will.

Der war mir eh viel zu sensibel, ein bisschen schlechte Laune darf man doch noch mal haben, oder nicht? Wippe ein paarmal zur Musik hin und her, so, als würde es mich gar nicht stören, alleine zu tanzen. Aber sie haben es bemerkt, besorgt schauen sie zu mir rüber. Luise zieht eine Grimasse in Richtung Tim, so was wie: Ich weiß auch nicht, wie sie das wieder geschafft hat, und kommt auf mich zu. Kurz bevor sie bei mir ist, sehen wir plötzlich Lui wieder auftauchen und mit zwei Gläsern in der Hand – Juchhe, witzige Cocktails mit kandierten Kirschen! – auf mich zusteuern. Sie stoppt, reckt den Daumen in die Höhe und grinst mir zu. Ich muss auch grinsen und bin tatsächlich erleichtert, ihn zu sehen. Außerdem wecken Bravohits wie hier in mir immer dringendes Bedürfnis nach Alkohol, weil sie mich an die Zeit als Sechzehnjährige erinnern.

»So, was haben wir denn hier?«, sagt er dann und sieht sich nach den Ausstellungsgegenständen um. Ich denke nur, das macht er doch jetzt nicht wirklich, oder? Da hat er gerade seine Credits mit den Cocktails aufgefüllt, und jetzt kommt so eine blöde Klugscheißernummer? Aber er ist schon auf eine große Plastikkugel zugegangen, die Teil der Ausstellung ist und mit einer kleinen Märchenwelt gefüllt. Und fängt dann an, darüber zu schwafeln. So nach dem Motto: Die Kugel ist ein Symbol für das Gefühl der Eingeschlossenheit, das immer mehr Stadtmenschen empfinden. Und hier sehen wir Rapunzel im Turm mit deutlich männlichen Zügen, was die Umkehrung des Machtverhältnisses zwischen den Geschlechtern repräsentiert. Der Mann ist es, der nun gerettet werden muss. Zu Recht, denke ich, zu Recht. Beuge mich dann aber doch hinunter und kann tatsächlich kleine, aufgemalte Bartstoppeln auf dem Gesicht der Figur erkennen. Blöder Klugscheißer, finde ich, der soll mal nicht denken, dass mich so was beeindruckt, zu meinem Studium gehört nämlich auch Kunstgeschichte, und nehme einen tiefen Schluck aus meinem Glas. Er macht derweil weiter: »Und da sitzt die Prinzessin am Brunnen, und sie würde die goldene Kugel lieber schlucken, als den Frosch zu küssen. Obwohl sie insgeheim weiß, dass er der Prinz ist.«

»Was, echt?«, frage ich erstaunt und fühle mich ein bisschen an mich selbst erinnert. Beuge mich wieder nah an das Glas heran, kann aber nichts erkennen. Wütend drehe ich mich zu ihm um. Endlich ein Fehler! Sehe ihn dann aber mich breit anlächeln.

»Du meinst das gar nicht ernst!«, platze ich heraus.

Nun lacht er schallend. Weiß nicht, ob auch ich lachen will. Ich bin auf ihn hereingefallen, und nun kriegt er sich gar nicht mehr ein, lacht immer lauter und hört gar nicht auf, so dass ich irgendwann anfangen muss, mitzulachen. Ich meine, das ist ja ein körpereigener Reflex, fast so wie der Drang, dass man immer weiter trinkt, obwohl man eigentlich schon total betrunken ist, da kann man gar nichts gegen machen.

Aber jetzt ist der Knoten geplatzt. Wenn es jemand schafft, mich hochzunehmen, dann gefällt er mir fast automatisch. Wir bestellen uns noch Mai Tais, was lustige kleine Getränke sind aus Rum und Curaçao und vielleicht noch Limettensaft und definitiv einer Menge Zucker. Luise und Tim gesellen sich zu uns, und es wird eine ziemlich lustige Runde. Denn Lui ist witzig. Und zwar gar nicht verhältnismäßig witzig, also im Sinne von: dafür, dass ich dachte, er sei der absolute Idiot, ist er ganz schön witzig. Sondern er ist wirklich einfach witzig. Erst finde ich ja ehrlich gesagt, dass er einfach zu gut aussieht, um auch noch witzig und klug zu sein. Haha, und wenn diesen Satz ein Mann gesagt hätte, hätte ich ihn sofort als Sexisten beschimpft, sogar wenn es um Blondinen gegangen wäre.

Das Videoband zeigt nun seine ganze Stärke, indem es sich dauernd wandelt – von Whitney Houston, unterlegt mit der Musik Elton Johns, bis hin zu Tom Jones, der Nenas *99 Luftballons* singt. Wir fangen an, wild zu tanzen. Ich gestehe, ab und zu finde ich diese ganzen ERASMUS-Studenten, die ja auf allen Partys sind, wirklich gut. Weil die Jungs sich immerhin trauen zu tanzen, und außerdem sind die alle immer so dermaßen betrunken, weil ja keiner von denen ernsthaft studieren muss.

»Lui!«, schreie ich. »Warum wird denn dein Name so komisch geschrieben, weißte, warum nicht Louis oder Luis?«

»Ich heiße in echt Luitpold«, sagt er mit ernsthaftem Gesicht.

»Ha ha«, lache ich. »Luitpold und Heloise, dann klängen wir wie ein verkackter Mittelalterporno! Nee, sag mal, warum heißt du so komisch?«

»Ich heiße in echt Luitpold«, sagt er noch einmal.

»Ach so? Echt? Scheiße, sorry«, stammle ich. »Das wollte ich nicht.«

Er guckt an mir vorbei, dann fängt er wieder an zu lachen. Ich registriere, dass er es zum wiederholten Male geschafft hat, mich auf den Arm zu nehmen.

»Ich heiße Luitpold«, sagt er dann.

»Ja ja.« Ich lache. »Ich glaube dir jetzt kein Wort mehr.«

»Ich heiße wirklich Luitpold«, sagt er noch einmal und versucht, ernst zu bleiben.

»Weißte«, sage ich und vermeide, ihn mit seinem Namen anzusprechen, »ich konnte dich bis vor zehn Minuten nicht leiden.«

Er schweigt. Oh Gott, ich hoffe, der ist jetzt nicht beleidigt! Manchmal kann ich betrunken echt schlecht einschätzen, was man sagen darf und was nicht.

Doch dann sagte er endlich wieder was. »Weißt du, Heli, dann solltest du ganz schnell deine Taktik ändern. Denn ich kann dich nämlich sehr gut leiden.«

Blinzle schnell zur Seite, damit er nicht sieht, wie sehr ich mich freue, das zu hören.

»Aber warum konntest du mich nicht leiden?«, will er wissen.

Und ein bisschen beschämt muss ich zugeben: »Ich – weil dich einfach alle mögen! Und du bist zu jedem freundlich. Ich lehne halt Menschen ab, die von jedem gemocht werden.«

Er lacht. »Aber dann machst du ja genau das Gleiche

wie ich, der angeblich zu allen nett ist. Nur in die andere Richtung«, stellt er fest.

Und liegt damit ja richtig. Und mir fällt wieder ein, wenn etwas jemandem noch Respekt bei mir einbringt, dann ist es, wenn er es schafft, mir meine eigene Unlogik vorzuführen. Bei *My Heart Will Go On*, synchronisiert von Prince, küssen wir uns dann. Ziemlich gut und ziemlich lange. Und wir küssen uns weiter im Taxi und auf allen Treppenabsätzen auf dem Weg zu meiner Wohnung. Und dann liegen wir auf dem Bett, und ich weiß nicht, was los ist. Vielleicht liegt es am Mai Tai, aber ich lasse mich völlig gehen, denke nicht daran, wie ich aussehe, was er denken könnte, ob er mich nun mag, heiß findet, liebt oder nicht. Bin ja auch viel zu betrunken dafür. Und irgendwie gibt er mir das Gefühl von Sicherheit. Dann haben wir wirklich ganz tolles – Ja, was ist das Wort dafür, sagt jemand eigentlich noch Petting? –, und ich mache Dinge, die ich mich sonst nur nach einem Jahr Beziehung traue, mit diesen ganzen Stellungen, 69 und so, ohne dass ich mir lächerlich vorkomme. Und will dann ganz unbedingt mit ihm schlafen, aber er flüstert mir ins Ohr: noch nicht. Aber ich sage: doch, und dann haben wir Sex.

Irgendwann später sind wir beide gekommen, er hält mich im Arm, wir sehen uns in die Augen. Ich lächle ihn an, flüstere: »Das war schön.«

»Ja …« Er grinst zurück und küsst mich auf die Nase. »Das war es.«

Wir liegen eine Weile schweigend da, fühlen die Wärme unserer Körper. Ich merke, wie ich müde werde.

»Heli, ich glaube, ich gehe jetzt, ja?«, sagt er leise.

»Du kannst auch gerne hierbleiben«, merke ich vorsichtig an.

»Weißt du, ich habe morgen ein Blockseminar in Medientheorien, ich glaube, ich sollte zumindest ein paar Stunden Schlaf kriegen. Ich habe nämlich immer noch Chaka Khan als Ohrwurm.«

Ich lache. Er küsst mich auf die Stirn.

»Du studierst gar nicht Sport«, murmle ich noch. Er zieht sich leise an, bringt mir ein Glas Wasser aus der Küche und ist dann weg.

## FREITAG, 16. OKTOBER

### 08:02

Wache auf und horche in mich hinein. Höre mein Herz klopfen, drehe mich langsam zur Seite und hätte am liebsten gehabt, dass Lui noch immer neben mir liegt. Oh Gott! Beiße mir vor Freude auf die Lippe, stürze dann mit dem Kopf zurück ins Bett. War das toll! Er ist an mir interessiert, ich an ihm, und, zack, die ganze alberne Kiste mit *Wird er sich melden oder nicht? Und wenn er es dann tut, was bedeutet es?* ist gegessen. Wie einfach es laufen kann, wenn beide aneinander interessiert sind und nicht nur der eine den anderen will, weil der ihn nicht will. Ich schwinge mich aus dem Bett, und ich freue mich wie ein Kind am Tag der Bescherung, als ich aufgeregt in die Küche laufe, um zu sehen, ob er mir vielleicht eine Nachricht hinterlassen hat. Nur ein klitzekleines Zettelchen mit vier, fünf Wörtern drauf, die Aussage hätte absolut bei null Prozent liegen können, aber gerade hätte es mir alles bedeutet. Von mir aus auch: *Tolle Nummer.* Oder noch besser mit seiner Nummer drauf, denn dann werde ich da sofort anrufen. Habe nämlich Lust auf Riesenfrühstück für zwei – für zwei! – im Schlösschen. Hm, da ist nichts.

Gucke intensiv auf der Ablage des alten Küchenschranks nach, weil das Holz da nämlich so gemasert ist, dass man ganz oft Sachen darauf nicht wiederfindet, weil alles gleich dreckig aussieht. Dann im Kühlschrank, weil es ja immer sein kann, stelle aber nur fest, dass er völlig leer ist. Noch nicht einmal ein kleiner Rest Biomilch. Seit ich alleine wohne, bemerke ich, wie schwer es doch ist, immer für sich selbst zu sorgen, und dass man nun nie mehr die Chance hat, sich bei anderen mal morgens Milch auszuleihen.

Untersuche akribisch die Marmorplatte des Bistrotisches aus den o. g. Gründen. Nichts. Sitze dann, immer noch glücklich, in meinem grünen Sessel, schmiege mich an. Rieche das alte, verschlissene Leder. Es ist eigentlich egal, ob er sich noch mal meldet oder nicht. Das zwischen uns ist so cool gelaufen und hat so, nun ja, befriedigend geendet, dass das alleine schon reicht! Einfach ein tolles, positives Erlebnis zwischen einem Jungen und einem Mädchen. Mann und Frau. Respektvoll, von Angesicht zu Angesicht. Ohne diesen ganzen Betrug und die Vortäuscherei.

Puh, finde, das ist für erste Minute wach schon ziemlich viel an sinnvollen Gedanken, brauche nun definitiv Kaffee. Jetzt sofort. Einen Liter. Mache mich dran, einen zu kochen, vergesse ihn dann aber. Weil ich nämlich ungewöhnlich lange dafür brauche, ein passendes Outfit für den heutigen Tag zusammenzustellen, denn man weiß ja nie, wen man reinzufällig auf der Straße trifft, und rein zufällig weiß ich, in welcher Ecke er wohnt. Und irgendwie vergesse ich außerdem während jeder Bewegung, was ich eigentlich damit bezwecken wollte, mein Gehirn denkt nämlich nur ungefähr Penis, und als ich mich wieder an den Kaffee erinnere und in die Küche renne, mit einem Tempo, wie nur andere Kaffeejunkies es drauf haben können, da muss ich bestürzt feststellen, dass er schon kalt geworden ist.

Nehme beim zweiten Anlauf statt der Kaffeepresse meine Espressokanne, die schöne, große aus rosa Chrom, die das Volumen von acht Tassen Espresso fasst. Wie ich mich jeden Morgen wieder darüber freue, dass ich das Glück habe, sie alleine austrinken zu dürfen, und sie nicht mit sieben anderen Leuten teilen muss! Doch sobald ich sie auf die Herdplatte gestellt habe, fängt sie an zu brennen. Irgendwas, ich verstehe gar nicht, was, hat Feuer gefangen und kokelt nun unangenehm riechend unter der Kanne vor sich hin.

Denke dann, vielleicht ist heute gar nicht der Zeitpunkt, mir Kaffee selbst zu kochen. Sondern dass heute ein Tag ist, an dem ich mir beim Umsteigen in die Regio in dem kleinen süßen Biocafé einen Cappuccino leisten werde – mit doppeltem Espresso, extra heißer Sojamilch, als Topping Haselnusssirup, und das Ganze in extra large.

Freudig erregt, äh, nicht nur über den Kaffee, packe ich meine Sachen und laufe sogar so schnell, dass ich eine Bahn früher kriege als sonst. Finde ich immer wieder krass, denke ich jetzt in der U8, da passiert einem das Aufregendste des ganzen Jahres, und dann muss man trotzdem zur Uni fahren, als sei es ein normaler Tag! Dabei habe ich das Gefühl, bei dem, was seit gestern Nacht passiert ist, müsste ich mindestens das Recht auf einen Tag frei haben, plus ein Riesenstück Apfel-Crumble-Kuchen!

### 13:34

Zustand herrlicher, totaler Bumsbesoffenheit. Starre schon seit Minuten völlig versunken, mit einem Lächeln auf dem Gesicht den Baum draußen auf dem Uni-Innenhof an. Ohne mich daran zu stören, wie nervös es Professor Dings macht, dass ich so offensichtlich abgelenkt bin. Ich meine, wenn eh alle denken, ich säße hier dauerbekifft, ändert das auch nichts mehr an ihrem Bild von mir.

Ich habe den One-Night-Stand genommen wie ein Mann, mache ich mir klar. Denn ansonsten – nichts! Kein Weltschmerz. Keine komplette Hinterfragung meiner selbst. Kein panisches Daueraufrufen von Facebook, ob er mir schon eine Freundschaftsanfrage geschickt hat. Was dann hartnäckiges Stalken seines Profils zur Folge gehabt hätte sowie stundenlanges Analysieren der von anderen Mädchen hinterlassenen Nachrichten auf seiner Pinnwand.

Ich gucke auch nicht andauernd auf mein Handy. Wobei, das ist der Punkt, der der Sache einen leicht bitteren Nachgeschmack gibt. Warum hat er mir seine Nummer nicht dagelassen? Ich hätte irgendwie gedacht, das würde er …

## SAMSTAG, 17. OKTOBER

### 17:53

Mein Leben verläuft ganz normal weiter. Habe mich für heute Abend verabredet, ohne zu überlegen, ob er nicht vielleicht zu der Zeit bei mir klingeln wird. Und am Vormittag war ich einkaufen, und es war kein einziges Lebensmittel dabei, das ich extra für Momente mit ihm gekauft hätte. Ich bin ziemlich zielstrebig sowohl an den Mini-Ziegenkäsesoufflés in der Tiefkühlabteilung als auch an den Aufbackcroissants vorbeigelaufen. Kleine Schwäche bei Schokoladenlinsen gehabt, das gebe ich zu, aber die wecken in mir auch immer so eine Sehnsucht nach meiner Kindheit. Ich habe mir auch vorgenommen, mich nicht perfekt gekleidet irgendwo in ein Café zu setzen und darauf zu warten, dass er vielleicht vorbeiläuft. Ich gehe nicht vor seiner Haustür auf und ab. Das ist also schon mal ein wesentlicher Fortschritt gegenüber der Nicolas-Sache.

Na gut, jetzt habe ich mich doch mit Luise in einem Café verabredet, das Nähe Görlitzer Park ist und damit direkt bei ihm um die Ecke liegt. Das weiß aber Luise nicht, und es ist wirklich ein richtig süßes Café. In dem man ganz viele Zeitschriften zur Auswahl hat, und am Tresen gibt es diese Mini-Cupcakes und Mini-Muffins für dreißig Cent zu kaufen, die ja auch nicht richtig ernst genommen werden. Da kann man so viel essen, wie man will, die bleiben einfach zu klein, um als echte Süßigkeit gezählt zu werden. Und so ist das Ganze also auch nur eine Mini-Besessenheit in Richtung *Versuch, den Zufall zu erzwingen.*

»Aber stehst du jetzt auf ihn, oder was?«, fragt Luise.

»Nein und ja«, versuche ich, ihr zu erklären. »Er ist einfach ein toller Typ. Ich mag, wie er ist und was er sagt, was er anzieht und wie er küsst.« Das ist ganz schön viel. Ich grinse.

»Aber ist diese Ich-will-keinen-Freund-Nummer jetzt vorbei, und du weißt wieder, was wir an Männern haben, oder was?«, fragt sie weiter.

»Nein und ja«, sage ich. »Nein, ich will immer noch keinen Mann als Freund haben, der mich nicht genauso will wie ich ihn. Oder wegen dem ich mich verbiegen muss oder einhundert Kompromisse eingehen. Und ja, ich habe mich wieder daran erinnert, wie schön das ganze Küssen ist, jemanden zu haben, der einen einfach im Arm hält. Wenn er sich meldet – alles cool, dann werde ich ihn wieder treffen, und vielleicht ergibt sich daraus so etwas wie eine Affäre.« Ich zwinkere ihr zu.

»Aha, okay, das ist ja ein ganz neuer Ansatz«, antwortet sie. Sieht aber so aus, als hätte sie nicht richtig verstanden, was ich meine. Irgendwie kommt es mir so vor, als würden Mädchen, die nach jahrelangem Singlesein plötzlich in einer Beziehung sind, immer ganz schnell vergessen, wie schwierig die Singlezeit war. Und dann sitzen sie selbstgefällig da und stellen Fragen, mit einem Gesicht, das ganz ernsthaft Verwunderung darüber ausdrückt, warum nicht alle anderen einfach auch eine Beziehung haben. Nicht, dass ich das Luise jetzt vorwerfe. Kenne ja dieses Verhalten von mir selbst. Denn so in der Art geht es mir jeden Sommer wieder. Behaupte beim ersten Sonnenstrahl, wie sehr ich diese Stadt liebe, und habe sofort die schrecklichen letzten sieben Monate Winter vergessen; nur um im nächsten Oktober wieder davon überrascht zu werden, wie zugig alle Altbaufenster sind, dass keiner mehr irgendwas macht und alle denken, sie seien depressiv. Und mich plötzlich wieder zu erinnern, dass ich mir doch eigentlich letztes Jahr vorgenommen hatte, diesen Winter ein Auslandssemester auf den Bahamas oder in irgendeinem klimabegünstigten Dritte-Welt-Land zu machen.

»Lass uns das mal Mia erzählen«, schlägt Luise vor. »Ich meine, sie ist immerhin die Kuppelmutter bei der ganzen Geschichte und will dich sicher fragen, wie sein Penis aussieht.«

Ich finde das nur gerecht, wähle ihre neue, argh, spanische Nummer und sprudle los. Merke, wie viel Spaß es macht, das Ganze noch mal zu erzählen, und je klarer meine Erinnerungen werden, desto lebhafter meine Beschreibungen der Nacht. Da wird aus meiner anfänglichen Abneigung ihm gegenüber richtiger Hass, das erste Gespräch purer Kampf. Das Trinken ein einziges Besäufnis.

»Das finde ich überkrass«, sagt Mia immer wieder. Meint aber wohl eher, dass ich mich endlich auf jemanden eingelassen habe – nicht mich total betrunken. »Das wird doch noch zwischen euch, wette ich «, sagt sie. »Was soll denn jetzt noch schiefgehen? Das ist ein Selbstläufer!«

Und ich lache selbstsicher. »Ey, I don't care, ob er sich meldet oder nicht. Erzähl mir lieber – wie geht's dir?«

Und Mia sagt: »Heli, ich bin mit meinem Professor zusammen.«

»Was soll das heißen?« Ich verstehe nicht richtig.

»Er unterrichtet bei mir Methodentraining. Ich sah ihn und wusste es.«

»Du meinst, du bist jetzt mit deinem Professor zusammen?«, frage ich noch mal nach, obwohl ich längst verstanden habe. »Jetzt in echt, oder was?«

»Ja, so serious. Aber ich kann's immer noch nicht fassen!« Ihre Stimme schrillt vor innerer Anspannung und Aufgeregtheit.

»Mia, ja, Mann, mich haut das auch um. Ich meine, das ist echt krass«, sage ich und versuche, mir Mia mit einem alten Mann vorzustellen. Das klappt aber nicht richtig, weil in meiner Vorstellung alle Spanier einen Meter sechzig groß sind.

»Heli, ich will diesen Mann so sehr!«

»Oh Mia!«, rufe ich aus, wieder zurückgeholt in die Realität. »Luise«, teile ich Luise mit, die völlig verwirrt neben mir sitzt und versucht, aus dem, was sie hört, einen Zusammenhang herzustellen. »Mia ist mit ihrem Prof zusammen!«

»Was?« Luise kann es auch nicht fassen. Wir reden nun alle völlig wirr durcheinander. Das heißt, Luise schreit mir das ins Ohr, was ich Mia weitersagen soll, und Mia, die die Worte gleich verstanden hat, antwortet schon längst, während ich ihr noch wortwörtlich Luises Frage weitergebe. Wir verstehen also alle nichts, aber es ist ein krasses Erlebnis.

Und am Ende kann ich mir nicht verkneifen zu sagen: »Stellt euch vor, jetzt nur mal rein theoretisch, aber stellt euch mal vor, das Ganze hält noch anderthalb Monate. Dann sitzen wir Silvester hier zu sechst. Ich, Lui, Tim, du, Mia und der Professor.«

Wir holen alle drei tief Luft, so was sagt man ja nicht, und ich habe plötzlich das große Bedürfnis, auf den Holztisch zu klopfen, nur um sicherzugehen, dass ich die Götter nicht erzürnt habe.

## FREITAG, 23. OKTOBER

### 16:34

Sitze bei Luise in der Küche, an einem dieser hoffentlich letzten sonnigen Herbsttage, und die schwatzt so vor sich hin. Die Nummer mit Ich-nehme-das-Ganze-wie-ein-Mann-egal-ob-er-sich-meldet-oder-nicht, ziehe ich jetzt schon seit einer Woche durch. Stehe gerade vor ihrem Herd und rühre Blockschokoladenstückchen um, die langsam in einem Wasserbad schmelzen. Dann mischt Luise gemahlene Mandeln, Puderzucker und geschlagenes Eiweiß dazu. Setzt den Rührer ab, schleckt ihn ab und teilt mir mit einem zufriedenen Lächeln mit: »Ich habe mir ein neues Rezept ausgedacht. Es hat die Kraft von einem Shortbread-Teig und ist trotzdem so luftig wie ein feiner Keks.« Sie muss laut lachen, weil sie wohl selbst weiß, wie absurd es ist, dass sie so etwas sagt. Schaut dann zu mir hin, als von mir kein Lachen kommt. »Heli, was ist los? Das war ein Witz. Wenn auch ein erstaunlich gut schmeckender.«

Ich merke, wie mir die Tränen kommen. »Er hat nicht angerufen. Es ist jetzt eine Woche her.«

»Lui? Ich dachte, du hängst gar nicht an ihm?«

»Das tue ich auch nicht. Es ist nur so, es war so eine

coole Sache. Ich meine, er ist wirklich toll. Es ging von beiden aus, es hat super Spaß gemacht, und dann meldet er sich einfach nicht mehr?!«

»Stimmt, das macht keinen Sinn«, gibt Luise mir recht.

»Verstehst du«, rede ich weiter, »ich war mir sicher, er will mich wiedersehen. Wenn ich mich noch nicht einmal auf mein Gefühl verlassen kann, auf was dann?« Mich packt die Verzweiflung. »Ich meine, der scheiß-emotionale Höhepunkt in diesem Jahr war der Tod der animierten Hauselfe bei Harry Potter.«

Luise muss wieder lachen, sieht dann aber, wie bitterernst es mir ist.

»Ich bin scheiß 6000 Kilometer geflogen, für die ich drei Monatsgehälter hinblättern musste, nur weil ich dachte, ich würde auf meinen Exfreund stehen. Der in echt der absolute Penner ist. Um dann beinahe an Intimherpes zu verrecken, in einem gottverdammten Kloster zu landen und zum Yoga gezwungen zu werden. Ich meine, ich kann mittlerweile meine Beine beim Sex hinterm Kopf verschränken! Dann musste ich mich als Bitch beschimpfen lassen, nur weil ich einen Fast-Dreier mit einem fast coolen Typen gehabt habe, der leider in einer Beziehung war, und das alles, weil ich meinen Single-Freundinnen zeigen wollte, wie leicht man Sex haben kann. Die jetzt beide in einer Beziehung sind. Um dann zu denken, es sei Schicksal, dass der Handschuh-Mann von Silvester mein Interviewpartner ist, was der aber offensichtlich nicht so empfand. Um mich dann auf Lui einzulassen, obwohl ich doch schon mit allen Jungs abgeschlossen hatte. Und warum? Einfach, weil er mir gefallen hat und weil es so aussah, als würde ich ihm gefallen. Ich will einfach nicht mehr! Ich kann einfach nicht mehr!«

»Aber sieh mal, Heli ...« Luise setzt sich zur mir auf die Küchenbank. »Durch Indien bist du superbraun und gesund geworden. Außerdem hast du mit deinem Yoga echt was gefunden, was dir Spaß macht. Du hattest mit der Alex-Nummer einfach einen guten Abend und hast uns beide mit deinem Aktivismus mächtig beeindruckt. Außerdem hast du es damit geschafft, vor Philipps Augen mit jemand anderem rumzumachen. Du hast durch Nicolas deine eigene Interviewreihe bekommen. Und du hast sie aufgegeben, weil du gemerkt hast, dass du eigentlich gar nicht in die Musikabteilung willst. Und nun – ich habe dich lange nicht so glücklich gesehen wie in der letzten Woche.«

»Ja, weil ich es war!«, unterbreche ich sie. »Aber was bringt das alles, wenn ich es falsch eingeschätzt habe? Weil, verstehst du, wenn es wirklich so toll war, wie ich dachte, warum will er mich dann nicht wiedersehen?«

Darauf weiß auch sie keine Antwort.

# NOVEMBER

## MONTAG, 2. NOVEMBER

### 16:26

Dachte, ich würde nie zu den Mädchen gehören, die vor Kummer nichts mehr essen können. Aber ich habe einfach keinen Appetit mehr! Ich will nur noch hier sitzen und voller Freude dabei zusehen, wie der Baum vor meinem Fenster von Tag zu Tag seine Blätter verliert ... Oder vielleicht kiffend in Gummistiefeln durch regennasse Felder laufen. Definitiv nie wieder Nicolas sehen oder Lui, unbedingt wieder aus Facebook rausgehen. Es ist nämlich ganz absurd, aber dadurch, dass ich dort Nicolas' letzte Aktivitäten sehe, er zum Beispiel mit 40 neuen Menschen befreundet ist oder unsinnige Prollmukke postet, habe ich das Gefühl, als wäre er jeden Tag um mich herum, dabei haben diese Aktionen ja gar nichts mit mir zu tun!

Jetzt lese ich gerade blödsinnigen Text von Bourdieu und wünschte, ich wäre einfach mein Leben lang hässlich gewesen und hätte deswegen, seit ich elf war, Halt in Büchern gesucht, anstatt anzufangen, mich für Männer zu interessieren!

Uni vor zwei Wochen wieder angefangen. Nicht dass ich das jemals öffentlich zugeben würde – aber ich bin ehrlich gesagt ziemlich froh, dass ich deswegen etwas zu tun habe. Das mir außerdem noch das Gefühl vermittelt, es würde weitergehen in meinem Leben, obwohl ich generell weiß, dass bei mir die absolute Stagnation herrscht. Ich bin eigentlich in diesem Jahr nicht nur nicht weitergekommen, sondern sogar um ein Jahr zurückgefallen! Und nämlich schon wieder an dem Punkt, dass ich total unglücklich bin wegen einem Jungen, auch wenn der jetzt einen anderen Namen trägt.

Sitze gerade in der letzten Reihe des Seminarraums, da wo ich immer sitze, und wünschte mir, ich hätte ein Smartphone, mit dem ich jetzt unsinnige Skater-Games spielen könnte, die City Cruiser heißen oder so.

Etwas hat sich verändert, seit wir alle im dritten Semester sind. Es scheint, als hätten wir uns alle beruhigt. Keiner versucht mehr, sich besonders positiv darzustellen, jeder hat seine Rolle gefunden. Man weiß, das sind die einen, die immer nachfragen. Obwohl ich denke: Ha, das ist eine Sache, die muss jeder verstanden haben! Da kann jetzt echt keiner mehr nachfragen! Aber sie – sie tun es trotzdem! Immer und immer wieder, hören gar nicht auf, melden sich dann noch, nachdem die Stunde offiziell vorbei ist, und man denkt, Gott, deine Mutter muss dich echt extrem vernachlässigt haben, so wie du jetzt nach Aufmerksamkeit gierst. Dann sind da die, die sich sozial engagieren, die mit ihrem Gelernten etwas beitragen wollen zur Gesellschaft. Was ich eine absolute Top-Nummer finde, und über die ich mich immer besonders freue, weil sie nichts anderes werden als bessere Erzieher und damit klar ist, sie werden mir bei der Karriere schon einmal nicht im Weg stehen. Aber meine Favoriten sind ganz klar die, die konsequent jeden Morgen zwanzig Minuten zu spät in die Stunde reinplatzen, obwohl man mit Sicherheit gerade noch mit ihnen in derselben Bahn gesessen hat! Es ist mir ein absolutes Rätsel, wie sie das hinbekommen.

Es haben sich auch feste Freundeskreise gebildet, die letztes Semester noch nicht da waren. Irgendwie müssen die sich echt in den Semesterferien getroffen haben, wer tut denn so was? Nicht, dass ich dazugehören wollte oder dass jemand versucht hätte, sich mit mir zu befreunden, aber davon habe ich noch nicht einmal etwas über Facebook mitbekommen!

Na ja, man lässt mich in Ruhe. Habe die Kurse wieder so gelegt, dass ich nie eine Freistunde habe. Außerdem Zusatzkurse gewählt, sprich in Uni-Sprache, um Extra-Credits zu bekommen. Das bedeutet nämlich, sollte in meinem Leben jemals wieder eine bessere Phase eintreten – vielleicht finde ich ja ein Hobby oder Ähnliches –, dann kann ich mir die Zeit dafür nehmen und weniger zur Uni gehen, weil ich die Credits ja jetzt gesammelt habe. Wünschte, alles im Leben würde so laufen. Dann würde ich jetzt einfach ein für alle Mal schlafen, komplett alles verschlafen.

Die Seminare heißen alle so was wie »InterFlex, das Seminar des Austauschs«, »Die subkulturelle Diskrepanz zwischen Ost und West« oder »Stadtakustik, Klang der Eigenwelt«. Keinen Plan, was das alles heißen soll. Mir geht es nur um die Credits. Ich komme zur Stunde, setze mich hin, höre mit immer glasiger werdenden Augen zu, versuche in den Pausen so viele

Zigaretten wie möglich zu rauchen und fahre dann wieder Musik hörend zurück in meine Wohnung.

## SONNTAG, 8. NOVEMBER

### 19:47

Heute mit Luise verabredet. Kommt mir vor, als hätten wir uns eine Ewigkeit nicht mehr gesehen! Wundert mich, wie leicht es ist, seine Tage rumzubekommen, indem man einfach nur von der Uni nach Hause fährt, Einkaufen als Highlight des Tages, dann ab ins Bett. Gedanken an Option Sport verdrängen, wird meistens durch die Entscheidung ersetzt, einfach einen Film zu gucken. Gehe sehr früh schlafen ...

Sichtlich erschrocken über mein verwahrlostes Aussehen, setzt Luise sich mir gegenüber an den Ecktisch im Schlösschen und fängt sofort an, mit sanfter Stimme zu sprechen. »Ich hätte irgendwie gar nicht gedacht, dass dich das mit Lui so umhaut.« Mustert meine Augenringe, mein an der einen Seite vom Im-Bett-Liegen plattgedrücktes Haar. »Du schienst so stark und wütend nach der Nicolas-Sache, dass ich irgendwie dachte, das mit Lui würde dich gar nicht so treffen?«

Ich grummle etwas, will ehrlich gesagt gar nicht darüber reden.

»Gut, das mit Lui hat nicht geklappt«, rotze ich hin. »Na und? Das haut mich nicht um. Es bestätigt nur, was ich vorher schon gewusst habe. Außerdem geht es mir nicht schlecht. Ich sehe nur so aus«, schiebe ich hinterher, als ich ihr zweifelndes Gesicht sehe. »Ich verwende, ich meine, ich verschwende einfach nur nicht meine Energie darauf, mich ständig mit meinem Aussehen zu beschäftigen!«

Dann sage ich nichts mehr. Ich kann mich nicht an einen Zeitpunkt erinnern, an dem mir und Luise schon mal der Stoff zum Reden ausgegangen wäre. Ich lüge also, dass ich noch Hausaufgaben zu erledigen habe, was leider gar nicht so weit von der Wahrheit entfernt ist, und eile zurück in mein Bett.

## DIENSTAG, 10. NOVEMBER

### 09:27

Die Mädchen kümmern sich liebevoll um mich, ich weiß das! Kriege von Mia viel Zuneigung und Aufmerksamkeit in Form von SMS, Facebook-Nachrichten oder witzigen YouTube-Videos – gegen Wand laufende Tiere und Ähnliches. Luise ruft täglich an. Schleppt mich mit zum Yoga, schneidet mir Artikel aus der Zeitung aus, die sie als interessant empfindet (»Frauen immer noch durchschnittlich 30 % weniger Gehalt!«), die wichtigsten Sätze darin bunt unterstrichen. Aber es ist einfach eine Riesendiskrepanz zwischen uns. Die beiden brechen gerade in neue Lebensbereiche auf: Mia studiert plötzlich, zieht in ein anderes Land. Luise hat einen Freund. Und ich habe gar nichts mehr. Nichts, auf das ich mich freuen kann, nichts, auf das ich hoffe. Nichts, das sich verändern wird.

## SAMSTAG, 14. NOVEMBER

### 09:04

Oha, freue ich mich, das Wetter ist über Nacht endlich von Spätherbst zu Winter geskipt, mal wieder passend zum Wechsel meiner Laune. Gehe gleich nach dem Aufwachen raus auf den Balkon, weil ich sehe, dass es über Nacht geschneit hat! Alle Dächer haben eine dicke Schneeschicht auf den Giebeln. Plötzlich wirkt Neukölln ganz friedlich. Stelle dann aber fest, dass die Pflanzen auf meinem Balkon nicht, wie von der polnischen Blumenfrau versprochen, winterhart sind. Sondern die sind alle zu einem grauen Riesen-Matsch-Eisklumpen erfroren, zwanzig Euro wieder hin, und bekomme gleich wieder schlechte Laune. Wünschte mir, ich wäre alte Frau auf einsamer, steiniger Insel oben bei Irland und müsste jetzt nichts anders tun, als mich mit Grog zu besaufen und das Meer zu beobachten.

Setze mich also mit Kaffee, ohne Alkohol, vor Computer, um zu sehen, was die Draußen-Welt über Nacht so erlebt hat. Aber als ich auf der Startseite von Facebook bin, muss ich feststellen, dass sich meine Werbung rechts vom Stream geändert hat! Da steht nichts mehr von »Masterstudiengang in Holland« oder »Führungsworkshop für Selbständige«. Nein, Facebook schlägt mir nun einen »Romantischen Wochenendtrip in eine Winterwunderscheißwelt« vor, natürlich in Verbindung mit: »Burger-King-Burger für zwei – 70 Prozent billiger«. Ich denke nur: Das ist der Moment, um sich abzumelden. Ich meine, geht da noch was an Demütigung? Erst gestern haben Luise und ich noch über personalisierte

Werbung gelacht! So von wegen, zeig mir die Ads, die Google für dich rausfiltert, und ich sag dir, was für ein Mensch du bist. Und nun das! Melde mich also unter Mühen mal wieder ab, brauche dafür den ganzen Vormittag.

Habe es jetzt endlich geschafft, und Facebook zeigt mir noch mal all meine Freunde, die mich vermissen werden, und ich muss sagen, ich fühle mich ein bisschen ausgeschlossen.

## DONNERSTAG, 26. NOVEMBER

### 15:29

Stagnation. Rien ne va plus, ich will nicht mehr. Ab jetzt werde ich noch einmal alle Staffeln *The Nanny* durchgucken und mich nur noch von Keksen ernähren. Es kommt mir sowieso vor, als hätte ich seit einer Ewigkeit nicht mehr gegessen. Mir ist jetzt mal aufgefallen, dass *The Nanny* extrem mein Männerbild geprägt hat. Und ich alle Männer als irgendwie andere Wesen sehe: komisch, ungeschickt und hilflos. Was vielleicht nicht die optimalen Bedingungen sind, um eine respektvolle Beziehung zu ihnen aufzubauen.

*Favourite* ist auch ein echt schwieriges Wort, denke ich gerade, da ruft Mia an.

»Wie, was ich Weihnachten mache? Welches Datum haben wir heute?« Dass ich schon wieder dieses Problem habe, die Tage zu unterscheiden. Aber Mia bringt mir dann vorsichtig bei, dass erstens in einem Monat

Heiligabend ist, aber ganz ehrlich, kaum eine Panikreaktion meinerseits, weil es nichts gibt, was ich bis dahin machen muss! Dieser Tag hat wirklich null Impact auf mich, denke ich, wir werden doch sicher etwas Witziges mit Alkohol kochen? Und plötzlich freue ich mich sogar fast darauf. Immerhin sind wir dann endlich wieder zu dritt. »Ey, Hauptsache wir sind wieder zu dritt, oder?«

Und da zögert sie und bringt mir dann zweitens bei, dass sie Weihnachten bei Jorges Eltern irgendwo in Südspanien verbringen wird. Ich bin total irritiert, ist der nicht viel zu alt, um so was zu feiern? Ist der nicht auch schon viel zu alt, um Eltern zu haben, die noch leben? Denke ich, sage ich aber natürlich nicht, und deswegen hat Mia die Gelegenheit, mir den Dolch vollends ins Herz zu stoßen, und erklärt mir, dass natürlich auch Luise bei Tim feiern wird, und zwar bei seinen Großeltern in Rheinland-Pfalz.

Oh Gott, das heißt, ich bin Weihnachten alleine in Berlin. Das ist das Allerschlimmste auf der ganzen Welt! Weil wer an diesem Tag abends feiern geht, der ist echt so was von fertig. Das sind nur die ganz Üblen, die wirklich Einsamen. Die, die immer schimpfen, dass alles nur eine große Kommerzlüge ist, dass sich alle nur gegenseitig betrügen und Weihnachten, dieses gezwungene Beisammensein, blabla! In echt wollen sie aber nichts anderes, als sich mit Großfamilie um Konsistenz von Bratensoße streiten. Da sie das aber nicht haben, sagen sie sich: Na gut, dann gönn ich mir heute etwas wirklich Gutes, zum Beispiel Drogen! Und hauen sich total weg. Muss also bis dahin entweder Großfamilie haben oder Freund, Größe egal, oder Großpackung Valium.

# DEZEMBER

## MITTWOCH, 2. DEZEMBER

**20:47**

Ich versuche wirklich, stark zu sein. Mich von mir selbst zu distanzieren und meine Situation mit Ironie zu sehen. Ich kann sagen, das ist nicht einfach. Denn daran ist einfach nichts witzig!

Rufe ständig wahllos alle möglichen Leute an, um sie zu zwingen, sich mit mir zu beschäftigen. Denke ernsthaft darüber nach, auf Facebook aus Versehen Nacktfotos von mir hochzuladen, nur um so Aufmerksamkeit in medialer Weise zu bekommen. Doch jetzt fällt mir wieder ein, dass ich da ja gar nicht mehr bin. Aber es sind ja eh alle so im Stress, dass sie es nicht mal bemerken würden. Und das Schlimmste ist, dass sie immer sagen: Oh Heli, du hast es so gut! Sei froh, dass du den Stress nicht hast! Es ist ganz schrecklich, mit der ganzen Familie zu feiern, ich wünschte, ich wäre in deiner Situation! Und ich denke immer: Das ist nicht wahr, das wärst du nicht gerne, und das weißt du. Weihnachten alleine zu sein ist echt ein Manko, das man sich nicht leisten darf, und eigentlich freuen sich alle unglaublich über den selbstauferlegten Stress.

Denke dann, ich koche mir was Schönes. Aber alle

Gerichte bei einschlägigen Blogs fangen in ungefähr so an: »Für 6 bis 8 Portionen …« Oder auch: »Nehmen Sie 1,2 kg Lammkeule …« Ich werde mir bestimmt nicht die Blöße geben und zu meiner Bioladen-Grüne-Rübe-Fleischfachverkäuferin gehen und sagen: 150 Gramm Entenbrust, bitte! Und damit offenbaren, dass ich alleine feiere. Wenn sogar die den Respekt vor mir verliert, dann kann ich nur noch beim Markendiscounter hinten in Britz einkaufen gehen. Und keiner mag den, weil Rot-Gelb einfach eine schreckliche Farbkombination ist.

Obwohl Überlegung wert, mir Weihnachten tatsächlich die zweilagige Karamellcremetorte zu backen und mich einfach damit zu ersticken. Entscheide mich vielleicht auch einfach für 'ne Flasche guten Whiskey, die ich am Abend davor trinke und so einfach den 24. verschlafe. Dann Tiefschlafkoma ohne Schmerz- und Pupillenreaktion bis zum 30. Dezember durch, an dem ich mich endlich mit Luise und Mia in Barcelona treffe …!

## MITTWOCH, 16. DEZEMBER

### 12:01

Oh nein, jetzt hat mich Luise angerufen. Ich hatte schon die ganze Zeit das Gefühl, dass mir Mia etwas verschwiegen hat! Außerdem redet Luise so, dass ganz klar ist, sie hat mit Mia das Gespräch vorher durchgesprochen. Sie behandelt mich nämlich wie eine Schwerkranke, die man vorsichtig darauf vorbereitet, ihr Leben lang gelähmt zu sein. Und sie sagt, eigentlich fragt sie, mit schuldbewusster Stimme, ob es denn okay sei, wenn Jorge und Tim Silvester auch kommen würden, und dann schiebt sie noch nach: »Das war doch deine Idee damals!«

Ganz genau, denke ich, die Betonung liegt aber auf *damals*, nicht auf *deine*! *Damals* an diesem wunderschönen Herbsttag, als wir beide, du und ich, im Schlösschen saßen und ich die Nacht zuvor mit Lui verbracht hatte, wir das alles brühwarm Mia erzählten und ich, für einen kurzen Moment hormonell durcheinandergebracht, dachte, dass wir Silvester vielleicht zu sechst verbringen könnten. Aber da stand niemals die Frage im Raum, ob wir das auch zu fünft machen! Das waren entweder wir drei oder wir sechs.

Seufze dann aber tief, weil ich weiß, wie schwer Luise der Anruf gefallen ist, und irgendwie denke ich, ich werde dieses Jahr eh nicht mehr glücklich, da kann ich auch mit den allen feiern. Es bedeutet den zweien bestimmt einiges, das neue Jahr mit ihren Liebsten zu beginnen. Auch wenn ich dieses Gefühl nicht nachvollziehen kann.

Sie quietscht, als ich ihr sage, dass ich es okay finde. Es ist ein sehr langgezogenes okayyyy, so wie dreizehnjährige Pubertierende es machen, um zu zeigen, dass ihnen eh alles egal ist. Und sie sagt, wahrscheinlich einfach weil es ihr gerade in den Sinn kommt und sie gar nicht länger darüber nachgedacht hat: »Was war das denn bitte für ein krasses Jahr, oder wie?«

Und ich sage: »Hmm, findest du, ja? Ganz ehrlich, ich werde dieses Jahr höchstens als das in Erinnerung haben, bei dem mir im Liegen plötzlich meine Brüste in die Achselhöhlen rutschten.«

Sie lacht. »Ach komm. So schlimm war's nicht. Denk an den tollen Sommer, den wir hatten! Nur das Ende bei dir – das ist ein bisschen doof. Aber jetzt kommt ein komplett neues Jahr voller neuer Möglichkeiten.«

»Oh nein! Nicht schon wieder«, stöhne ich. »Mein einziger Wunsch fürs nächste Jahr? Dass die Gentrifizierung endlich bei mir in der Hermannstraße ankommt.«

Sie lacht wieder, wir verabschieden uns.

Ich stelle mir dann vor, was das wirklich heißen würde, wenn ich mit den vieren feiern müsste. Eigentlich ist es das einzig Richtige, nicht hinzufahren! Ich meine, ich würde mich doch zwangsweise von der erstbesten Brüstung stürzen oder mich beim Essen ständig mit kochendheißem Fonduekäse übergießen, wenn ich die die ganze Zeit glücklich sehen müsste!

## FREITAG, 18. DEZEMBER

### 17:52

»Sag mal, wäre es nicht schön, wenn ich Weihnachten mit dir in Berlin verbringen würde?«, fragt mein Vater.

»Du und ich? Oder du, ich und Jacques?«, knurre ich ins Telefon. Die Nummer kenne ja ich schon.

»Nur du, ich und Jacques«, antwortet er. »Heli, benimm dich nicht wie siebzehn! Jacques ist mein Partner,

Weihnachten das Fest der Liebe.« Au, das sitzt. »Außerdem denke ich, dass du ihn mögen wirst.«

Das bezweifle ich stark, und immer noch voller Misstrauen frage ich: »Aber dich hat jetzt nicht Luise angerufen, oder?«

»Deine Freundin Luise, nein, warum sollte sie?«, fragt er verwirrt.

»Ach so, nur so.«

Immerhin werde ich nicht schon wieder hinter meinem Rücken mit einem Mann zusammengebracht, damit ich nicht so einsam bin. Ich denke über die neu entstandene Möglichkeit nach, Weihnachten mit ihm und von mir aus auch mit Jacques zu verbringen. Warum eigentlich nicht? Da lassen sich eine Menge positiver Sachen miteinander verbinden! Ich kann zum Beispiel von seinem Geld ein Riesenessen kochen und dabei all die Gefühle, die sich kraft fehlenden Partners in mir aufgestaut haben, bei der Zubereitung einer Freilandgans rauslassen! Die ja auch noch einen Sinn darin hat, gebraten zu werden, weil wir mehr als eine Person sind! Außerdem liebt er Whiskey, ich meine damit nicht so einen für zwanzig Euro oder so, sondern so richtig guten, der sechzehn Jahre lang in einem Fass gereift ist. Und da wir diese Vorliebe teilen, kann ich den, wenn ich mich ein bisschen geschickt anstelle, als Geschenk an ihn verpacken und dann später im Laufe des Abends selbst davon profitieren!

**19:45**

War gerade im KaDeWe in der Spezialitätenabteilung, um den guten Malt zu besorgen, den ich noch liebevoll mit einer Schleife verzieren ließ. Habe halb Berlin dort oben im fünften Stock getroffen, es scheint, als bräuchte tatsächlich jeder noch einen Schluck bei dem ganzen Stress, nur so für den Notfall. Man muss aber auch berechnen, dass noch nicht einmal die Spätis aufhaben werden! Die Basis, auf die mein allgemeines Sicherheitsgefühl gebaut ist, bricht also weg.

Mir ist dann mal aufgefallen, dass je nachdem, was für ein Charakter einer ist, jetzt ganz grob stilisiert, und ich weiß, nichts ist entweder/oder, schwarz/weiß, aber wenn man jetzt mal davon ausgeht, dass der eine eher der Ruhige ist, der andere eher streitsüchtig, also auf jeden Fall, dass jeder Charakter sich einen anderen Alkohol aussucht. Ich sag mal so: Weinbrand ist kein Kompliment. Baileys steht für den eher sanftmütigen Typ. Weißwein ist für fröhliche Naive, Schnaps für Frustrierte mit schlechtem Geschmack, Rotwein für extrovertierte Klugscheißer. Doch dann wurde ich von einer Riesenschneewehe erwischt, die mir den Schnee durch meine Fellparkakapuze bis tief in den Rücken hinunterrieseln ließ, und ich konnte nicht mehr zu Ende denken, was für ein Typ ich mit meinem Whiskey denn bin.

## DONNERSTAG, 24. DEZEMBER

### 17:55

Sitze auf Sofa in meinem Zimmer, kann durch den Flur hindurch Jacques und meinen Vater beobachten, die zusammen versuchen, die Gans zu füllen. Ich muss lächeln, auch wenn ich nicht verstehen kann, was sie sagen – aber Jacques hat meinem Vater ganz offensichtlich pürierte Esskastanien aufs Hemd gespritzt, und so höre ich erst Bernhard laut fluchen, jetzt lachen, dann reibt ihm Jacques mit einem feuchten Küchentuch die Reste vom Hemd ab. Man hätte meinen können, ich würde vor Begeisterung ausrasten, wenn ich schon mal die Chance habe, für mehr Personen zu kochen als für mich oder Luise. Aber stattdessen habe ich mir heute Morgen als Reaktion auf kleinen Panikausbruch einen Pudding aus echten Schokoladenraspeln gemacht und den, als Vorsorge für Festtagsstimmung, mit einem Mix aus halb Malt Whiskey, halb Milch gestreckt.

Nun sitze ich hier mit einem wohlig warmen Bauchgefühl, habe keinen Hunger, werde mich nicht mehr rühren, sondern nur weiter in dem entspannten Zustand leichter Angetrunkenheit, der sich nun schon Stunden hinzieht, weil sich Alkohol im Magen anscheinend so langsamer freisetzt, sitzen und die Harmonie genießen. Gut für mich, die Menge hätte mich sonst mit einem Schlag knock-out gemacht. (Ich gebe zu, das war der Plan.)

Panik von wegen wie schrecklich gezwungen der Abend verlaufen wird, so mit lauter peinlichen Gesprächspausen, während wir alle in der zäh gewordenen Gans rumstochern, wäre gar nicht nötig gewesen. Die beiden kamen schon am früheren Nachmittag an, beladen mit der Gans unterm Arm und den unzähligen Lebensmitteln, die die arme Gans schlucken sollte. Klirren in der Papiertüte enthielt Versprechen darauf, dass angenehmer Trunkenheitsstatus eindeutig bei uns allen dreien als Grundstimmung des Tages angesehen wurde und auch noch länger anhalten sollte.

Ich wusste nicht, dass sie so glücklich sind! Ich meine, die sind wirklich verliebt, sie sind wirklich zusammen! Dachte erst, das macht mich völlig fertig. Noch so ein Scheißpärchen, bei dem man sofort denkt, die passen zusammen und sonst kein anderer! Aber stattdessen übertrug sich ihre gute Laune direkt auf mich, und ich schmückte vorhin mit Jacques zusammen den Baum, den Bernhard und ich gestern noch am Richardplatz gekauft hatten. Wobei ich witzigerweise Cornelius traf, unwitzigerweise nicht auf Koks, was ihn, wie ich erstaunt bemerkte zu einem ziemlich netten, wie mein Vater später urteilte, adrett angezogenen Mann machte, der mich dann auch noch auf fast schüchterne Weise einlud, am späten Heiligabend auf seine Christmas-Smash-Party zu kommen, was immer das heißen soll. Was wiederum meinen jetzigen Alkoholpegel total rechtfertigt.

»Nun, das war aber ein adrett angezogener junger Mann«, sagte mein Vater also, in betont neutraler Stimmlage.

»Ach Papa«, lachte ich auf. »Darauf bin ich letzten Winter schon reingefallen. Aber der ist eigentlich dreihundertsechzig Tage im Jahr drauf! Weiß auch nicht, warum jetzt nicht. Vielleicht hat er sich gedacht: keine Drogen an Feiertagen!«

»Na ja, dann kennt er immerhin die richtigen Menschen zum Partymachen«, war sein Kommentar darauf. Und dann, ohne dass ich es vorher auch nur irgendwie als Thema gebracht hätte, sagte er: »Heloise, es gibt manchmal einfach diese Zeiten, in denen nichts passiert und man zu keinem richtig Zugang findet, während alle um einen herum anscheinend gerade in neue Höchstphasen aufbrechen. Aber ich kann dir sagen, das geht vorbei. Und schwups, eines Tages wachst du auf, gehst raus und entdeckst die Welt neu.«

Ich sagte nichts, spürte aber einen kurzen Moment ungewohnter Nähe zwischen uns.

»Wer nennt sein Kind eigentlich Cornelius?«, fragte er dann pikiert, und ich wusste, das Thema war nun vorbei. Er hatte gesagt, was er sagen wollte. Er ging, immer noch kopfschüttelnd, neben mir her, und ich hüpfte mit meiner roten Pudelmütze auf und ab, weil mich plötzlich eine Aufregung und Vorfreude auf Heiligabend überkommen hatte, und ich fühlte mich, als wäre ich wieder fünf Jahre alt, wie wir da die große Nordmanntanne hinter uns herzogen. Bis auf den kleinen Abstecher beim Glühweinstand vielleicht.

Jetzt breitete sich die Tanne in ihrem vollen Umfang neben meinem Schminktisch aus. Ich habe vorhin durchs Geäst heimlich beobachtet, wie Jacques konzentriert den alten Weihnachtsschmuck aufhängte. Er sieht gut aus, auf diese schlichte männliche Weise, die ein bisschen an den Mann aus einer Bierwerbung erinnerte, mit dem grauen Bart, dem blauen Rollkragenpullover und den Bluejeans. Mein Vater stand neben ihm, schon so alt, wie ich plötzlich bemerkte. Er hat einen kleinen Bauchansatz bekommen. Stand da, rauchte eine Double Corona und streichelte wie mechanisch die Schultern von Jacques. Ich mochte den von Anfang an, ob ich es wollte oder nicht, und ich meine, ich wollte es nicht.

Aber es wäre verdammt schwer geworden, ihn nicht zu mögen, so wie er ist. Wenn er ruhig zuhört, um dann wieder die Antwort schnell und präzise rauszuhauen. Dass er meinen Vater zum Lachen bringt …

»Heloise, dein Handy klingelt«, ruft mein Vater plötzlich aus der Küche. Ich renne hin, welch unverhoffter neuer Input zwischen den ganzen Massenweihnachtsgrüßen-SMS, die man sonst so bekommt. Mia!

»Mia!«, quietsche ich vergnügt ins Handy. Mia ist hörbar erleichtert, dass es mir gutgeht und dass ich nicht in Einsamkeit ertrinke, lacht aber auch, weil sie gleich erkannt hat, dass ich schon ganz schön betrunken bin. Weswegen ich anfange, ihr zur Erklärung wirr die Geschichte von meinem Pudding heute Morgen zu erzählen, dann auf die Partyeinladung von Cornelius komme, das Weihnachtsbaumschmücken und so weiter. Und sie erzählt mir von Jorge, Jorges alter Mutter, die nur Spanisch spricht und die ganze Zeit wie ein böser Geist am Tisch sitzt, Selbstgebrannten trinkt und vor sich hin flucht. Wir sind uns beide einig, dass wir ganz zum Schluss unseres Lebens auch so werden wollen.

Sie fragt, ob ich auch schon versucht hätte, Luise anzurufen, und ich sage ja, aber bei ihr war das Handy schon aus, und wir mutmaßen dann beide, dass es in dem Loch dahinten in Rheinland-Pfalz einfach kein Handynetz gibt.

»Also, weswegen ich dich anrufe: Wollte eigentlich Luise machen, hat sie aber anscheinend nicht, weil ich mich nämlich gewundert habe, dass bis jetzt noch kein Jubelschrei von dir gekommen ist – Luise und ich haben beschlossen, dass das gar nicht geht, wenn wir die Männer zu unserem Silvestertreffen mitnehmen.«

Ich halte den Atem an.

»Ich weiß gar nicht, was wir uns dabei gedacht haben«, gesteht sie beschämt ein. »Irgendwie hatte ich mich so auf dieses Bild fixiert, wir zu sechst vor dem Kamin, dass ich gar nicht reagiert habe, als es sich zu fünf Personen änderte!«

Ihr vier auf dem Sofa und ich im Kamin, denke ich.

»Und natürlich wollen Luise und ich eigentlich nichts lieber als mit dir – wir zu dritt – das neue Jahr antreten.«

Ich hüpfe vor Freude in die Luft. »Oh!«, jaule ich. »Das ist das schönste Geschenk, das ich hätte bekommen können!«

Plötzlich ist mir richtig leicht ums Herz. Wir quatschen dann noch ein wenig, so viel entspanntes miteinander Rumshakern, wie am Telefon möglich ist, wenn sich beide bewusst sind, dass eine Minute knapp achtunddreißig Cent kostet. Dann lege ich auf und gehe in die Küche, höchst vergnügt, und schnattere los. Erzähle den beiden die News, decke den Tisch und fülle die Preiselbeermarmelade in Porzellanschüsselchen.

## 23:40

Fünfmillioneneintausend Kalorien später stehe ich auf Cornelius' Terrasse und rauche. Das Essen war toll, und ich habe von Jacques die neuen Ankle Boots bekommen, die er mir aus Paris mitgebracht hat. Witzigerweise hatten mein Vater und ich die gleiche Idee und haben uns so gegenseitig den gleichen Whiskey geschenkt, nur dass bei seinem Geschenk an mich noch ein mich sehr erfreuender Geldschein drangehangen hat.

Die Party hinter mir ist nun im vollen Gange, ich höre die alten Weihnachtsklassiker, gerade lief *Last Christmas*, jetzt tönt Mariah Carey, es gibt wie immer Champagner en masse. Ich bin also schon ziemlich betrunken, habe mir eine halbe Flasche mit rausgenommen, ich meine, das ist ja fast ein Insider zwischen mir und Cornelius. Trinke ihn nun in kleinen Schlucken. Und merke, wie ich glücklich bin. Nicht auf diese begeisterte, aufgedrehte Art vielleicht, auch kein Gefühl von tiefer Zufriedenheit in mir, aber doch so, dass ich merke: Es ist okay. Okay, wie mein Leben gerade ist, okay, wie ich hier gerade stehe. Okay, was noch kommen wird. Irgendwie kann man so okay ins neue Jahr gehen, denke ich.

Weihnachten ist auch überlebt, vor dem ich mich so gefürchtet habe, und Silvester, was ja irgendwie ein genauso emotional aufgeladenes Event ist, wird auch okay werden …

»Worüber denkst du nach?« Ich schrecke auf. Lui steht neben mir. Mit Mütze und Parka bekleidet, als er ausatmet, bläst er eine große Dunstwolke vor sich hin. Wo kommst du denn plötzlich her? Was machst du hier? Was habe ich falsch gemacht? Warum hast du dich nicht mehr bei mir gemeldet? Fandst du es nicht gut? Mindestens diese Anzahl an Fragen schießt mir durch den Kopf.

»Ich …«, jetzt habe ich meine ganze Zeit mit diesen dämlichen Fragen verplempert und keine Zeit mehr, mir etwas Sinnvolles auszudenken, was ich ihm sagen könnte. Also sage ich die Wahrheit. »Dass es mir nie klar war, dass es das Gleiche ist: dass Weihnachten und Silvester auf dem gleichen Fehlglauben basieren. Beide Abende sind so mit Emotionen und Erwartungen überladen, dass es nur danebengehen kann! Außerdem wird über viel Geld ausgegeben, die Geschäfte haben nicht auf, die BVG fährt dermaßen behindert …«

»Hm«, überlegt er, geht also ernsthaft auf meine Gedanken ein. »Nur dass an Weihnachten kaum Touristen hier sind. Und die Zugezogenen sind auch weg.«

Da hat er recht. Das ist der Unterschied!

»Und das Essen ist auch noch ein Unterschied«, ergänze ich. »Du denkst, du bist supermotiviert. Willst nur ein bisschen Braten essen, und dann haut dich die Soße so weg, dass du kaum mehr weggehen willst.«

»Ja, Mann, die haut dich dann weg«, bestätigt er. »Schön, dass du es aber trotzdem geschafft hast hierherzukommen«, sagt er lächelnd. »Denn um ehrlich zu sein, bin ich nur hier, weil ich dich gesucht habe.«

»Du hast mir noch nicht mal eine Facebook-Nachricht geschrieben!«, werfe ich ihm entrüstet vor.

»Ich bin nicht auf Facebook«, antwortet er zu meiner Überraschung. »Aber ich habe dir ja meine Nummer dagelassen. Ich dachte, unser Abend damals war so gut – da wird es für dich kein Problem sein, dich bei mir zu melden.«

»Wäre es auch nicht gewesen, Lui«, poltere ich wütend. »Aber du hast mir keine Nummer dagelassen!«

»Natürlich, unter deine Maxi-2-Liter-Espressokanne geklemmt. Weil ich dachte, das ist der erste Gegenstand, auf den morgens dein Auge fällt.«

Es *ist* der erste Gegenstand, auf den morgens mein

Auge fällt, wenn ich halbblind aus dem Bett in die Küche tapse. Ich denke an meine riesige rosa Espressomaschine. Wo ist die eigentlich? Ich mache schon seit Wochen mit der Kaffeepresse Kaffee, bemerke ich ärgerlich. Da fällt es mir wieder ein! Wie ich morgens, nach der Nacht mit Lui, mir Kaffee machen wollte und plötzlich alles zu kokeln anfing und lauter Funken auf meiner elektrischen Herdplatte rumtanzten. Weswegen ich dann dachte, es sei besser Kaffee trinken zu gehen.

»Lui, ich bin auf dem halben Weg, dir zu glauben. Aber ich brauche mehr Beweise.« Und denke, das ist doch Wahnsinn. Ich kann ihm doch jetzt nicht vorschlagen, von hier aus mit dem Taxi zu mir nach Hause zu fahren, nur um nachzugucken, ob zehn Wochen, nachdem das alles passiert ist, noch irgendwelche Überreste von einem Zettel zu sehen sind.

Aber da sagt er schon: »Pass auf, ich bezahl das Taxi. Dein Unglauben beleidigt meine Ehre.« Und zwinkert mir zu. Wir fahren schweigend zu mir. Sehen aus dem Fenster das weiße Berlin an uns vorbeiziehen. Gehen hoch, wobei wir beide, glaube ich, daran denken müssen, wie es das letzte Mal gelaufen ist, so mit Küssen auf jedem Stockwerk, und als wir damals endlich oben angekommen waren, hatten wir schon die Hälfte unserer Sachen ausgehabt. Noch immer sagt keiner von uns ein Wort.

Stehe dann mit ihm in der Küche und überlege, wo die Kanne sein könnte.

Ein bisschen peinlich berührt stelle ich fest, dass ich sie damals einfach in den Schrank gestellt habe, ohne sie vorher zu öffnen, den Kaffeesatz rauszuklopfen und zu reinigen. Ich drehe sie langsam herum. Tatsächlich! Als ich genauer hinschaue, kann ich verkohlte Reste von etwas Weißem am Boden kleben sehen. Erkenne den Buchstaben L und danach vielleicht ein O und am Ende ein paar Zahlen.

Ich drehe mich um. »Du hast mir tatsächlich deine Nummer dagelassen!«

»Natürlich, das habe ich dir doch gesagt.«

»Du wolltest mich also wiedersehen!«

»Natürlich wollte ich das. Ich fand das ganz wunderbar mit dir.« Er kommt einen Schritt auf mich zu, küsst mich. So lange und so gut wie beim letzten Mal.

»Ich weiß genau, wie die Zeit mit dir schmeckt«, überkommt es mich plötzlich, ich denke gar nicht darüber nach, was mein Satz bedeutet. »Wie Nachmittagssonne, die schräg auf eine Straße fällt. Oder nach frischem Parmesan auf Spaghetti ...«, ich überlege weiter, »... oder bis tief in die Nacht mit Freunden Bier trinkend auf dem Bordstein sitzen.«

Er lacht. »Und du? Du schmeckst nach Pistazieneis. Nussig und ein bisschen sauer. Und wenn du unsicher bist, dann bist du wie eine Raupe, die am letzten Zipfel eines Blatts hängt und nicht weiß, ob sie sich fallen lassen soll oder nicht.«

Ich mache ein beleidigtes Gesicht.

»Und«, spricht er weiter, »du bist wie ein Schmetterling, der sich im Sonnenlicht putzt und nicht weiß, wie schön er dabei aussieht.«

Nun müssen wir beide lachen. Weil man so was ja nicht sagt, wenn man sich zum zweiten Mal trifft. Aber Mia sagt immer, kein Junge solle ihr jemals mit diesem ganzen Anstandsregelpillepalle kommen, von wegen was man machen darf und was nicht und ob zwischen dem ersten Sex und dem ersten Anruf danach drei Tage liegen müssen oder nicht. Sie behauptet nämlich, dass das alles nicht mehr gültig ist, sobald sie irgendwas von dem Jungen im Mund gehabt hat. Und ich finde, sie hat ziemlich recht damit.

»Woher kennst du eigentlich Cornelius?«, frage ich.

»Ich kenne ihn gar nicht. Mia hatte mir nur versprochen rauszukriegen, wo du heute Abend hingehst.«

»Du hast sie also in Spanien angerufen? Wegen mir?«, frage ich ihn erstaunt.

Er lacht wieder. »Oh ja, das ein oder andere Mal. Ich wusste gar nicht, warum Mia so sauer auf mich war. Wenn sie doch nur einmal gesagt hätte, dass du denkst, ich hätte dir meine Nummer nicht dagelassen …«

»Und mich damit bloßgestellt? Niemals!«

»Du fliegst da übermorgen hin, oder nicht? Wenn Mia nichts dagegen hat, könnte ich ja vielleicht mitkommen?«

Er küsst mich noch mal. Ich denke währenddessen darüber nach. Mia hatte also wahrscheinlich geahnt, dass sich das auflösen wird und ich Silvester gar nicht mehr alleine sein werde. Wir wären also wirklich zu sechst gewesen! Und trotzdem haben sie beschlossen, dass Silvester nur wir drei verbringen.

»Nein, tut mir leid.« Ich muss lächeln, als ich sein enttäuschtes Gesicht sehe. »Aber Silvester, das gehört immer nur mir und meinen Mädchen.«

## DANKSAGUNG:

**Danke an:**

Bettina, Thomas, Christophe, Opa & den Rest meiner wunderbaren Familie.

**Für eure Freundschaft:**

Sophie König, Laura Helena Wurth, Moritz Stellmacher, Monja Gentschow & Max Andereya.

**Im Besonderen:**

Emin Henri Mahrt & Richard Kirschstein + proud
Jonas & Carola R.! Alexander G., Tarek, Sil-Yan, Maxim, Nico & Erik Schmidt
Nina Wegscheider, Dr. Maria Dürig, Marion Vazquez und natürlich Katharina Kovarik!

## Nichts ist lustiger als die Wirklichkeit

Joab Nist

**WELLENSITTICH ENTFLOGEN. FARBE EGAL**

Kuriose Zettelwirtschaft

ISBN 978-3-548-37433-8
www.ullstein-buchverlage.de

Sie hängen an Kreuzungen, an Haltestellen und in Hauseingängen: witzige, kreative und kryptische Zettel. Sie erzählen von der Liebe, von Döner-Köchen, verlorenen Kleinoden, den Problemen beim Zusammenleben und dreibeinigen Katzen.
Eine höchst unterhaltsame Zettelwirtschaft.

US388

ullstein

Der Känguru-Chroniken zweiter Teil

Marc-Uwe Kling

**DAS KÄNGURU-MANIFEST**

ISBN 978-3-548-37383-6
www.ullstein-buchverlage.de

Sie sind wieder da – das kommunistische Känguru und der stoische Kleinkünstler! Im Kampf gegen das mysteriöse Ministerium für Produktivität schrecken sie vor nichts zurück. Eine Verschwörung auf niedrigster Ebene! Spektakuläre Enthüllungen! Skandale! Intrigen! Irgendwas Abgefahrenes mit Religion! Herrlich schräge Geschichten – mit Spaß, Spannung und Schnapspralinen ...

»Lustig! Ganz unbedingt!« *Süddeutsche Zeitung*

ullstein

US355

# Jetzt reinklicken!

„*Sind* **Sie** auch *Vielleser*, Bücher**fan** *oder* *Hobby***rezensent**?“

„Dann **lesen**, **kommentieren** und ***schreiben*** **Sie** mit auf **vorablesen.de!**“

Jede Woche vorab in brandaktuelle Top-Titel reinlesen, Leseeindruck verfassen, Kritiker werden und eins von 100 Vorab-Exemplaren gewinnen.

**vorablesen**
**Neue Bücher vorab lesen & rezensieren**